KB058905

어서오세요 실력지상주의의 교실에 2학년편 4.5
Welcome to the Classroom of the Second-year

키누가사 쇼고 ✕ 토모세슌사쿠

그렇게 말하며 아이리의 뒤를 이어서
바로 하루카가 모습을 드러냈다.

"야, 야⋯⋯."

뭐랄까,
둘 다 믿기 힘들 정도로
대담한 수영복을 입고 있었다.

카루이자와 케이

야마무라 미키
2학년 사카야나기의 반.
학력은 높으나 존재감이
별로 없는 소녀.

토키토 히로야
2학년 류엔의 반.
류엔의 방식에 반감을
가지고 있다.

히메노 유키

2학년 이치노세의 반.
사이가 돈독한 반에서
한 발짝 거리를 둔
위치에 있다.

4.5

어서오세요 실력지상주의 교실에2학년편
Welcome to the Classroom of the Second-year

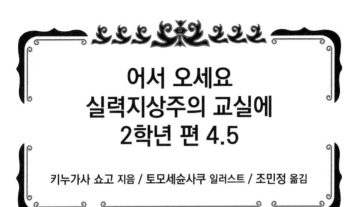

어서 오세요
실력지상주의 교실에
2학년 편 4.5

키누가사 쇼고 지음 / 토모세슌사쿠 일러스트 / 조민정 옮김

소미미디어

c o n t e n t s

커버, 본문 일러스트 : 토모세슌사쿠

○즐거운 여름방학의 개막

이 주 만에 돌려받은 스마트폰을 보고, 학생들 대부분은 기쁨을 주체하지 못했을 것이다.

현대를 살아가는 우리에게 스마트폰이라는 도구는 없어서는 안 될 존재가 되었다. 10대 이상 20대 이하의 스마트폰 보급률은 2020년을 기준으로 99%를 넘어섰다. 이러한 세상을 돌이켜 생각해봐도 그 사실은 의심할 여지가 없다.

고등학생이 된 후에 스마트폰을 갖게 된 나로서는 아직 생활필수품으로서의 우선도가 그리 높지 않지만, 그것도 시간문제겠지.

호화 여객선은 넓은 바다 위를 우아하게 나아가면서 얼마간 학생들에게 여름방학을 제공할 것이다.

되돌아보면 작년에 나는 진정한 의미로 여름방학을 즐겼다고 말하기 어렵다.

친구라고 부를 수 있는 존재, 연인의 존재.

얼굴만 아는 정도라도 서로 이름을 부를 수 있는 학생의 숫자.

그 어느 부분도 작년과는 비교도 되지 않을 정도라, 비약적으로 발전했다고 할 수 있다.

이 여객선에서 보내는 시간은 나에게도, 다른 학생들에게도 잊을 수 없는 기억의 한 페이지로 남겠지.

수영장에서 수영을 만끽해도 좋고, 고급 요리에 입맛을 다셔도 좋고, 바다를 조망할 수 있는 갑판에서 소중한 사람과 담소를 나누어도 좋다. 단, 뭐든지 마음대로 할 수 있는 것은 아니다. 정해진 규칙의 범위 안에서 즐겨야 한다.

　이를테면 밤 10시 이후로는 특별한 사정이 없으면 객실 밖으로 나오는 것이 금지되어 있다.

　작년의 선내 규칙보다 더 엄격해진 것 같다.

　이 '특별한 사정'이란 밤에 갑자기 아프거나 하는 것을 말한다. 그때는 24시간 열려 있는 의무실로 가면 된다.

　규칙을 깨는 학생이야 없겠지만, 일단 나름대로 엄한 처벌이 설정되어 있으니 별문제 없으리라.

　그 이외에도 야간뿐 아니라 학생의 출입이 허락된 층에 제한이 있기에 선내 어디든 자유로이 활보할 수는 없다. 또 허락된 층이라도 출입이 금지된 구역이 있다.

　자, 그럼 절도와 윤리를 지키면서 일주일간의 크루징을 즐겨보기로 하자.

○이케랑 코미야랑

무인도 특별시험이 끝나고 이튿날인 8월 4일의 아침이 밝았다. 오늘부터 8월 10일까지 일주일간 학생들은 호화 여객선에서 휴일을 보내게 된다. 작년에 있었던 간지 시험 같은 특별시험도 일절 없다고 약속받았다.

선내에는 수영장, 헬스장, 영화관, 콘서트홀, 전망 대욕장에 쇼핑 구역, 카페테라스 등 음식점과 다양한 오락 시설이 있었다.

즉, 오늘부터 그것들을 모조리 즐길 권리를 얻었다는 뜻이다.

그렇게 학수고대했던 첫날, 나는 어디에 있었는가 하면……

학생들에게 배정된 4인 객실에서 느긋하게 스마트폰을 보고 있었다.

휴일이 되었다고 해서 급하게 놀 필요가 전혀 없다.

오히려 오락을 전부 포기하고 쉬는 데에만 시간을 다 쓰는 것도 나쁘지 않다.

기숙사의 딱딱한 침대와는 차원이 다른, 일류 브랜드 침대가 내 몸을 포근하게 감쌌다.

힘들었던 무인도, 텐트 생활을 한 직후라 느낌이 더욱 좋았다.

첫날은 이 정도로만 보내자.

무인도 시험 결과까지 포함하여 8월의 반 포인트가 확정, 발표되었다.

원래라면 다음 달 첫날에 발표되지만, 이번에는 그 첫날이 무인도 시험 도중이었기 때문에 특별시험 결과가 반영된 후 예외적으로 늦게 고지되었다.

재학생들에게 있어서 매달 첫날은 반 포인트의 확인으로 시작된다. 개인 순위도 순위지만 반 포인트는 곧 프라이빗 포인트. 그러니까 한 달에 지급되는 용돈과도 직결된다.

자유롭게 쓸 수 있는 용돈이 없으면 이곳 호화 여객선에서의 휴일도 그림의 떡일 뿐이다.

2학년 8월 반 포인트
사카야나기가 이끄는 A반　1,206포인트
이치노세가 이끄는 B반　578포인트
호리키타가 이끄는 C반　571포인트
류엔이 이끄는 D반　551포인트

결과, 우리 반은 근소한 차이로 C반에 머물렀다.

단번에 B반까지 올라갈 뻔도 했었는데, 아깝게 한 발짝 모자랐던 모양이다.

그래도 비관할 요소는 전혀 없고, 오히려 최상의 결과라고 봐도 좋을 것이다. 코엔지가 단독 1위를 차지하면서 얻은 반 포인트 300.

이 압도적인 가점의 파괴력이 새삼 실감 나는군.

지금까지 반 애들 대부분이 강하게 걸림돌로 여겨왔던 코엔지인데, 이제 그런 인식을 달리할 수밖에 없다. 다만 그게 언제까지 갈지는 회의적이다.

막대한 반 포인트를 얻은 대가로, 앞으로는 졸업할 때까지 '일절 협력하지 않는' 면제 카드를 따냈기 때문이다. 이 사실이 공표되면 솔직히 기뻐할 사람은 별로 없겠지. 다만 나는 이것도 나름대로 괜찮다고 생각하고 있다.

만약 코엔지의 300포인트가 없었다면 정말 윗반을 따라잡을 수 있을까 하는 불안과 얼마간 계속 싸워야만 했을 테니까.

하지만 이렇게 세 반이 엇비슷해지면 정신적인 면에서도 크게 도움이 된다.

이제부터 치고 나가 단독으로 B반이 되어서 사카야나기 반과 직접적인 대결을 절제하고 점점 차이를 좁히는 단계로 옮길 수도 있으리라.

이러한 상승세는 D반으로 떨어진 류엔의 반도 마찬가지였다.

이번 무인도 시험에서 시상대에 서는 3위 안에 들지 못했기 때문에 반 포인트가 약간 벌어진 결과가 된 것은 어쩔 수 없지만, 실력은 더할 나위 없다. 카츠라기의 합류는 반 전체의 낮은 학력을 끌어올리고 나아가 반에 안정감을 주게 되겠지. 또 류엔은 사카야나기와 뭔가를 거래했다. 그게 프라이빗 포인트와 관련된 거래인지, 반 포인트와 관련된 거래인지, 아니면 전부 나의 상상에 불과한지는 현시점에서 추측하기 어렵지만, 앞으로 있을 대결에 변화를 미칠 재료가 될지도 모른다.

불안 요소는 있지만, 그 기세가 꺾이기는커녕 앞으로 점점 커지고 있으니, 지금 가장 무서운 반이라고 말해도 틀리지 않을 것이다. D반으로 전락한 것은 겉으로 보이는 면에 불과할 뿐. 실제로는 조금도 마음에 담고 있지 않을 터.

반면 B반으로 다시 올라온 이치노세의 반은 결과만 놓고 보면 나쁘지 않은 모습이다.

사카야나기가 리드한 덕분에, 그녀와 협력 관계였던 이치노세도 반 포인트를 획득했다.

하지만 안도할 수는 없다. B반과 D반의 차이는 고작 27포인트에 불과하니까.

특별시험이 없는 기간 동안 사소한 행실 문제 하나 때문에 9월 1일에 순위가 뒤바뀌어도 이상하지 않은 전황에 돌입했다. 무인도 시험의 결과에 따라서는 D반으로 떨어져도 이상하지 않았던 만큼, 이치노세가 가진 불안감이란 상당할 테지. 아니, 불안하게 생각해야만 한다. 지금부터 드디어 진짜 고비가 시작된다고, 이치노세.

나는 혼자 속으로 그녀에게 말했다.

앞으로 무인도 시험과 같이 전 학년, 모든 반이 참가하는 식의 시험이 연속해서 있을 거라고 보기는 어렵다.

그렇다면 다음 특별시험은 십중팔구 학년별 대결이다.

C반과 D반에 완전히 밀려버리면 이치노세네 반의 앞날은 어둡다.

그러니까 이다음에 있을 대결에서 미래가 결정될 수도…….

차이가 거의 없는 세 반의 상황은 간단히 말하면 그렇겠지.

마지막으로, 여전히 차이를 좁히는 것을 쉽게 허용하지 않는 사카야나기의 A반이다. 발군의 안정감으로, 이번 무인도 시험에서도 이변 없이 3위에 들어 반 포인트를 늘렸다.

개별적으로도 우수한 학생이 많은 건 물론, 그들을 컨트롤하는 사카야나기의 실력도 두말하면 잔소리다.

게다가 사카야나기의 전략은 왕도와 사도를 가리지 않는다. 그리고 둘 다 능수능란하게 써먹는다.

그야말로 부동의 A반, 그 리더에 걸맞은 활약이라고 할 수 있겠다.

언뜻 봐서는 이렇다 할 빈틈이 없지만, 앞으로 『호리키타 반』이 계속해서 기세를 올리면 따라잡는 것도 절대 불가능하지는 않다. 그렇다, 뚫고 들어갈 빈틈이 전혀 없지도 않은 것이다.

물론 그러려면 독주를 이어가는 A반을 어떤 형태로든

무너뜨려야 한다.

사카야나기를 퇴장시켜버리는 게 가장 확실하고 빠르지만, 프로텍트 포인트를 가진 사카야나기를 배제하기란 몹시 어려운 데다가 설령 프로텍트 포인트가 없다고 하더라도 그리 쉽지는 않은 상대.

리더를 끌어내리기보다는 그 수족인 장기 말들을 제거하는 방법이 더 현명하겠지.

그것도 한두 명 차원이 아니라 그 이상의 인원을 배제해야 할 것이다.

예컨대 카무로, 하시모토, 키토 같은 학생들이 사라지거나 제 기능을 못 하게 되면 그것만으로도 사카야나기가 할 수 있는 일은 극히 제한된다. 키토는 아직 파악하지 못한 부분이 많지만, 나머지 두 사람은 여러 가지 문제를 가지고 있는 인물들로 파악된다.

자, 일단 다른 반 분석은 이 정도만 해둘까.

진짜 여름방학이 시작되면서 일시적으로 전 학년이 경쟁을 중단하고 휴전에 들어갔다.

앞으로 당분간은 학생답게 최대한 즐길 차례. 얼마 전까지는 주머니 사정이 좋지 않았지만, 반 포인트의 발표와 더불어 8월 프라이빗 포인트가 들어오면서 순식간에 지갑이 빵빵해졌다. 우리 반은 571 반 포인트, 즉 57,100엔에 해당하는 프라이빗 포인트가 각자에게 지급되었다. 특별 시험에서 추가 보수를 받을 수 있는 상위 입상에는 실패했기 때문에 +α 보너스는 받지 못했지만, 그것만 해도 충분히 많은 액수다. 이 호화 여객선에서 시간을 충실하게 보내려면 프라이빗 포인트의 존재를 빼놓을 수 없다. 영화를 즐기는 것도, 좋아하는 음식을 즐기는 것도 프라이빗 포인트가 필요하기 때문이다. 작년에는 선내 시설 이용이 전부 무료였던 만큼, 금전적인 면에서도 규칙이 더 엄격해졌다고 볼 수 있다. 물론 무일푼이어서 객실에만 틀어박힌 생활을 일주일간 한다면 지출이야 생기지 않겠지만, 그러면 휴일에 기숙사에만 있는 것과 무엇이 다르겠는가.

띠링. 짧고 경쾌한 소리와 함께 메일이 도착했다.

돌려받은 스마트폰에, 오늘부터 딱 이틀만 선내 헬스장 근처 휴식 공간에서 무인도 특별시험의 상세한 결과가 공개된다는 메시지가 들어왔다. 상위와 하위 몇조만 발표되었던 만큼 많은 학생이 관심을 가지리라.

나도 앞으로의 상황을 주시하기 위해 놓치지 않고 체크해야겠지.

그나저나 스마트폰을 통해 일람을 보내는 게 훨씬 편할 텐데 그렇게 하지 않는 것은 학생들이 시험 결과를 오래 분석하지 않길 바라서일까. 이번에는 츠키시로가 뒤에서 은밀히 움직인 일도 있었으므로, 괜한 증거를 남기지 않게 하려는 조치로 보인다.

당장 보러 가고 싶은 마음도 있었지만, 학생들이 우르르 몰려올 가능성이 있으니 시간을 두고 가는 게 무난할지도 모르겠다.

일단 시험 결과는 잊고 다른 일부터 마치기로 했다. 나는 스마트폰으로 이치노세에게 메시지를 보냈다. 사흘 후 저녁에 잠시 만날 수 있냐는 간단한 내용이었다. 물론 무인도에서 갑작스레 받았던 고백에 대한 답을 하려 한다는 건 그녀도 상상하기 어렵지 않겠지.

당장이라도 만나서 대답하면 되지 않나 싶겠지만, 힘들었던 무인도 시험이 이제 막 끝났으니까. 우선은 체력부터 회복하고 친한 친구들과 느긋하게 시간을 보내는 것도 좋다.

메시지를 금방 읽는 기미가 없기에 일단 스마트폰 화면을 껐다.

그리고 일단 같은 방에 배정된 미야모토 소시, 혼도 료타로, 미야케 아키토가 어떻게 하려는지 알아보기로 했다.

"야, 료타로, 시험 결과 발표됐대. 보러 안 갈래?"

"으음…… 패스. 나 몸이 만신창이라서 걷지도 못하겠어. 지금은 그냥 침대에 몸을 맡기고 싶다……."

피곤해서 그렇기도 하겠지만, 이렇게 좋은 침대가 있으면 움직일 생각을 뺏기는 것도 이해가 간다.

나까지 포함해 모두가 침대의 유혹에 사로잡혀 있었다.

특히 기진맥진한 혼도는 힘없이 오른쪽으로 몸을 돌려 누워 있었다.

"어제부터 쭉 저러고 있어."

"마지막 날 죽을힘을 다해서 움직였거든. 얼마나 힘든지 배고픈데도 밥이 목구멍으로 넘어가지 않더라고."

등을 돌린 채 머리끝까지 이불을 덮고 몸을 웅크렸다.

지금은 어쨌든 계속 누워 있고 싶은 듯하다.

호화 여객선 여행은 일주일간 이어진다. 조급하게 굴지 않고 체력 회복을 기다리는 게 현명한 판단이다.

"미야케랑 아야노코지는 어떻게 할 거야? 순위가 좀 궁금하지 않아?"

아키토가 스마트폰을 만지작거리며 미야모토를 쳐다보았다.

"난 됐어. 몇 위인지 대충 알 것도 같고. 솔직히 지금은 퇴학을 면한 것만으로 충분하다고 생각해. 혼도처럼 나도 오늘 하루는 푹 쉬고 싶다."

하루카, 아이리와 함께 다녔던 아키토는 유일한 남자 멤버로 뒷받침해주느라 여러 가지로 고생했을 걸 쉽게 상상할 수 있었다. 체력 이상으로 정신적인 면도 힘들었겠지.

"그런데 너, 사쿠라, 하세베랑 같은 그룹이었지?"

미야모토가 침대에 앉아 아키토에게 물었다.

"뭐야, 뜬금없이."

"난 사내놈들 셋만 있는 그룹이어서 땀 냄새가 진동하고 지옥 같은 시간이었는데, 넌 여자애들한테 둘러싸여 천국 아니었냐?"

"천국은 무슨. 신경 써야 할 게 너무 많아서 오히려 지옥이었어. 사내놈들만 있는 게 훨씬 편하고 좋았을걸."

그룹 조합이 달랐기 때문에 누가 천국이고 누가 지옥이었는지 서로 주장해댔다.

이야기를 들어서는 솔직히 두 그룹 다 안 들어간 게 다행이다 싶었지만.

이런 시험은 친한 친구끼리 짜지 않는 한 차라리 혼자 치르는 게 낫다고 본다.

어쨌든 두 사람 다 거절하자 미야모토의 시선이 이번에는 내게로 향했다.

혼도나 아키토와 달리 나는 무인도에서 깎였던 체력도 침대에서 푹 자서 어느 정도 회복되었다. 완벽한 컨디션이라고는 말할 수 없지만, 배 안을 돌아다니기에는 별 지장이 없다.

다만 급하게 굴지 않아도 시험 결과야 나중에 얼마든지 볼 수 있다. 그리고 아키토가 보러 가지 않아도 아야노코지 그룹의 다른 멤버가 대신 확인할 수도 있겠지.

"나도 오늘은 그냥 쉴래. 다들 순위를 궁금해하는 것 같은데, 번잡한 건 별로——."

똑똑똑!

앞에 두 사람이 그랬듯 나도 거절하려는데, 누군가 객실 문을 다소 강하게 몇 차례 두드렸다.

마치 비상사태라도 일어난 것 같은 느낌이었다.

벌떡 일어난 아키토가 얼른 문을 여니 이시자키가 모습을 드러냈다.

무슨 일인가 싶어 긴박한 분위기가 흐르려는데……

"아야노코지! 같이 시험 결과 보러 가자!"

김빠지는 미소와 내용에 모두 정신이 멍해졌다.

뒤돌아본 아키토가 말없이 나를 바라보았다.

"아니, 나는……."

"뭐야, 어차피 할 일도 없잖아? 자, 어서 가자니까?"

스스럼없이 방에 들어오더니, 침대에 앉아 있던 내 팔을 꽉 붙잡았다.

"너희, 언제 그렇게 친해졌냐?"

이 상황에 가장 놀란 사람은 나와 가장 오랜 시간을 공유한 아키토. 라이벌 반의 이시자키는 문제아이기도 하므로, 아키토가 경계심을 드러내는 것도 무리가 아니었다.

실제로 다른 두 사람 역시 이시자키의 등장에 당황해서 살짝 경직되어 있었다.

"뭐, 어쩌다 보니."

그것 말고는 대답할 말이 없었지만, 아키토는 받아들이기 힘들겠지.

이시자키의 미소에서 풍기는 압박이 강해 조금 멈칫했지만, 거절하기로 했다.

"오늘은 좀 피곤해서."

"뭐가 피곤하다는 거야. 너라면 괜찮다니까. 자, 얼른 가자고."

내 심정을 알아차리지도 못하고, 억지로 끌고 갈 생각인지 포기하지 않았다.

"……알았어. 일단 옷부터 갈아입고."

"그래, 그럼 복도에서 기다린다?"

가겠다고 대답하자 그제야 이시자키는 객실 밖으로 나 갔다.

"너도 참 성가신 애한테 찍혔다. 힘든 일 있으면 나한테 말해."

"고맙다, 아키토. 뭐, 이시자키는 나쁜 녀석은 아니어서 괜찮아."

"나쁜 녀석이 아니라고? 난 좋은 인상을 못 받았는데 말 이지. 뒤에서 류엔이 실로 조종하고 있을지도 모르고. 미 리 조심해서 나쁠 게 없어."

지금까지 류엔 패거리와 계속 충돌해왔다. 그러니 상대 반의 속사정을 모르는 사람이 본다면 그렇게 생각하는 것 이 자연스럽다.

이시자키는 속내를 감추고 눈치 싸움을 할 인간이 못 된다. 그렇지만 그런 점이 알려지지 않았고 뒤에서 조종당 하고 있다면 성가신 존재가 될 수 있다. 다만 특별시험 중 이 아닌 지금은 그럴 일이 없다고 단언해도 되리라.

교복으로 갈아입은 나는 아키토에게 가볍게 손을 든 다 음 객실을 빠져나왔다.

복도에서 기다리고 있는 사람은 이시자키뿐이었는지 다 른 학생의 모습은 보이지 않았다.

"자, 가자~!"

"그렇게 서두를 필요 없지 않아?"

"뭐? 어째서?"

"서두르지 않아도 시험 결과는 이틀 동안 공개하니까 나중에 볼 수 있잖아?"

"빨리 보고 싶으니까 그렇지. 난 새로 개봉하는 영화도 못 참고 바로 보러 가는 스타일이거든."

그런 스타일이라고 설명해도 말이지. 내가 알 리 없잖아.

개봉일에 의기양양하게 영화관을 찾는 이시자키는 좀 상상하기 어렵군.

"저번에도 말이야,『세계 제압 16』이 개봉하자마자 바로 가서 봤다고."

처음 들어보는데, 그야말로 총과 주먹이 난무할 것 같은 제목이로군. 심지어 시리즈 16이라니 꽤 긴 대작이다. 다만, 제목만 들었을 때 하나도 당기지 않는 것은 무슨 이유일까.

"궁금하단 말이야. 류엔 씨 그룹이 몇 위였는지."

그나저나 이시자키는 반에 친구가 적지 않을 텐데.

굳이 다른 반인 나를 찾아올 필요는 없지 않았을까?

"그럼 순위가 궁금한 류엔이나 다른 애들을 데리고 가면 되잖아?"

"그 사람은 필요할 때만 부르니까. 지금 나를 부르지 않는다는 건 내가 필요 없다는 얘기잖아?"

"쉽네."

"그렇지? 그리고 다른 놈들은 무인도 시험의 여파로 피로가 많이 쌓였는지 패스하겠다는 애가 많아서."

아키토 무리처럼 지금은 쉬고 싶다는 학생이 많다는 것이다.

"이시자키는 멀쩡하네. 안 피곤해?"

"나? 난 한숨 자니까 돌아왔어."

"그래?"

의외로 심플한 대답이 돌아왔는데, 참 알기 쉽다. 운동 신경이 특별히 뛰어난 건 아니지만 회복력은 남들보다 우수할지도 모르겠군. 다만 그래서 소거법을 쓴 결과 말을 건 게 나라니 알 것 같으면서 모르겠다.

"아야노코지는 말 걸기 편해."

"……그래?"

결코 친화력이 좋지 않기 때문에 그건 좀 의외였다.

"괴짜 카네다보다 훨씬 말 걸기 편하다니까."

카네다에 대해 자세히는 모르지만, 비교 대상이 되니 왠지 마음이 복잡해졌다.

도중에 매점 앞을 지나가는데.

"오옷, 국기를 팔잖아?!"

이시자키가 눈을 반짝이며 매점에 있던 다른 나라 국기를 잡고 흥분했다. 왜 저러나 하고 의아하게 쳐다보니 이시자키가 검지로 인증을 긁으며 말했다.

"아니, 저번에 알베르트 방에 갔을 때 국기 컬렉션이 있었잖아. 왠지 그때 자극받아서 나도 수집에 눈을 뜨게 됐지."

누군가의 취미가 다른 사람에게도 영향을 주면서 퍼지게 되었다는 건가?

최근에 들어와 특이한 국기 수집 취미를 갖게 되었다는 공통점이 생긴 것이다.

"알베르트에 대해서는 잘 모르지만, 좋은 녀석이지."

"그래. 그야 그렇지. 막 입학했을 때는 이래저래 충돌하기도 했었지만 말이야, 지금은 절친 중의 절친이지."

과연 이시자키와 알베르트는 같이 있는 모습을 비교적 자주 목격한다.

"친구 관계는 순조롭다는 얘기인가."

순수하게 감탄해서 그렇게 말했는데, 옆에서 걷는 이시자키의 얼굴이 살짝 어두워졌다.

"꼭 그렇지도 않아. 난 반에서 인기 있는 편이 아니라."

"류엔 밑에 있어서?"

"그건 딱히 이유가 안 돼. 입학하자마자 바로 그렇게 된 거라. 하지만 옥상에서 아야노코지랑 싸운 후로 내가 류엔 씨를 이기고 반을 원래대로 되돌린 것처럼 됐었잖아. 그래서 지금까지 별로 친하지 않았던 녀석들이랑도 잘 놀게 되었었거든."

거기까지 말하다가 말을 머뭇거렸다.

하긴, 이시자키의 입장이 좀 복잡할지도 모르겠다.

류엔을 잡길 바랐던 적지 않은 학생들이 이시자키에게

고마워했을 것이다.

그런데 다시 류엔에게 굴복했다고 하니 반감을 살 수 밖에 없었겠지.

"나도 원인의 일부인 거군."

"아아, 미안하다. 말을 이상하게 해버렸네. 너한테는 아무런 책임도 없어. 애초에 우리가 건 싸움이었고. 물론 떨어져 나간 놈들도 많지만, 대신 너랑 친해졌으니까 난 상관없어."

나를 보며 이시자키가 환하게 웃었다.

다만 그 미소는 어딘지 여리고 위태롭게 느껴지기도 했다.

"반 문제를 혼자 해결하려고 하지 마."

"안다니까. 반 문제는 반 애들이랑 해결할 거야. 류엔 씨도 그럴 각오로 복귀한 거고."

이시자키는 그것을 믿고 온 힘을 다해 따르고 있다는 뜻이다.

1

"우옷, 사람 왜 이렇게 많아?!"

예상했던 대로, 시험 결과가 게시된 헬스장 근처의 휴식 공간은 많은 학생으로 붐볐다. 설치된 모니터 옆에는 『촬영을 엄격히 금한다』라는 종이가 크게 붙어 있었고, 츠키시로의 관계자로 보이는 어른 두 명이 학생들을 무서운 눈초리로 감시하고 있었다.

모니터에 순위와 득점이 표시되고, 자동으로 스크롤 가능한 모양이었다.

지금은 50위에서 60위까지의 그룹 멤버와 득점이 떠 있었다.

"음……?"

불현듯 온몸에 느껴지는 이상한 위화감.

뭐지?

그 원인을 곧바로 알 수 없어서, 뭐라고 형언하기 힘든 꺼림칙한 느낌을 맛보았다.

"결과를 천천히 보려고 했는데 이래서야 전혀 집중할 수 없겠어."

그 위화감을 이시자키는 못 느끼는 건지, 모니터를 보며 싫다는 듯 중얼거렸다.

"어쩔 수 없지. 다들 무인도 시험의 상세한 결과를 알고 싶을 테니."

불만스럽게 혀를 찬 이시자키는 별수 없어서 그 자리에서 결과를 응시했다.

대담한 성격의 소유자이기는 하지만, 아무리 그래도 선배들을 밀치고 앞으로 나가긴 어렵겠지.

곤란하게도, 자동 스크롤 되는 모니터이긴 하지만 손으로 만져서 고정하거나 임의로 순위를 확인하는 것도 가능한지 3학년 중 한 명이 손을 뻗어 조작하기 시작했다.

아무래도 이시자키가 보고 싶은 상위 결과를 곧장 확인하기는 힘들 듯했다.

"어떻게 할래?"

이대로 계속 기다려도 차례가 돌아오려면 꽤 걸릴 거다.

"궁금하긴 하지만 무리하지 말자. 나중에도 볼 수 있으니까."

그건 몇 분 전에 내가 한 말인데……. 뭐, 본인이 이해했으니 됐나.

"그런데 좀 이상하지 않아?"

"응? 뭐가?"

돌아가려는 이시자키는 하나도 못 느끼는 듯했다.

이 이상한 공기.

이쪽을 향한 시선의 숫자들.

그건 단순히 기분 탓으로 정리할 만한 것이 아니었다.

옆에 있는 이시자키가 둔감해서 못 느끼는 것은 아니리라.

이시자키도 다른 학생도 아닌, 오로지 나만을 노려보는 시선들이기 때문이다.

노골적으로, 숨기려고도 하지 않고 나의 일거수일투족을 감시하고 있다.

나를 보는 학생들에게는 공통점이 있었는데, 전부 3학년이라는 사실이었다.

자세한 건 아직 모르겠지만 나구모와 관련되어 있다는

점만은 틀림없다.

무인도 시험 때 나중으로 미루었던 그 일이, 오늘부터 시작된 건가.

"왜 그래?"

아무래도 이시자키가 걱정할 정도로 생각에 몰두했던 모양이다.

"아니, 아무것도 아니야. 다른 학생들도 속속 보러 오는 것 같으니 일단 돌아갈까."

"그래, 그러자."

조만간 무슨 짓을 하리라고 예상하고는 있었지만, 이건 좀 성가시겠는데.

차라리 나구모가 직접 뛰어들어 뭔가를 꾸미는 편이 훨씬 낫다.

처음부터 내가 싫어하는 방식을 써먹다니.

"야, 점심 아직 안 먹었지? 같이 먹자."

"어? 아아, 아직이긴 한데……."

이만 가려는 나를 3학년들이 따라오려는 기색은 보이지 않았다.

어디까지나 쳐다보기만 할 뿐.

집요하게 보는 것은 썩 기분 좋은 일이 아니다.

"뭐야, 그 애매한 반응은. 나랑 밥 먹기 싫냐? 예의 없는 놈이네."

"그런 거 아니야. 잠깐 다른 생각을 했을 뿐이야."

괜히 이시자키까지 끌어들이면 안 되는데, 쫓아오지 않으니 괜찮으려나.

"딴생각하는 것도 실례지."

하긴 맞는 말이다. 3학년 일은 일단 잊자.

"나라도 괜찮겠어?"

"괜찮고 자시고 그냥 같이 밥 먹는 건데."

부담이 확 느껴지는 것도 부정할 수 없지만, 기분이 나쁘지는 않았다.

이시자키가 나를 친구로 여긴다는 사실에 당혹감이 가시지 않을 뿐.

"전에도 말했던 것 같지만, 딱히 널 우리 반으로 끌어들이고 싶어서 이러는 건 아니야. 그냥 친구로 마음에 들어서인데?"

어떤 의미에서는 낯간지러운 대사를 이시자키가 주저 없이 내뱉었다.

하지만 곧 뭔가 깨달은 듯 확 뒤돌아보았다.

"……혹시 내가 이러는 거 민폐야?"

"아니."

"그렇지?!"

순간 자신이 너무 제멋대로 굴었나 의심했던 모양인데, 금세 아무렇지 않은 얼굴로 돌아와 웃었다. 뭐, 이런 성격이라는 건 원래 알고 있었지만.

전혀 싫지 않으니 이시자키를 따라가볼까.

이만 가려고 하는데 뒤에서 잰걸음으로 다가오는 소리가 들려왔다.

"아야노코지 선배!"

발소리의 주인은 무인도 시험 전반부에 같이 다녔던 나나세였다.

"선배도 시험 결과를 보러 오셨군요."

"그래. 찬찬히 확인하기 힘들 것 같아서 포기했지만."

"그러셨군요. 지금은 3학년 선배들이 모니터를 차지하고 있으니 우리 후배들이 자유롭게 보려면 시간이 좀 더 지나야 할 것 같네요."

아무래도 나나세 역시 상세한 결과를 보고 싶었지만 단념한 모양이다.

우리의 대화를 이상한 눈으로 지켜보는 이시자키.

그러고 보니 이시자키는 나나세와 직접 만난 적이 없던가.

"야, 야, 아야노코지. 너 어느 틈에 이렇게 귀여운 애랑 알게 된 거냐?"

"이런저런 일이 있어서."

처음부터 설명하자니 너무 귀찮아서 대충 얼버무렸다.

"야 설마, 후배랑 사귄다거나…… 그런 말을 하는 건 아니겠지?"

"비약이 너무 심해, 단순한 선후배 사이야."

이시자키가 웬일로 이런 일로 캐물었다.

이성 문제에 별로 관심 없는 줄 알았는데 꼭 그렇지도

않은가 보다.

"그런데 나한테 무슨 할 말이라도?"

"아니요, 선배가 보여서 저도 모르게 말 걸고 싶은 마음에."

반짝거리는 눈동자로 똑바로 보면서, 왠지 사람 민망해지는 말을 거침없이 입에 담았다.

"그럼 이만 가보겠습니다!"

잰걸음으로 왔듯이 또 잰걸음으로 떠나버렸다. 선내도 복도와 같아서 뛰어도 되는 곳은 아닐 텐데, 뭐, 아슬아슬하게 그 선을 넘지 않는 속도인가.

"귀여운 애네. 그것도 상당히 그랬고."

그것, 이라는 부분은 미안하지만, 그냥 한 귀로 흘려넘기자.

"정말로 안 사귀는 거 맞지?"

"그래, 안 사귄다고."

괜한 오해를 만들어 소문이라도 퍼지면 민폐다.

그래서 이시자키에게 다시 한번 단단히 못 박아두며 부인했다.

2

이시자키와의 식사를 마치고 객실로 돌아오자 문 앞에 이케가 서 있었다.

어딘지 불안하게 스마트폰을 보고 있었는데, 고개를 들어 좌우를 살피다가 눈이 마주쳤다.

"오, 아야노코지! 잘됐다, 널 기다리고 있었어!"

이케가? 이것 또 의외의 일이 다 있군.

"실은 지금 코미야 병문안을 가려고 하는데 너도 같이 가자고."

"나도?"

이케가 가까이 다가와 귀를 좀 빌리자고 해서 머리를 기울여 주었다.

"그게 말이지……? 혼자 가기가 좀 그래서."

"왜?"

"왜냐니……. 그게, 그러니까. 나…… 시노하라랑 사귀기로 했거든. 시험 끝나고 배로 돌아오는 도중에, 단둘이 있을 타이밍이 생겨서 그때――."

즉 시노하라에게 고백했고, 좋다는 대답을 받았다는 것이다.

진전이 있었을지도 모르겠다고 생각했는데 내 상상을 넘어섰군.

"그래? 축하한다."

순순히 축복해주자 쑥스러운 듯 시선을 피했다.

"고, 고맙다. 그런데…… 코미야 입장에서는 내가 치사하게 느껴질 수도 있을 것 같아서."

"그렇지 않을 텐데."

"아니, 공정하지 못했다고 할까…… 따돌린 느낌이라."

하긴 코미야는 다치는 바람에 일찌감치 무인도 시험에서 탈락했다.

따돌렸다는 표현도 쓸 수야 있겠지만 그건 누구에게나 마찬가지다.

코미야는 코미야대로 무인도 시험 때 시노하라에게 고백할 생각이었던 듯하니.

"실은 코미야가 다 낫고 난 후에 고백하려고 했거든? 그런데 무인도 시험이 끝나니까 마음이 놓이고, 또 옆에 시노하라 녀석이 있고……. 그렇게 되니까 갑자기 코미야에게 빼앗기고 싶지 않다는 마음이 막 치솟아서……."

그래서 무심코 고백해버리고 말았다는 것이다.

물론 차일 위험도 있었다. 그랬다면 코미야와 시노하라가 이어진 후 괜히 민망해지는 미래도 충분히 있을 수 있었으리라.

"그래서 코미야 녀석에게 똑바로 알려야 한다고 생각했어. 그 녀석도 시노하라에게 고백할 생각이면 좀 복잡해지잖아?"

"먼저 움직이지 않았다가 시노하라가 코미야를 선택하면 그것도 큰일이었을 거고."

"윽……! 그, 그걸 어떻게……?!"

과장되게 몸을 뒤로 젖히며 이케가 동요했다.

알려야 한다는 마음 반, 고백 방지 목적 반이었다는 뜻인가.

"한 대 정도 맞을 각오는 되어 있겠지?"

"뭐어어?! 나 맞을 것 같아?!"

"좋아하는 사람을 가로챘으니 그 정도는 하지 않을까?"

"……꿀꺽."

상상하니 무서워졌는지 이케가 겁먹은 표정을 지었다.

코미야도 체격이 큰 편은 아니지만, 농구를 괜히 하는 게 아니니까.

반면 이케는 남자치고 왜소하니, 체격 차이가 꽤 난다고 봐도 되겠지.

"뭐, 지금은 다리를 다쳤으니까 뒷심이 약할 거야. 그리 심하게 아프진 않겠지."

"그, 그런 문제가 아닌데……. 가, 각오하고 있어."

어느 정도 결의를 굳힌 것 같으니 나야 반대할 이유가 없다.

코미야의 상태도 궁금했으니 좋은 기회겠지.

"코미야 녀석, 아직 의무실에서 지내는 모양이더라."

"객실에 있긴 좀 힘들 테니."

휴일의 대부분을 의무실에서 보내도 이상하지 않다.

이케와 함께 의무실 앞에 도착했다. 이케가 심호흡하며 마음을 진정시켰다.

재촉해 봐야 소용없어서 얌전히 기다리고 있는데 안에서 큰 웃음소리가 들렸다.

"뭐, 뭐야? 들어가 보자."

예상치 못한 웃음소리에 놀란 이케는 마음의 준비도 하는 둥 마는 둥 문을 열고 의무실로 들어갔다. 앉아 있는 코미야, 그리고 류엔을 비롯한 반 아이들이 주위를 에워싼 모습이 보였다.

알베르트, 카네다, 콘도, 야마와키까지 네 명이었다.

다른 반이 모습을 드러내자 류엔이 바로 자리에서 일어났다.

"그럼 이만 간다, 코미야."

할 얘기는 이미 끝냈다는 듯 아이들을 데리고 의무실에서 나갔다.

류엔 쪽을 슬쩍 쳐다보았지만, 딱히 나를 보지는 않았다.

"여전히 무섭다, 류엔은……. 아니 여기는 왜 왔대?"

한편 이케는 류엔을 똑바로 바라볼 수 없었는지 몸을 수그리며 중얼거렸다.

그 말을 들은 코미야가 이해한다는 듯 고개를 끄덕이며 대답했다.

"뭐, 박력은 있지. 하지만 저렇게 보여도 병문안 온 거야."

침대 머리 부근의 작은 테이블 위에 선물로 보이는 과자와 주스 등이 놓여 있었다.

"오, 병문안……. 뭔가 그런 건 안 할 것처럼 보이는데."

솔직한 느낌을 말하는 이케를 향해 코미야도 고개를 끄덕였다.

"작년 이맘때였으면 뭐, 상상조차 못 할 일인지도 모르지."

1년 전을 떠올리며 코미야가 추억에 젖어 미소 지었다.

"하지만 뭔가 류엔, 좀 변했어. 둥글둥글해진……거랑은 좀 느낌이 다르지만."

당혹스러워하면서도 기쁜 투로 코미야가 말했다.

입학 초기에 류엔은 반을 장악했고, 누구든 가차 없이 내쳤으니까. 아이들 대부분은 속으로 강한 거부감을 가지고 있어도 이상하지 않다.

"지금의 그라면 순순히 따를 수 있을 것 같은 기분이 들어."

"류엔을 따를 수 있다고? ……난 도대체 모르겠네."

듣고 있어도 전혀 이해되지 않는지 이케가 몸을 과장되게 떨었다.

"여하튼 이케도 아야노코지도 서 있지만 말고 앉아."

코미야는 다른 반인 우리도 친절하게 반기며, 거리낌 없이 앉으라고 권했다.

우리는 사양하지 않고 의자에 앉았다.

"잘 회복되고 있는 것 같네."

나는 고정된 다리를 보면서 코미야의 상태를 확인했다.

"보다시피 다리 말고는 멀쩡해. 하지만 다들 저 문 너머에서 신나게 놀고 있다고 생각하니 배 아파서 빨리 나았으면 좋겠어."

"언제부터 걸을 수 있는데?"

"지금 목발 짚고 걸을 수 있도록 허락을 구해놓은 참이야."

사랑의 라이벌인데, 의외로 둘이서도 대화가 잘 이어지고 있었다.

내가 올 필요는 없었던 것 아닐까.

"다만…… 좀 걱정이야."

"걱정? 뭐가?"

반대쪽 의자에 앉은 이케가 등받이에 팔을 얹으며 코미야에게 물었다.

"아니 류엔, 나를 민 사람이 누구인지 알아내려는 것 같아서. 뭐 기억나는 거 없느냐고 이것저것 묻더라고. 아야노코지한테도 말했다시피 난 누구한테 공격당한 기억조차도 없지만 말이야."

그때 이후에 새로운 기억이 떠오르진 않은 듯했다.

지금 류엔의 반은 나날이 기세를 끌어올리고 있다. 2학년 대결에 집중해 A반을 노려야 하는 시기다. 물론 그건 우리 반도 마찬가지로, 그 사건을 깊이 팔 때가 아니다.

아마사와 또는 다른 화이트 룸생, 츠키시로와 관련된 자가 얽혀 있다면 아무리 류엔이라도 무사하리라는 보장이 없다.

"류엔이 과하게 굴지 않아야 할 텐데."

"범인을 반 죽여 놓을 것 같지?"

두 사람에게 류엔이 당하는 미래는 떠오르지도 않을 거다.

오히려 범인을 걱정하는 게 자연스럽다.

"그런데 무슨 일이야? 단순히 병문안 하러 온 것만은 아니지?"

뭔가를 알아차렸다는 듯 코미야가 이케에게 먼저 물었다.

순간, 놀라서 몸이 굳어버린 이케.

"아, 그게…… 그러니까……."

아직 마음의 준비가 안 되었는지 말을 머뭇거렸다.

그런 모습을 봐서 그런가, 코미야는 재촉하지 않고 진지한 얼굴로 가만히 기다렸다.

그곳의 분위기란 순간 확 바뀔 때가 종종 있다.

조금 전까지만 해도 부드러웠던 공기는 이미 온 데 간데 사라지고 없었다.

"……나…… 뭐라고 말해야 하나…… 그러니까……."

줄줄 잘도 떠들어대던 모습은 사라지고 말을 제대로 내뱉지도 못했다.

"이케. 무슨 말을 하려는 건지는 모르겠지만, 중요한 이야기면 내 눈 보고 말해줘."

무슨 내용인지 눈치챈 것이리라.

그래도 코미야는 모르는 척하면서 이케에게 또박또박 말해줄 것을 재촉했다.

코미야가 이미 눈치챘음을 이케는 모르겠지만, 남자끼리 느끼는 것은 있었으리라.

맥없이 알릴 이야기는 아니라고 느낀 모양이었다.

자신의 두 뺨을 때리며 억지로 정신을 차렸다.

"나, 시노하라한테 고백했어!"

각오를 굳힌 이케가 단순하지만 큰 목소리로 말을 전했다.

그 직후 찾아온 정적.

이케가 옆에서 침을 꿀꺽 삼키는 것을 알았다.

"그래서? 사츠키의 대답은?"

"좋다는 대답, 들었어. 사귀기로 했어."

"그렇구나……."

그렇게 짧게 대답한 코미야의 얼굴을 이케는 피하지 않고 계속 바라보았다. 아까도 말했듯 따돌린 형태가 되어버린 점은 불평을 들어도 어쩔 수 없었다.

불시에 공격할 수도 있다는 생각까지 하고 있을 터였다.

"뭐야, 그 얼굴은. 내가 때리기라도 할 줄 알았어?"

"뭐?"

"맞을 수도 있겠다고 얼굴에 쓰여 있는데."

"그, 그건…… 뭐, 아주 조금."

"그래? 그럼 각오는 되어 있는 거군. 난 지금 못 움직이니까 네가 와라."

가까이 오라고 요구하는 코미야의 표정에서 진의는 읽히지 않았다.

하지만 그 박력에 이케는 각오한 듯했다.

무서워하면서도 코미야의 옆에 가서 섰다.

그 순간, 코미야가 오른팔을 뻗어 이케의 어깨를 붙잡았다.

"윽!"

아픈 몸을 일으킬 수 있을 만큼 일으키고는 이케의 눈을 들여다보는 코미야.

"사츠키를 울리면 용서 안 한다."

왼 주먹으로 이케의 가슴팍을 툭 치며 그렇게 말했다.

"코, 코미야……?"

코미야의 무시무시하던 표정이 미소로 바뀌었다.

"뭐야, 인상 펴. 사츠키가 널 선택한 거야, 그게 다잖아?"

"하지만…… 만약 네가 다치지 않았다면 상황은 반대가 되었을지도…….."

"미안하지만 난 그렇게 생각하지 않아. 사츠키는 전부터 너를 마음에 담고 있었어. 그러니까 바로 고백을 받아들인 거지. 빠른 사람이 임자라고 생각하지 마. 다만…….."

"다만?"

"네가 사츠키를 똑바로 보지 않고 계속 도망만 다녔다면 나에게도 기회는 있었을지도 모르지."

코미야의 말이 옳다. 누가 먼저 고백하는가는 별로 중요하지 않다고 생각한다.

사고가 일어나 다쳤고, 우연히 그 근처에 이케가 있었던 까닭에 인연이 생기며 이를 계기로 시노하라와 사귀게 되었다.

틀림없이 그것이 사귀게 된 가장 큰 요인이 되었으리라.

코미야가 다치지 않았더라면, 이케가 그때 거기에 없었

더라면, 둘 중 하나라도 다른 운명이었다면 지금 시노하라의 옆에 있는 사람은 코미야가 되었을지도 모른다.

"그런 의미에서 난 운이 없었던 거지."

사랑은 얻지 못했지만, 코미야는 개운한 표정이었다.

"고맙다, 코미야."

"공부 열심히 해라? 사츠키…… 아니, 시노하라가 그 부분도 걱정하더라."

"……그렇지. 퇴학당하면 안 되니까."

이번 연애 소동은 이케에게 아주 중요한 터닝 포인트가 되었을지 모른다. 스도처럼 자신을 위해, 좋아하는 사람을 위해, 열심히 할 기회를 얻게 되었다.

어쨌든 이케의 보고와 그것을 받아들인 코미야의 대화는 이렇게 해서 마무리되었다.

"미안한데 이케, 아야노코지랑 둘이서만 얘기 좀 해도 될까? 내가 다친 일과 관련해서 좀 확인하고 싶은 게 있거든."

"알았어, 그럼 또 보자, 코미야. 아야노코지도."

이케가 우리에게 인사하고 순순히 밖으로 나갔다.

둘만 남자 코미야가 입을 열었다.

"미안하다. 이케가 도와달라고 해서 같이 온 거 아니야?"

"아니, 코미야가 어떤지 나도 마음 쓰였으니까. 오히려 내가 방해된 꼴이네."

"그렇지 않아. 뭐랄까…… 참 모르겠다."

"응?"

"나도 너희도, 다른 반이고 경쟁하는 사이인데 이렇게 아무렇지 않게 대화도 나누게 되고. 왠지 그런 부분이 옅어지고 있달까. 작년에는 꽤 살벌했었는데 말이야."

원래 반이 다르면 쓰러트려야 할 상대, 넘어뜨려야 할 경쟁자다.

전략을 빼고 사이좋게 지내서 얻을 이익이란 그리 많지 않으리라.

"무인도 시험은 학년별 대결이었고, 게다가 오랜 시간 같은 학교에 있어서 그런 것 아닐까?"

"응, 그럴지도 모르지."

"그런데? 다친 일과 관련된 얘기라는 건?"

이 이야기가 서론에 해당하는 잡담인 사실은 분명하고 본론은 따로 있을 터.

"아까 살짝 말했지만, 류엔에 관해서야."

"범인을 찾는 것 같다고 말했었지."

"난 반대하거든. 솔직히 이번 일은 내 실수로 일어난 사고로 해두고 싶을 정도야."

"하지만 시노하라는 실제로 너희를 공격한 놈을 목격했어."

"알아. 하지만 뭔가 불길한 예감이 든다고 할까, 결과가 좋지 않을 것만 같아서."

공격당한 만큼 위험을 피부로 느꼈을지도 모른다.

"조금이라도 좋으니 아야노코지도 그 부분을 좀 신경 써줄 수 있을까?"

"내가 할 수 있는 일이 별로 없을 것 같은데."

"직접 뭘 어떻게 해달라는 건 아니야. 뭔가 조금이라도 이상한 점이 있으면 나한테 알려줘."

코미야가 강렬한 눈빛으로 내게 부탁해왔다.

우리는 전화번호를 정식으로 교환해 언제든 연락할 수 있게 했다.

"자, 이제 코미야는 하루빨리 회복하는 데에만 전념해."

안정을 취하는 것이야말로 완치로 가는 유일한 지름길이니까.

"고맙다. 그렇지, 괜찮으면 다음에 답례하게 해줘. 날 도와준 다른 애들한테도 말 잘 전해주고."

"들으면 기뻐할 거야. 이케는 시노하라도 데리고 올지 모르겠지만."

"그건 좀 봐줬으면 좋겠다. 아무리 그래도 두 사람이 꽁냥거리는 모습을 본다면 눈물 날 것 같아."

코미야가 쓴웃음 지었는데, 보기보다 더 상처받은 듯하다.

어설프게 한마디 덧붙인 건 실패 같군.

어쨌든 부상 덕택이라고 말하면 좀 그렇지만 코미야와의 거리도 조금이나마 줄어든 느낌이 든다.

"그럼 또 보자, 아야노코지."

"그래."

인사하고 의무실을 나오자마자 문득 이상한 기분이 들었다.

같은 반 스도와 이케, 그리고 다른 반 이시자키와 코미야.

조금씩이지만 내 주변에도 친구라고 부를 수 있는 존재가 늘어나기 시작했다.

딱히 친구를 만들고 싶어서 행동한 것은 아닌데 결과적으로 그렇게 되어가고 있었다.

"친구 사귀는 법은 교과서에 실려 있는 게 아니니까."

나는 바보같이 진지하게 그런 생각을 했다.

○잠깐의 바캉스, 그 시작

무인도에서 학생들은 하루하루가 길게 느껴졌을 것이다.

반면 호화 여객선에서의 하루는 섬광처럼 순식간에 지나가고 있었다.

똑같은 24시간인데 어째서 시간 흐르는 속도가 이토록 다른 것일까?

그건 아마 시간에 대해 별로 생각하지 않는 게 제일 큰 이유겠지. 평소 학교에서나 특별시험 중에는 시간에 대해 생각할 때가 많다. 반면 휴일에는 별다른 생각이 없기에 그 차이가 현저하게 드러나는 것이다.

그런 축제와도 같은 휴일 이틀째.

학생들의 피로도 마침내 다 풀리고 본격적으로 휴식을 만끽하기 시작했는지, 선내 통로만 해도 지나다니는 학생 수가 확 늘어났다. 혼자 조용히 지낼 때가 많은 내게도 조금 의외의 인물로부터 만나자는 내용의 메시지가 왔다.

3학년 B반 키리야마 부회장이었다. 수영장에서 만나자고 했는데, 같이 튜브라도 끼고 우아하게 담소 또는 비치 발리볼이라도 하면서 친목을 다질 목적인가.

그런 예상 같지도 않은 예상은 바로 머릿속에서 걷어내 버렸다.

만나는 장소야 수영장이지만 실제로는 노는 것과 거리

가 멀겠지.

물론 거절할 수도 있다. 아니면 무시하거나. 다만 어찌됐든 결국에는 또 연락이 올 것이다. 상황에 따라서는 지금보다 이상한 곳에서 만나자고 할 가능성도 충분한 이야기.

담담하게 예스라는 답장을 보내고, 정한 시간에 가겠다고 약속했다. 차라리 혼자 불려가는 지금이 나중에 받을 타격이 적다고 판단했기 때문이다.

게다가 어제 느낀 3학년들의 집요한 시선의 수수께끼를 풀 가능성도 있고.

"키리야마인가……."

지금 내가 있는 곳은 헬스장 옆 휴식 공간.

특별시험 결과가 공개되고 있는 모니터 앞이었다.

이미 많은 학생이 시험 결과 확인을 마쳤는지, 지금은 나 혼자였다.

감시하는 교사도 한 명까지 줄어들었다.

대략적인 결과는 머릿속에 이미 있지만, 한 번 더 상위진 성적을 슬라이드해서 키리야마 그룹의 결과를 띄웠다.

종합 1위는 단독인 코엔지 로쿠스케, 2위가 나구모 그룹, 3위는 사카야나기 그룹으로 여기까지는 모두가 있는 앞에서 발표된 내용이고, 4위가 키리야마 그룹으로 득점차이는 불과 6점 못 미치는 255점. 그러니까 막판에 사카야나기가 추월해 시상대를 낚아챘다는 이야기다.

3위와 4위는 단순한 순위 차이에서 그치지 않는다.

"당연히 3학년 입장에서는 화날 수 있나."

나구모는 1위를 놓쳤고, 키리야마는 시상대를 놓쳤다.

게다가 퇴학당한 것도 전부 3학년이라는 이상 사태까지 따라왔다.

약속 시간까지는 아직 20분 정도 남았기 때문에 풀 사이드에 먼저 모습을 보이기로 했다. 시선을 느끼는 것이 단순히 내 자의식 과잉이 아니라 어떤 책략 때문임을 입증하기 위해서이기도 했다.

천천히 관찰, 통찰할 것까지도 없이 답은 바로 나왔다.

수영장에 모습을 드러낸 지 몇 초도 채 지나지 않아, 곳곳에 있는 불특정 다수의 3학년들로부터 주목받기 시작했다.

이야기에 푹 빠져 있던 학생도, 수영하던 3학년들도 내 존재를 알아차리자마자 끈끈한 눈빛으로 관찰했다.

어제 느낀 시선은 단순한 우연이 아니었다는 이야기.

"증명이 너무 빠르잖아."

그렇게 도리어 불평하고 싶어질 정도로 강렬한 위화감을 느꼈다.

그냥 존재감이 별로 없는 한 학생으로 여기 있는 건데 누구보다도 눈에 띄고 있다.

생각을 비우려고 해도 자꾸만 저절로 진의를 파악하려고 하게 된다.

십중팔구 나구모가 내린 지시겠지만, 어떤 내용인지 현시점에서는 하나도 알 수가 없다. 노골적으로 쳐다보는 학생도 많은 가운데, 나는 일부러 아무것도 모르는 척 굴었다.

어리석고 둔한 인간을 연기하는 게 훨씬 편하기 때문이다. 하지만 내가 이 수상한 시선들을 눈치챘다고 나구모가 예상할 걸 상상하기란 그리 어렵지 않다. 그러면서 주목을 한 몸에 받는 나를 보며 즐기고 있어도 이상하지 않은가.

어쨌든 지금은 모르는 척 있는 것이 최선이다.

3학년 말고는 누가 와 있는지 수영장을 가볍게 둘러보니 이치노세를 비롯한 그 반 아이들 몇 명이 보였다. 어쩌다 이치노세가 유일하게 나를 일찌감치 알아봐서 눈이 마주쳤다.

어깨를 움찔하더니 달아나듯 반 아이들 뒤로 몸을 숨겼다. 갑작스러운 행동 변화에 반 아이들이 무슨 일 있느냐고 말을 걸었다.

무인도 시험에서 이치노세에게 고백받은 이후니까.

이렇게 먼 거리에서 눈만 마주쳤는데도 민망해지는 것은 어쩔 수 없다.

이치노세만 있으면 모르겠지만 그녀의 반 친구들도 있기에 지금은 다가가지 않기로 했다.

어차피 모레 저녁에 만나기로 했으니.

우리 반 아이들도 이따금 보였지만 아쉽게도 딱히 사이가 가까운 학생은 없었다.

"꽤 힘들어지기 시작한 것 같은데, 아야노코지."

약간 대각선 앞에서 누가 말을 걸어 쳐다보니, 갑판 쪽 비치 체어에 키류인이 앉아 쉬고 있었다.

"그게 무슨 말이죠?"

"3학년들 이야기야. 설마 못 느낀 건 아니겠지?"

"잘 모르겠는데요."

일단 시치미 떼 보았지만, 키류인은 코웃음조차 치지 않고 태연하게 말을 계속 이었다.

"가담하지는 않았지만 나도 3학년이야. 정보는 이미 들었지."

"혹시 저를 향한 시선들을 말씀하시는 겁니까?"

"알고 있네."

"별로 큰 문제가 아니어서요. 저를 보고 있다, 그것뿐이죠."

"그것뿐, 인가."

마음에 담지 않고 있다는 사실을 전면에 내세웠는데, 그게 그렇지 않다고 키류인이 말했다.

"나한테는 미래가 걱정되는 전략으로 밖에 느껴지지 않는데? 특히 너 같은 타입에는 아주 성가실 테지."

놀리듯 말했는데, 키류인의 지적은 틀리지 않았다.

"역시 학생회장이네. 완전무결한 너에게 기발하면서도 효과적인 카드를 내밀었어."

"완전무결이라니 과대평가입니다."

"겸손 떨지 마. 한 번이지만 함께 사선을 넘은 사이잖아,

너에게 한계를 알 수 없는 역량이 있다는 것 정도는 잘 알아. 안 그래?"

선글라스에 가려진 눈빛이 나를 예리하게 꿰뚫었다.

어설프게 계속 부인해봐야, 주위에 많은 학생이 있는 만큼 무슨 소리를 들을지 알 수 없다.

그런 주변 환경도 키류인은 당연히 고려했겠지.

"알겠습니다. 일단 인정하죠."

"후후, 그러는 게 좋아. 자, 그럼 본론으로 돌아와서 시험 막바지에 나구모와 무슨 일 있었어? 적어도 무인도 시험이 끝날 때까지는 3학년에게 지령을 내리지 않았거든."

"미움을 산 기억은…… 전혀 없다고 단언할 수도 없어서 답답하네요."

지금까지 편안한 자세로 있던 키류인이 몸을 살짝 일으켰다.

"개인의 능력으로 말하자면 나구모 미야비라는 남자는 우리 학교에서도 최고의 실력자이지. 학력 A, 신체 능력 A, 기지 사고력 A+, 사회 공헌도 A+. 무엇 하나 나무랄 데가 없어."

"알고 있습니다. OAA만으로 말하면 압도적으로 전 학년 통틀어 일등이죠."

스도와 키류인처럼 한 가지 능력이 A+인 학생은 적지 않다.

하지만 올 A 이상인 학생은 나구모뿐이고, A+가 2개 이상인 학생 역시 극소수다.

"원래부터 높은 학력과 신체 능력, 학년을 통합하는 카리스마, 게다가 학생회장이라는 자리에 올라 충실하게 실적을 끌어올리고 있기까지 한 나구모는 같은 학년에서는 적다운 적을 만날 수 없었지. 유일하게 학교 내에서 동등한 실력이라고 인정한 사람이 호리키타 마나부였는데, 이제 졸업해서 없고."

키류인이 숨을 한 번 고르더니 테이블에 둔 유리잔을 들었다.

"나구모한테 넌 장난감 중 하나에 불과했을 거야. 그런데 무인도 시험에서 일어난 어떤 일을 계기로, 녀석이 진심을 보이기 시작한 것 같은데."

"절 그냥 내버려 두는 게 제일 나을 텐데요."

"그렇다면 어딘가에서 선택지를 잘못 골랐다는 얘기고."

키류인이 듣기 거북한 말을 거침없이 내뱉었다.

"일대일로 붙어서 너를 이길 수 있는 사람은 손에 꼽힐 정도겠지. 나도 실력에는 자신 있는 편인데, 상대하게 어려운 타입을 들라면 틀림없이 너 같은 사람이야. 하지만 나구모는 성질이 완전히 달라. 네가 상대하기에 까다로운 존재라고 난 생각해. 어때?"

"그 가능성을 부정할 수 없게 되었네요. 본질을 잘못 보고 있었어요."

그냥 계속 쳐다보는 것. 그게 이 정도로 스트레스와 혐

오감을 느끼게 할 줄은 몰랐다. 화이트 룸에서도 늘 감시의 눈은 있었지만, 그것과는 완전히 다르다.

즉 살면서 경험해 본 적 없는 환경에 강제로 노출된 상황.

게다가 피하려면 방에 틀어박히는 것 이외에는 방법이 없고 그 역시 현실적인 해결책은 되지 않았다.

"그렇겠지. 나구모는 화려한 싸움, 승리, 일대일을 선호하는 경향이 있어. 하지만 확실하게 이기기 위해서라면 어떤 전략이든 이용하려고 해. 3학년 전원을 동원해서라도 말이야. 고식적이든 뭐든 결국 승리를 우선해."

다수의 시선 집중은 그 서장에 지나지 않는다는 이야기인가.

"미안하지만 이번 일은 도와줄 수 없어."

그렇게 말하고는 이마에 걸치고 있던 선글라스를 썼다.

"도와달라고 말하지도 않았는데요."

먼저 협력 요청을 거부하는 키류인.

"지난 3년 동안 내 멋대로 자유롭게 지냈는데…… 학교 생활에 아주 조금 미련이 생겼어. 만약 이 학교에 원급유치 제도가 있었다면 검토하고 싶다고 생각했을지도 몰라."

원급유치, 진급하지 않고 같은 학년을 한 번 더 이수하는 것.

흔히 말하는 유급이다.

"여기 있었나, 아야노코지."

나와 키류인이 계속 대화를 나누고 있는데 키리야마 부

회장이 혼자 모습을 드러냈다. 약속보다 훨씬 이른 시간이었다. 옆에서 한가롭게 있는 키류인을 슬쩍 쳐다본 후 다시 내게로 시선을 옮겼다.

"약속 시간까지 아직 좀 남았지만, 얘기 시작해도 상관없겠지? 여기는 장소가 좀 그러니 다른 데로 옮기자."

"나한테 들려주고 싶지 않은 이야기라는 건가, 키리야마."

도와줄 수 없다고 했어도 이야기의 내용에는 흥미가 있겠지.

키류인은 썼던 선글라스를 다시 이마에 걸쳤다.

"단순히 보는 눈이 너무 많아서야. 가능하다면 조용한 곳에서 얘기 나누고 싶다."

풀 사이드는 인기가 많아 많은 학생이 있었다.

무슨 영문인지 유일하게 키류인의 옆자리는 비어 있었지만, 그 이유는 깊이 고민할 필요 없겠지. 왠지 옆에 눕기 불편할 듯하니까.

"보는 눈이 너무 많아서라니 이상한 소리네. 그거 모순이야, 키리야마."

"뭐가?"

"조용한 곳에서 얘기하고 싶었으면 이렇게 사람 많은 수영장을 약속 장소로 고른 것 자체가 난센스지. 안 그래?"

"그럼 처음부터, 네 옆에서 얘기하면 기 빨려서 싫다고 말하게 하고 싶었냐?"

키류인의 지적에 키리야마가 내뱉듯이 말했다.

표정이 완전히 죽어 아무 감정의 빛도 실려 있지 않았다.

지금까지 키류인 때문에 수도 없이 고생했음을 알 수 있었다.

"아하, 계속 신경 쓰게 만들었다는 건가."

어떤 순간이든 이야기가 시작되면 키류인을 중심으로 전개되어 버린다.

그게 싫어 피하고 싶어서 키리야마가 생각해 낸 방법이었는데, 도리어 키류인에게 지적당한 꼴이 된 건가.

"이왕 이렇게 된 거 나도 들으면 안 되나?"

"거절한다. 너와는 전혀 상관없는 얘기야."

"상관없다고? 정말 그렇게 단정 지어도 될까?"

"뭐라고?"

"나와 아야노코지는 남자 대 여자로 만나고 있어. 그렇다면 아무 상관 없다고 말할 수 있나?"

뭐?

이런 리액션이 나오기도 전에, 키리야마가 놀란 얼굴로 나와 키류인을 번갈아 쳐다보았다.

"후후, 농담이야, 키리야마. 넌 참 시시한 남자지만 그런 반응만은 가끔 재미있단 말이지."

유쾌하다는 듯 웃는 키류인을 쳐다본 키리야마는 몹시 화난 듯했다.

말도 하지 않고 걷기 시작했다.

저런 여자는 내버려 두고 빨리 따라오기나 하라는 뜻이

겠지.

"무시할 수도 없으니 이만 가보겠습니다, 키류인 선배."

"키리야마한테 말 잘 전해주라."

그건 좀 봐줬으면 한다. 당사자가 없어도 키류인의 이름은 듣고 싶지 않을 테니.

나는 앞장서서 걷는 키리야마를 따라, 수영장이 내려다보이는 한 층 위 갑판으로 올라갔다.

그곳은 일광욕, 낮잠이나 휴식을 취하는 학생이 많아서 비교적 조용했다.

그렇더라도 학생이 나름대로 모여 있었기 때문에 오히려 대화가 귀에 잘 들어올지도 모른다.

다만 3학년의 모습은 한 사람도 보이지 않아서, 키리야마가 미리 물리쳤음을 짐작할 수 있었다.

그런 의미에서는 1학년도 2학년도 나와 키리야마의 대화를 신경 쓰지는 않으리라. 그리고 또 하나 다행인 점은 몰래 대기하고 있는 인물도 없어서, 키리야마와 일대일로 대화를 나눌 수 있다는 점일까.

"그런데 굳이 이렇게 불러내고, 무슨 일 때문이죠?"

"돌려 말하지 않을게. 무인도 시험 마지막 날, 나구모랑 뭘 한 거지? 아야노코지."

"그게 무슨?"

"시치미 떼지 마. 무인도 시험 결과와 네가 어떤 관련이 있는 건 확실하니까."

나와 나구모가 대면했던 무인도 시험 마지막 날, 코엔지를 잡는 작전을 전개 중이었다는 것은 무전기를 통해 엿들었었다. 그러니 키리야마가 파악하고 있어도 이상하지 않다.

"대답해드릴 수 있지만, 그전에 저부터 질문해도 되겠습니까?"

"질문?"

그렇다. 이렇게 불러내는 상황이 오면 확인하려고 했던 것이 있다.

의아한 표정을 짓는 키리야마에게 나는 계속해서 말을 이었다.

"키리야마 부회장과 처음 만났을 때부터 계속 궁금했던 겁니다. 처음에는 나구모를 쓰러트리기 위해 움직였었는데, 언제부터 싸우는 것을 내팽개…… 포기하게 된 겁니까?"

만약 키리야마가 나구모의 실추, 패배를 기대하고 있다면 이번 일을 환영해야 마땅하다.

"포기해? 무슨 말인지 모르겠는데. 개인적인 싸움은 지금도 계속하고 있어."

"그래요? 제 눈에는 그렇게 안 보이던데."

키리야마는 부인하자마자 내 목적이 무엇인지 바로 이해한 듯했다.

"넌 내가 나구모에게 붙었다고 생각하나 본데, 그렇지 않아. 나구모의 계획에 변경이 생기면서 나와 주위에 악영향을 미치기 시작했어. 무인도 시험 전에 말했을 텐데, 방해하지 말라고."

그 한마디는 키리야마가 했던 지극히 평범한 부정을 드러내는 단어의 나열.

하지만 인간이란 사소한 부분에서 실언하고 마는 법이다.

"그건 확대해석입니다. 단순히 싸우지 않기로 한 건지 물었는데, 키리야마 선배는 자기가 학생회장 진영인지 아닌지라는 면을 강하게 의식하고 있군요."

"……그게 그거잖아."

"패배를 인정하는 것과 상대 쪽에 붙는 것은 의미하는 바가 완전히 다르죠. 비슷한 것 같아도 전혀 달라요. 그 정도는 부회장이라면 충분히 알지 않나요?"

자신을 우수한 쪽으로 분류하는 자존심 강한 사람은 실수하지 않는다고 생각한다. 그래서 우수하니까 틀리지 않겠죠? 하고 선수 치면 실수를 인정하기 더욱 어려워진다.

"하고 싶은 말이 뭐야."

인정도 부정도 하지 못하고 키리야마가 이야기를 이어가려고 했다.

지금, 이 남자가 취할 수 있는 선택지 중 가장 고르기 쉬운 것은 패스니까 말이지.

"단순히, 지금 어떤 입장인지 알고 싶을 뿐입니다. 싸움은 포기했어도 여전히 나구모의 적인지. 아니면 나구모에게 붙었는지. 어쨌든 호리키타 마나부가 맡긴 일이니까요."

마나부의 이름을 오랜만에 들었는지 키리야마의 표정이 굳어졌다.

"……그랬지."

처음으로 나와 키리야마가 만났던 때를 떠올리고 있는 건지도 모른다.

"생각해보면 넌 나와 나구모 그리고 호리키타 선배와의 관계—— 요컨대 학생회에 대해 아무 관심도 없었지. 그런 의미에서는 휘말릴 상대가 아니었어."

키리야마가 왼손으로 난간을 힘껏 붙잡았다.

"내가 나구모를 쓰러트리려고 생각했던 건 사실이야. 그러지 않으면 우리 반이 A반으로 다시 올라가기란 불가능하니까. 하지만 그 기개도 2학년 중반 무렵부터 서서히 옅어지기 시작했어."

지금 3학년은 우리 학년보다 훨씬 더 A반의 독주를 허용하고 있었다.

현시점에서 3학년 A반과 3학년 B반의 반 포인트는 900 이상 벌어져 있다. 작년 중반 시점에도 700 이상의 포인트 차가 났을 것이다.

일찍부터 나구모의 독주를 허용하고, 따라잡을 수 없는 지경까지 와버렸다.

"우리 3학년은 금방 개인전으로 양상이 바뀌었어. 반 포인트와 학교 규칙 따위는 둘째 문제고, 나구모가 제창하는 독자적인 규칙을 기준으로 삼아 승부를 시작했지."

이상할 정도로 독주하게 된 배경에는 그것이 크게 관련되어 있다고.

그렇게 되어버렸으니 키리야마 혼자 맞서기에는 많이 힘들었으리라.

"어떻게든 벗어나 보려고 발버둥 쳤지만 3학년이 되고 얼마 지나지 않아 나도 그 파도에 휩쓸리고 말았지."

분노? 단념? 뭐라고 표현할 길 없는 옆모습이었다.

"파도에 휩쓸려서 어떻게 되었는데요?"

"후우……. 내 입으로 확실하게 들어야만 성에 차나 보군."

"저한테는 중요한 일이라."

"A반으로 졸업하기 위한 티켓을 나구모한테 받고 그가 만든 규칙에 따르기로 했다. ──넌 이 말이 듣고 싶었겠지."

즉 현재 입장은 적대 행위를 그만두고 나구모의 편이 되었다는 것.

그만큼 일반 학생에게 A반으로 졸업하는 것은 아주 중요한 문제겠지.

2,000만 포인트에는 그만큼의 가치와 매력이 있다는 증명이기도 하다.

"이 학교 최대의 특권을 손에 넣을 수 있느냐 없느냐에 따라 앞으로의 인생이 크게 달라지지. 최종적으로 반 아이들에게 어떤 미움을 사든 A반으로 졸업하는 게 중요해. 고등학교 3년은 앞으로 있을 수십 년의 인생에 비하면 찰나에 불과하니까."

키리야마가 분개하면서, 나를 불러내 자세한 내용을 알고 싶어 했던 것도 당연한 흐름이다.

"나구모가 1위를 차지하는 것은 명제이자 사명이었어. 그런데 네가 관여하는 바람에 지휘 계통에 혼란이 생겼고, 코엔지에게 1위를 빼앗겨 2위로 떨어졌지. 결과적으로 반, 프라이빗 포인트 모두 크게 손해를 봤어. 이게 얼마나 큰 일인지 알아?"

OAA상으로 확인했을 때, 나구모의 대그룹은 시련 카드와 추가 카드 7장을 소지하고 있었다. 그것만 따져도 1위를 놓치면서 잃은 금액이 700만에 이른다.

게다가 3학년이 가지고 있던 28장의 편승 카드를 전부 나구모 그룹으로 지정했다면 본래 1,500만에 육박하는 프라이빗 포인트를 추가로 얻을 수 있었다. 그런데 2위로 떨어지면서 거의 절반으로 깎이는 결과가 되었다. 물론 그것도 막대한 금액임은 틀림없지만.

시련 카드에 의한 반 포인트 효과까지 더해지면 손실은 더욱 커진다.

"졸업이 다가오는 우리 3학년한테 이번에 1위를 놓친 건 크나큰 손실이야. 1포인트도 허투루 쓰지 않고 프라이빗 포인트를 모아야 하는 판에."

키리야마 그룹도 2위를 노릴 작정으로 자기 그룹에 『추가』 카드를 집중시켰던 것을 생각하면, 지금 계산한 것 이상의 프라이빗 포인트가 사라졌다는 얘기다.

"키리야마 선배 그룹이 입상을 놓친 것도 전혀 무관하진 않은 것 같은데요."

내가 그 점을 지적하니 어깨를 살짝 움찔했다.

"……그래. 나구모 그룹의 백업 요인으로 갑자기 끌려 나왔어. 그런데 그 일말의 늦은 대응이 끝까지 모든 방면에 영향을 미쳤지. 코엔지한테 지는 데서 끝나지 않고 2학년 그룹에 3위까지 빼앗기고 말았으니까."

모두 작전대로 되었을 경우 3학년이 받을 수 있었던 다량의 프라이빗 포인트 보수. 그것은 단순히 김칫국이기는 했으나, 동료를 확실하게 구할 수 있을 만큼 큰 금액이었다.

"A반으로 올라가는 데 필요한 티켓은 2,000만. 우리는 그걸 만들어내기 위해 가장 적절한 방법을 언제나 모색하고 있어. 이번 일로 그 티켓 중 한 장이 줄어들었다고 말할 수 있겠지."

무인도 시험에서 상위 보수는 매력적이었지만, 프라이빗 포인트에 한해서는 추가 카드와 편승 카드의 효과가 합계 면에서 훨씬 웃돌았다.

"지금까지 나구모는 계속 결과를 내서 같은 학년의 신뢰를 쌓아왔어. 그런데 여기까지 와서 네 존재에 집착하는 바람에 큰 금액을 잃고 신뢰에 금이 간 거야. 그래도 거기서 단념했다면 문제는 최소한으로 끝났겠지만, 특별시험 후—— 나구모는 믿기 힘든 행동을 했지."

"예기치 않은 3학년들의 퇴학 말이군요."

"그래. 원래라면 의도적으로 하위가 된 그룹을 상위 그룹이 도와 퇴학을 막아서 시험 종료 시점에 순위를 바꿔 구제할 계획이었지."

그런데 그것이 실행되지 못해 하위 그룹 3학년이 모두 퇴학 처리되었다.

"14명이 저항도 못 해보고 퇴학당했어. 울부짖을 틈조차 없이."

"전전긍긍했겠군요, 3학년 입장에서는."

"당연하지. 변덕 하나에 지난 3년이 무로 돌아갔는데. 그게 본인들 탓이면 깨끗이 포기할 수 있었겠지만, 나구모의 이해할 수 없는 행동 때문이라면 이야기는 달라지지."

모두 사실이라면 지금까지 맹신하며 따르던 학생들이 눈 뜰 계기도 될 수 있다. 아니, 이런 일이 생겼는데도 3학년들이 나구모에게 반기를 들지 않는 것은 오히려 이상하다고도 할 수 있다.

"이상해? 나구모를 탓하지 않는 게?"

"큰 실태였잖아요. 그런데 티켓이 없는 B반 이하 학생 다수가 입을 다물고 있으니."

"거스르고 싶어도 거스를 수가 없어. 나구모와 3학년 A반 학생들은 불가침의 요새에서 보호받고 있으니까."

불가침의 요새. 다른 반은 절대 들고 일어날 수 없는 구조가 형성되어 있다는 거겠지.

그럼……. 한 가지 질문을 던져보면 수수께끼를 풀 수

있을 듯하다.

"키리야마 부회장은 티켓을 가지고 있는 거죠?"

보통은 『예스』라는 대답이면 끝날 질문.

그렇지만 키리야마는 표정을 바꾸지 않고 주저 없이 대답했다.

"나한테 그 티켓이 있으면 아무 문제도 없겠지."

"그렇군요. 그 티켓을 나구모가 가지고 있다면 과연 이야기가 달라지겠군요."

당연하다면 당연하지만, 나구모는 빈틈없는 전략을 펼쳤다. 모든 프라이빗 포인트를 나구모가 관리하고 있다면 아무도 나구모를 거역할 수 없다.

간단히 말해, 2,000만 포인트를 써서 구제해주겠다고 구두 약속한 상태겠지.

아니, 구두 약속이라는 표현조차 안이할지도 모르겠다.

『이대로 계속 충성을 맹세하면 티켓을 한 장 줄 생각이야』

이와 같은 애매한 표현을 써서, 확답을 피하고 있다고 봐도 되리라.

이런 상태에서 경솔하게 거슬렀다간 어이없게도 그 약속은 지켜지지 않을지도 모른다.

"몰래 앞질러 프라이빗 포인트를 모으는 것도 금지되어 있어. 개인이 자유롭게 가져도 되는 한도액은 기본 50만 포인트까지. 그 이상은 전부 나구모에게 가."

"심하군요."

현금이면 비상금을 만들기 쉽지만, 전자화폐인 프라이빗 포인트는 숨기기가 불가능하다. 또 서로 감시하는 규칙도 세워져 있겠지.

가령 어떤 수단을 써서 나구모를 공격해 퇴학시켜도 그때는 수천만, 혹은 몇억에 이르는 프라이빗 포인트까지 가지고 퇴학당할 것이다.

그러니 모반은 절대 일으킬 수 없다.

"3학년이 이상할 정도로 나구모를 밀어주고 지키는 이유를 이제 알겠지?"

"잘 알겠습니다."

완벽한 독재 정권이라고 말해도 과언이 아니다. 같은 학년에서는 그 누구도 나구모에게 맞설 수 없다.

"그 녀석은 3학년 전체를 가지고 놀고 있어. 티켓이 없는 학생끼리 경쟁 붙이고 이긴 녀석에게 티켓을 주는 짓을 해서 충성을 맹세하게 만들고 있지."

물론 승산 없는 D반과 C반 학생에게 나구모의 존재는 그야말로 신이겠지.

도움을 주면 A반으로 졸업할 수 있다——라고 선전을 했으니 당연하다.

하지만 졸업 직전에 정말로 반을 바꿀 수 있는지는 모르는 일이다.

"이제 얼마 남지 않은 학교생활, 한 장이라도 더 많은 티켓을 얻기 위해 싸우고 싶어. 거기에 너라는 존재는 방해만 된다, 아야노코지."

나구모가 나에게 연연하게 되면 귀중한 프라이빗 포인트를 잃는다.

그에 동반하는 손실로, 구제받아야 할 학생이 구제받지 못하게 된다.

이것이 지금 3학년이 처한 상황인가.

"제가 원해서 이런 상황이 되었다는 겁니까?"

"그게 아니란 건 알아."

"그럼 저더러 어쩌라는 거죠?"

"원점으로 돌아가기만 하면 돼. 무인도에서 있었던 일을 말한 다음 우선 거기서부터 해결책을 찾는 거야."

"나구모가 원하지 않을 텐데요? 무슨 일이 있었는지 부회장한테도 말하지 않았잖아요?"

"……그건 그렇지만 가만히 내버려 둔다고 해결되는 일이 아니야."

티켓을 잃어버릴 위험이 있더라도 나구모의 폭거를 막고 싶다는 뜻인가.

아니, 막지 않으면 자신의 티켓까지 어떻게 될지 알 수 없다며 걱정하고 있다.

"나한테 말할 생각이 없으면 지금 당장 나구모와 만나 대화했으면 좋겠다. 필요하다면 내가 그 자리를 마련해줄 수도 있어. 앞으로 너와 나구모가 붙어봐야 이득 볼 사람도 없잖아, 안 그래?"

"그건 그렇죠."

"나구모가 실행 중인 작전도 그만둬달라고 꼭 말할게. 나를 믿어줬으면 좋겠다."

실행 중인 작전. 그게 뭔지는 굳이 물어볼 것까지도 없다.

"저를 향한 시선들 말이죠."

키리야마는 수영장을 내려다보며 고개를 끄덕였다.

"무슨 속셈인지, 뭘 위해서 그러는지, 그리고 언제까지 그럴 건지. 그러한 설명도 일절 하지 않았어. 이 기이한 행동에 점점 불신하는 3학년이 늘어나고 있지."

그러면서도 모든 권리를 가진 나구모를 따를 수밖에 없다.

"나구모 정권은 견고하지만…… 그래도 이렇게 계속 무모한 짓을 이어간다면 최악의 사태도 일어날 수 있어."

티켓을 얻을 수 있는 키리야마 일행이야 충실하게 계속 따르겠지만, 티켓을 받지 못한 많은 학생의 입장은 다르다. 키리야마는 폭동이 일어나게 둘 수 없는 것이다.

어차피 티켓을 받지 못한다면 나구모의 퇴학을 도모해도 이상하지 않다.

키리야마 일행에게 그것은 최악의 시나리오인 셈이다.

"설령 제가 만난다고 해도 그걸로 이야기가 끝날 거란 생각은 안 드는데요."

"그럼 어떻게 하면 되는 거야. 나한테 자세한 이야기도 해주지 않고, 그렇다고 나구모를 만날 생각도 없고. 그럼 상황은 점점 나빠지기만 할 텐데."

"시간을 좀 주시겠어요? 머지않아 꼭 답을 드리죠."

아마 내가 아니라 나구모가 키리야마에게 속보를 전하게 되겠지만.

"……그래. 하지만 나구모가 다음 행동을 일으키기 전에 결단을 내려줘."

키리야마는 수영장 전체를 둘러보고 있었기 때문에 어떤 인물의 등장을 바로 알아차렸다.

물론 지금까지 쭉 화제의 중심에 있던 나구모였다.

"이만 가야겠다. 너와 만나고 있는 모습을 보면 또 일이 성가셔지니."

그러는 편이 현명하리라. 키리야마도 상응하는 위험을 감수하고 오늘 나와 접촉했을 테니.

일단 3학년의 현재 상황을 파악한 것만으로도 만난 값어치는 있었다.

1

수영장에 나구모와 그 무리가 점점 늘어나기 시작했기에 바로 철수했다.

만약 나와 직접 대화하고 싶다면 내가 나서지 않아도 가만히 있으면 저쪽에서 심부름꾼을 보내올 게 분명하다.

아직 그렇게 하지 않는다는 건 대화의 장을 만들 생각이 없어서라고 해석했다.

어쨌든 괜히 계속 주목받는 것은 썩 유쾌한 일이 아니다.

달아나듯 탈의실에 가서 옷을 갈아입고 나니——

"아야노코지 선배!"

통로에서 나를 발견하고 기쁜 표정으로 달려오는 나나세를 맞닥뜨렸다.

목적지가 대체로 정해져 있는 배 안에서는 객실 이외의 곳에서 아는 얼굴을 반복적으로 마주치게 되기에, 이틀 연속으로 만나는 것 자체는 그리 신기한 일도 아니다.

하지만 등장하는 방식이 너무 똑같아서 어제의 광경을 떠올리고 말았다.

"지금 잠깐 시간 괜찮으세요?"

나나세는 가볍게 내 주위를 둘러봐서 동행자가 없음을 확인했다.

어제는 이시자키와 같이 있었기 때문에 하고 싶은 말을 못 한 것일 수도 있다.

다만 강한 압박이랄까, 가까운 거리감에 다소 당황하면서 고개를 끄덕였다.

"실은 보고해야 할지 말지 고민되긴 합니다만, 저기, 마음에 좀 걸리는 일이 있어서요."

"마음에 걸리는 일?"

고개를 끄덕인 나나세에게서 밝은 분위기가 사라지고 진지한 표정이 되었다.

그리고 주위를 신경 쓰면서 소곤소곤 말했다.

"저, 선배한테 한 가지 얘기하지 않은 게 있어요. 말씀드리면 화내실지도 모르는데⋯⋯."

내가 화낼지도 모른다고? 도대체 무슨 얘기를 하려는 걸까.

"그게――."

더욱 작은 목소리로, 말하지 않았던 이야기를 꺼내려는 나나세였는데⋯⋯.

"앗? 아야노코지?"

낯선 목소리에, 당황하며 거리를 벌리는 나나세.

이치노세와 같은 반인 코바시 유메였다.

학교에서는 지금까지 본 적도, 인사조차 한 적도 없던 것 같다.

하지만 무인도 시험 때 짧게나마 같은 시간을 공유했었다.

그게 관계에 변화를 만든 듯하다.

"아, 내가 방해⋯⋯했나? 기다릴 걸 그랬나?"

내 뒤에 숨은 나나세를 미처 못 봤었는지 미안하다는 듯 말했다.

"아니요, 괜찮습니다. 아야노코지 선배에게 모르는 걸 좀 여쭤보고 있었을 뿐이어서."

"괜찮아?"

생각보다 심각한 내용은 아닌지, 나나세가 고개를 두 번 정도 힘차게 끄덕였다.

"다음에 시간 날 때 다시 말씀드릴게요."

다른 학생이 들으면 안 되는 내용이라는 것만은 확실해 보인다.

나나세는 나뿐 아니라 코바시에게도 깊이 머리 숙여 인사한 후 달려갔다.

"아, 미안해, 대화 중인 줄 모르고. 저 애 1학년이지? 화났을까?"

"그건 걱정 안 해도 될 거야. 그것보다도 나한테 무슨 일로?"

"실은 오늘 밤에 우리 반 여자애들끼리 뒤풀이하기로 했거든. 괜찮으면 아야노코지도 오면 어떨까 싶어서. 치히로 짱을 도와준 답례도 하고 싶고."

그런 권유였다.

하지만 반 여자애들, 이라는 단어가 마음에 걸렸다.

"누구누구 오는데?"

두려운 마음에 확인하니 코바시가 음, 하고 고개를 갸우뚱거렸다.

"아직 정하는 중이라고 할까. 너무 걱정하지 않아도 이상한 애는 없으니까 괜찮아."

이상한 멤버가 있을지를 걱정하는 게 아닌데, 이해하지 못하는 눈치다.

"그게 아니라, 너희 반 애들뿐일 거잖아. 다른 반인 내가 가면 붕 뜨지 않을까?"

"응? 아니야. 응, 응, 어때?"

어렴풋하고 추상적인 뒤풀이 초대.

평소 이치노세의 반 중에 친근하게 얘기 나누는 상대가
별로 없기도 해서 솔직히 내키지 않았다.

게다가 지금은 이치노세와 만나도 대화가 잘 될지 의심
스럽고.

조금 미안하기는 하지만 거절하자.

"아니 나는 사양——."

거절하려는 나를 보고 코바시가 두 손을 모으며 무서운
기세로 말을 이었다.

"부탁이야! 여기서 만난 것도 인연이라고 생각하고, 응?"

그렇게 말하면 거절하기 힘들지만, 쉽게 꺾일 수는 없다.

여기서 흐름에 내맡겼다간 나중에 좋은 일이 없을 게 뻔
했다.

"내 책임……인 거지?"

"뭐?"

"아니야, 어쩔 수 없지. 이 일은 반 애들한테 제대로 보
고하려고 해. 아야노코지를 초대했지만 내 방법이 잘못되
어서 거절당해버렸다고."

"잠깐만. 얘기가 왜 그렇게 돼?"

"그럼 올 거야?"

"……그건……."

"역시 싫다는 거지? 아아, 내가 좀 더 좋은 방법으로 권

75

했어야 했는데……. 얘들아, 미안해."

"그렇게 낙담하면 곤란한데……."

"얼굴만 잠깐 내비쳐도 되니까……! 제발! 호나미 짱도 올 거야!"

다시 한번, 이번에는 아까보다 더 빌다시피 두 손을 비벼댔다.

이렇게까지 하니 더는 피할 길이 없었다.

"알았어. 정말로 얼굴만 잠깐 내비치면 되는 거지?"

"응, 고마워! 아, 그런데 오늘 뒤풀이에 오는 거, 호나미 짱한테는 비밀이야?"

직전까지 낙담했던 사람이라고는 믿기 힘들 정도로 환하게 웃었다.

여자는 태어날 때부터 연기자라더니.

그런데 왜 이치노세한테 비밀이지? 그 점이 살짝 마음에 걸렸다.

"잠깐, 왜 비밀이지? 내가 참석해도 되는지 모두의 동의를 구했으면 좋겠는데."

한 명이라도 거부하는 학생이 있다면 주저 없이 말해주길 바랄 정도다.

그러면 대의명분 아래, 당당하게 다시 거절할 수 있다.

"하지만…… 아야노코지가 오는 건 서프라이즈로 하는 편이 낫잖아?"

그건 별로 안 좋은 방향의 서프라이즈 같은데.

괜히 깊게 파고들진 않았지만, 그 반 애들도 나와 이치노세에 관해 뭔가 느끼기 시작한 모양이다.

"그럼 8시에 5034호실에서 기다릴게."

"5034호실이라니…… 누구 방에서 하는 거야?"

어느 휴게실 또는 갑판 같은 데를 이용할 줄로만 알았다.

심지어 객실 번호로 볼 때 남자가 아니라 여자들 객실이다.

"안 될까?"

"안……되는 게 아니라, 더 가기 힘든 느낌인데."

"그렇지 않아. 응?"

아무리 해도 코바시의 『응?』 공세에 말리게 된다.

퇴로를 점점 잃어가고 있다.

"그럼 기다릴 거니까! 꼭 와야 해!"

약속하고 만족했는지, 코바시가 후다닥 가버렸다.

"곤란하게 됐네."

아직 이치노세와 만나 얘기할 타이밍이 아닌데…….

뭐, 사람이 많으니까 괜찮겠지.

뒤풀이라고 했으니 분명 남학생도 많이 올 테고.

2

그 후부터는 자유롭게 놀 기분이 싹 사라져서 방에 돌아가 목이 바싹바싹 타들어 가는 시간을 보냈고, 6시부터 먹을 수 있는 저녁을 먹고 나니 오후 8시가 순식간에 다가왔다.

"가……볼까."

갈지 말지를 지금 다시 선택할 수 있다면 망설임 없이 『가지 않는다』 쪽을 고를 것이다.

그만큼 환영할 만한 초대가 아니었지만, 정말로 가고 싶지 않았으면 고민할 것도 없이 거절했어야 했다. 어중간한 대응을 보이는 바람에 일이 이렇게 되었으니 자업자득이라고 결론 내리는 수밖에 없겠지.

그렇게 다시금 결의했으면서도…… 5034호실 앞에 서서 머뭇거렸다.

도착하고서 이미 1분이 지나고 있었다.

노크하려는데, 방 안에서 여학생들의 목소리와 웃음소리가 들려왔다.

남자가 있는 느낌……은 아직 전혀 없다.

불길한 예감밖에 들지 않는다.

왠지 진땀도 나는 것 같았다.

무인도 시험에서 츠키시로랑 대치했을 때보다 더 긴장하고 있는 것만은 확실하다.

"그냥 이대로 돌아가는 게 현명하지 않나?"

악마의 속삭임이 그대로 목구멍을 지나 소리가 되어 새어 나왔다.

깜박했다고 변명하면서 진심으로 사과하는 편이 타격은 훨씬 덜하지 않을까?

아니 하지만 약속을 깬 인간이라고 낙인찍히는 것도 웬만하면 피하고 싶다.

도대체 어떻게 해야…….

마치 가위에 눌린 듯 움직이지 못하고 있었는데, 그 속박은 의외의 곳에서 깨졌다.

"아, 와줬네!"

복도 끝에서 모습을 드러낸 사람은 코바시였다.

타이밍이 나빴다고 할까…….

코바시의 손에는 커다란 비닐봉지가 들려 있었고 그 안에 과자, 주스가 든 페트병 등이 엿보였다.

목격당했으니 이제 달아난다는 선택지는 자연스레 소멸했다.

"이미 다들 모여 있을 거니까 사양 말고 들어와."

"어, 어어…… 안 그래도 들어가려던 참이야."

이제 도망은 허락되지 않는다.

나는 무겁게 느껴서 열지 못했던 문을, 코바시는 주저 없이 가볍게 열려고 했다.

괜찮냐, 그렇게 너무 쉽게 열어도. 좀 더 마음의 준비를…….

그렇게 생각하는 사이에도 나와 객실을 막고 있던 유일한 문이 제거되어갔다.

오감 중에 제일 먼저 자극받은 감각은 시각이 아닌 후각이었다.

꽃 같기도 하고 꿀 같기도 한, 좌우지간 달콤하고 좋은 향기가 감돌았다.

그 직후 내 시야에 여자라는 여자, 수도 없는 눈동자가 나를 포착했다.

"짜잔~! 아야노코지, 데리고 왔습니닷!"

결코 넓다고 할 수 없는 4인실을 여자들이 꽉 채우고 앉아 있었다.

뭐지, 이 눈앞에 펼쳐진 세계는.

1, 2, 3…… 코바시까지 넣으면 총 10명이나 된다.

그러니까 이치노세 반 여학생의 절반이 이 자리에 있다는 뜻이다.

그리고 남학생이 있는 낌새는 눈곱만큼도 없었다. 나 혼자 멋대로 배신당한 기분에 휩싸일 것 같았다.

"잠깐, 니노 짱 데려온다고 해놓고 뭐야~!"

"그랬나? 아, 부탁받은 거 사 왔어~."

비닐봉지를 비좁은 객실 침대 부근에 있는 작은 테이블 위에 내려놓았다.

뭐야, 이 몽글몽글하고 가벼운 분위기의 모임은.

케이의 여자 그룹과 느낌이 다르다는 것만은 틀림없다.

참가한 멤버들은 대부분 한 번도 말해본 적 없는 여학생들이었지만, OAA로 일단 이름과 얼굴 정도는 기억하고 있다.

그 광경에 압도되어 얼어 있는데, 코바시가 등을 가볍게 쳤다.

"자, 아야노코지는~, 어디로 할까. 아, 호나미 짱 옆에 앉을래?"

그야 여기서 제일 가까운 사람은 이치노세가 맞긴 하지만, 조금의 망설임도 없는 지정.

애당초 방이 좁아서 선택지도 없겠지만, 처음부터 나에게 고를 권리는 없었던 것 같다.

그저 조금 이상한 점은 열 명이나 있는 공간임에도 불구하고 이치노세의 옆에만 남자 한 명이 앉아도 괜찮을 정도로 빈자리가 처음부터 마련되어 있었다는 것이다.

즉 우연히 비어 있던 게 아니라 미리 정해놓았을 가능성이 크다.

낮에 코바시가 초대하면서 했던 발언을 떠올리며 대조……해본들 지금 상황에는 아무 도움도 되지 않겠지.

이대로 가만히 서 있어 봐야 열 명이나 되는 시선을 계속 한 몸에 받아 불편하기만 할 뿐이다.

나는 서둘러 조심조심 여자애들을 지나 이치노세의 옆에 갔다.

"……앉아도 될까?"

"무, 물론이야."

살짝 양해를 구한 다음 옆에 앉았는데, 여전히 거의 모든 사람의 시선이 내게 머물러 있었다.

아니 이치노세, 코바시, 히메노라는 학생을 제외한 일곱 명이 마치 값을 매기듯 나를 관찰했다.

안 돼, 지금은 냉정하게 모르는 척하는 얼굴로 있어야 한다.

그리고 타이밍을 봐서 얼른 돌아가는 것이다.

코바시가 투명한 컵에 담긴 차를 내게 건넸다.

모두의 앞에 음료가 놓이자, 진행을 맡은 듯한 아미쿠라 가 입을 열었다.

"그럼 바로── 무인도 시험 뒤풀이 그리고 길을 잃었던 치히로 짱을 구해 준 아야노코지에 대한 감사회를 시작하 겠습니다아! 건배!"

그 말과 동시에 모두 잔을 위로 올렸다.

"음, 우선 고마워, 아야노코지. 그때는 덕분에 살았어."

이치노세의 왼쪽 옆에 앉아 있던 시라나미가 그렇게 인 사했다.

계속 인사받을 정도의 일은 하지 않았는데…….

일단은 더 이야기할 수도 없어서 살짝 고개만 끄덕이고 말았다.

"저기, 아야노코지."

개인적으로는 연회가 한창 무르익었다고 말하고 싶지 만, 현실은 겨우 10분밖에 지나지 않아 한탄하고 싶을 즈 음, 시라나미가 진지한 얼굴로 나를 쳐다보았다.

"왜……?"

양손에 오렌지 주스 캔을 들고 있었는데, 뭔가 말하고 싶은 투였다.

"나를 도와준 건 고맙게 생각해. 하지만 아직 인정한 건 아니니까."

"……뭐라고?"

자세한 설명도 없이 시라나미는 그 말만 한 후 오렌지 주스를 들이켰다.

"푸핫! 더는 말 못 해!"

아니, 그게 다 무슨 소리야…….

혼자 소외감을 느끼는 나였는데, 시라나미의 주변에서는 잘 말했어, 라든지 애썼네, 같은 격려와 위로의 말들이 쏟아졌다.

시라나미도 싫지 않은 듯 쑥스러워하고 있고, 도대체 무슨 일이냐고…….

소외되어 있으니, 그렇게 물어볼 수도 없다.

뒤풀이 초반에는 시라나미가 나를 상대했지만, 그 이후로는 여자애들끼리 수다가 시작되었다. 나는 꿔다 놓은 보릿자루처럼 가만히 구경만 할 뿐.

물론 있기 편한지 묻는다면 바로 노라고 대답할 수 있다.

그나저나…….

쉴 새 없이 이야깃거리가 쏟아지는 여자들의 놀라운 토크를 두 눈으로 직접 목격하게 되는구나.

장르를 넘나들며, 마치 일본 각지를 날아다니는 비행기처럼 주제가 널을 뛰었다.

그런데 어떤 주제든 공통점이 있었다.

바로 여학생 대부분이 이치노세를 중심으로 생각하고 이치노세를 신뢰하고 이치노세를 맹신하고 있다는 점이었다. 그게 나쁘다는 뜻은 아니다.

이치노세 호나미라는 학생은 틀림없이 2학년 중에 가장 신뢰받는 학생일 것이다.

적과 아군을 통틀어서 그렇게 단언할 수 있다.

무엇을 보고 신뢰할 수 있는가 하는 기준은 사람마다 다르지만, 신뢰란 평소에 쌓아가는 것. 지금까지 조용히 있던 학생이 갑자기 『믿어』 하고 말해봐야 아무도 믿지 않듯이.

하지만 신뢰와 맹신은 별개의 문제다.

이치노세가 아무리 믿음직한 사람이라도 선택이 틀리는 순간은 종종 있을 테니까.

그렇게 실수를 범하는 사람을 계속 믿어도 성과는 나오지 않는다.

잘못을 바로잡기 위해, 잘못을 잘못이라고 말해줄 수 있는 학생이 필요하다.

"잠깐만."

여자들의 수다에 한창 물이 오르는데 지금까지 가끔 맞장구만 치던 한 여학생이 손을 들었다.

"왜 그래, 유키 짱."

"늘 그렇듯 두통. 미안하지만 나른해서 그런데 먼저 방에 돌아가도 될까? 진짜 너무 나른해."

그냥 단순한 발언이면 마음에 담지 않았을 텐데, 의외의 말투에 깜짝 놀랐다.

이치노세의 반은 기본적으로 예의 바르고 성실한 학생이 많기 때문이다.

컨디션이 나쁜 이유를 짧게 말하고 이만 돌아가길 희망하는 히메노.

"물론이지. 내가 같이 가줄까?"

친구의 컨디션이 별로임을 들은 이치노세 그리고 다른 여학생들이 당황하며 히메노에게 말했다.

"아, 됐어, 됐어. 무슨 어린애도 아니고……."

너무 과보호하는 행동에 히메노가 질겁하면서 일어섰다.

이치노세의 반에 이런 학생이 있었군.

무인도 시험 때 히메노 유키가 속했던 그룹은 모두 같은 반이었던가?

아무튼 아직 돌아가기 힘들던 분위기에 변화가 찾아왔다.

이 기회를 놓치면 나는 다음에는 언제 돌아갈 수 있을지 알 수 없다.

지금은 작심하고 히메노의 뒤를 따라야 한다.

"나도 슬슬 가볼게."

"앗, 벌써? 더 있지."

"아니, 원래부터 얼굴만 내비칠 생각이었고, 이따가 누구랑 만나기로 해서."

약속이 있다고 말해버리면 이치노세 무리도 더는 붙잡을 수 없다.

"그, 그럼 다음에 또 보자, 아야노코지."

귀엽게 앉아 있는 이치노세 그리고 다른 여학생들의 눈 배웅을 받으며 나는 방에서 나왔다.

3

"후……. 이상하게 식은땀 날 뻔했네."

아니 이미 났다고 말해도 되리라.

히메노가 나간 후 30초도 지나지 않아 나도 마의 5034 호실을 탈출했다.

어떤 사람에게는 천국이었겠지만, 미안하게도 나에게는 지옥 같은 자리였다.

역시 남과 가까워지는 것만은 잘한다고 말하기 힘들겠다.

처음부터 완전한 캐릭터를 만드는 거라면 이야기가 달라지지만, 튀지 않는 고등학교 생활을 연기하기로 한 전제 조건이 있기에 바꾸기가 쉽지 않았다.

다만 이치노세의 반과는 지금까지 인연이 거의 없기도 했으니, 나름대로 거리를 좀 좁히게 되지 않았을까.

이치노세를 중심으로, 옆에 어떤 아이가 있는지 어렴풋하지만 이제 눈에 좀 보인다.

무엇이 충분하고 무엇이 부족한지. 이치노세 반의 장단점을 파악할 수 있었다.

B반에는 앞으로 『누가』 리더가 되더라도, 항변할 수 있는 학생이 필요하다.

지금 그게 가능한 사람은 칸자키 정도밖에 떠오르지 않는다.

하지만 이치노세를 중심으로 움직이는 반은 여학생의 발언력도 남자에게 밀리지 않고 강한 모습을 보인다.

칸자키는 개인적으로 이치노세에게 할 말을 하는 타입이지만, 반 전체에 대고 호소할 수 있는지 그리고 여학생들을 컨트롤할 수 있는지는 다른 문제다.

"음?"

두통이 있다며 방에 돌아가겠다고 했던 히메노가 객실과 다른 방향으로 걸어가고 있었다.

모퉁이를 돌아 순식간에 사라졌지만, 머리카락 색깔이 특이하니 내가 잘못 보진 않았을 터다.

조금 전 여자들 모임에서 위화감을 느끼게 했던 히메노.

조금 마음에 걸렸기에 뒤쫓아보기로 했다.

그렇게 다다른 곳은 인기척이 끊긴 밤의 선미 갑판.

나는 조금 떨어진 곳에서 옆모습을 응시하면서 히메노 유키의 프로필을 떠올렸다.

2학년 B반 히메노 유키

학력 B- (63)
신체 능력 C (51)
기지 사고력 C+ (58)
사회 공헌도 C+ (58)
종합 능력 C+ (57)

높은 학력을 제외하면 좋지도 나쁘지도 않고 보통, 언뜻 봐서 뛰어난 능력은 없었다.

하지만 그건 어디까지나 학교 측에서 판단한 능력. 보이지 않는 장단점은 어떤 학생에게나 숨겨져 있을 가능성이 있다. 좀 더 파 보고 싶은 부분이다.

지금은 직접 접촉해보는 게 가장 빠르겠지.

"여기서 뭐 해?"

"으앗……? 뭐야."

살짝 뜨끔한 얼굴로 시선을 피했다.

머리가 아프다면서 나갔는데, 이런 데 있는 것은 부자연스럽다.

"두통은 이제 다 나았어?"

"……나……."

불쑥 중얼거린 말은 바람에 실려 금세 흩어졌지만, 짜증

나, 라고 한 것처럼 들렸다.

말투가 거친 사람이야 남학생이든 여학생이든 어느 정도 있지만, 히메노 같은 경우는 거칠다기보다도 가까이 다가오지 못하게 막으려고 경계하는 쪽이다.

하지만 대외적인 것도 마음에 걸렸는지, 일단 헛기침을 한 다음 시선만 내게 돌렸다.

"바람 좀 쐬면 나아질 것 같아서 와본 것뿐인데?"

"두통이 자주 있는 편인가? 아까 그런 느낌으로 말하던데."

자세히 물어보려고 했지만, 더는 대화하기 싫은지 입을 다물어 버렸다.

아까 여학생 모임에서도 돌아갈 때 빼고는 일절 입을 열지 않았었다.

게다가 다른 여자애들도 기본적으로 히메노에게 말을 걸지 않았다.

따돌리는 건 아니리라. 이치노세가 그런 행동을 용인할 리도 없고 만약 사이가 나쁘다면 그런 모습을 다른 반인 나에게 보여주지도 않았을 테니.

그렇다면——.

뒤풀이에 반강제로 히메노를 끌어들인 게 아닐까.

조금이라도 즐거웠으면 하는 같은 반 친구의 마음이라고 생각하면 잘 연결이 된다.

"원래 편두통을 달고 살아서 그래."

당황하며 짧게 대답했다.

"편두통이 있으면 머리를 식히는 게 정답이지."

편두통은 여성 호르몬의 변화, 피로와 수면 부족 등으로 뇌혈관이 확장되면서 일어난다. 혈관은 온도가 내려가면 확장을 억제하고 온도가 올라가면 넓어지니, 바람을 쐬는 것은 나쁘지 않은 방법이다.

단, 그게 진짜 편두통일 때 말이다.

"나른하다고……."

"두통은 싫은 공간에서 빠져나오기 위한 구실 아닌가?"

"뭐? 그럼 내가 거짓말했다는 거야?"

지금까지는 비교적 담담했는데, 거짓말이 아니냐는 지적을 받는 순간 안색이 바뀌었다. 성격이 온화한 학생이 많은 이치노세의 반에서 보기 드문 타입이다.

내 직감이 틀리지 않았군.

"욱하는 걸 보니 내가 정곡을 찔렀나?"

"아니거든. 너 뭐야? 아, 또 머리 아프네……. 방에 돌아갈래."

"화났으면 미안하다. 내 얘기, 조금만 더 들어주지 않을래?"

히메노는 이마를 누른 채 싫은 투로 뒤돌아보았다.

"두통, 점점 심해지는데?"

"미안."

"미안하다는 말은…… 그래도 이야기를 들어 달라는 전제지?"

"싫나 보군."

"싫어."

몇 차례 말을 주고받아 보니 알겠다. 이것이 그녀의 진짜 모습이로군.

"그래, 그럼 어쩔 수 없고."

이제 알겠니? 하고 히메노가 짜증스럽게 어깨를 으쓱했다.

"당장 그 모임에 돌아가서 히메노가 꾀병 부린 것 같다고 말하는 수밖에."

"뭐, 뭐어? 네 멋대로 꾀병 취급하지 마. 거짓말쟁이."

"거짓말? 난 꾀병『부린 것 같다』라고 했을 뿐이야. 적어도 내가 그렇게 느꼈으니, 문제를 제기할 권리는 있지. 진실인지 거짓인지는 나중에 모두 앞에서 증명하면 되고."

"두통을 무슨 수로 증명해?"

"그러게."

"뭐야. 모두 너를 칭찬하던데, 성격 이상하네."

"적어도 성격을 칭찬한 적은 없는 것 같은데?"

내 입으로 말하기도 그렇지만, 시라나미를 도운 일로 다들 고마워했을 뿐이다.

"아, 그래?"

"그나저나 히메노는 조금 특이하네. 뭐랄까 이치노세의 반답지 않아."

"특이해? 내가 보기에는 우리 반 애들이 지나치게 착한 거야. 우리 반은 다들 모여서 뭘 할 때가 많아. 뭐, 그건 괜찮지만, 하나하나 너무 오래 끈다고 할까, 빨리 돌아가지 않는 게 문제라고."

그야 내키지 않는 집회를 계속한다면 질리는 마음이 들어도 어쩔 수 없다.

하지만 이치노세의 반 아이들은 그 모임을 즐기고 있었다.

그러니까 모일 때마다 아무도 돌아가려고 하지 않고, 그 결과 시간이 길어지는 거겠지.

"싫으면 참여 안 하면 되는 거 아닌가?"

"그게 되겠니? 귀찮아도 같이 보조를 맞춰주는 게 중요하잖아."

"뭐, 그렇지."

반 전체가 하나로 똘똘 뭉쳐 있고, 그중에서도 여학생들의 결속이 특히 강하다. 속으로 불만을 느껴도 돌을 던져 파문을 일으키려면 용기가 필요한 법이다.

히메노. 어쩌면 나와 그녀의 이 만남은 어떤 방향을 바꾸게 될지도 모르겠다. 원래라면 특별한 상황도 아닌 이상, 심지어 여자인 히메노에게 깊이 간섭하지 않았을 것이다.

하지만 지금은 의도적으로 좀 더 다가가도 나쁘지 않겠다.

물론 결과적으로 히메노에게 민폐가 된다면 그건 그것대로 어쩔 수 없고.

"스트레스 풀고 싶으면 역시 소리를 질러보는 게 가장

좋지 않을까?"

"소리를 지르라고……? 하지만 이런 데서 소리 지르면 다들 황당해할 텐데."

"선미 갑판에 올 사람도 별로 없고, 크게 소리쳐도 뱃소리 때문에 안 들릴걸? 바로 묻히겠지."

"하지만……."

지금까지 별로 크게 소리 질러 본 적이 없는지 당황했다.

"그럼 네가 먼저 해 봐."

"……내가?"

생각지도 못한 말에 무심코 나도 당황해버렸다.

"너에 대해 잘 모르지만, 꽤 조용한 이미지랄까…… 소리 지르는 타입으로 안 보이거든. 네가 하면 나도 할게."

난감하네.

지금까지 스트레스를 심하게 받아본 기억이 없기에, 실제로 크게 소리쳐본 적 있느냐고 묻는다면 없다고 답할 정도로 경험이 없다.

"못 하겠으면 빨리 돌아가."

여기서 물러나면 분명 히메노와의 관계는 이것으로 끝이겠지.

"알았어——."

히메노가 지켜보는 가운데, 각오를 다진 나는 바다를 향해 소리쳤다.

"아——. 자, 이번에는 히메노 차례야."

"……장난해?"

"아닌데, 전혀?"

"목소리 하나도 안 들렸거든. 진짜 사람 물로 보네."

"그럼 네가 시범을 보여줘."

"시범이고 뭐고 할 게 뭐 있어, 이딴 거."

어이없어하며 달아나려 하는 히메노의 등을 말로 붙들었다.

"내가 하면 히메노도 한다고 하지 않았나?"

"아니, 그걸 했다고 말하니까 짜증 나네."

"어떤 성량이든 한 건 한 거지. 그런데 여기서 히메노도 똑같이 목소리가 작으면 날 바보 취급할 자격은 없지."

똑같이 작게 소리 내지 않도록, 선수 쳤다.

"짜증 나……. 알았어, 하면 되잖아? 하면 돌아가는 거지?"

심호흡을 한 번 한 다음 어쩔 수 없다는 투로 히메노가 입가에 두 손을 가져갔다.

"아——아!"

배 엔진 소리와 바람에 묻혀서 나 말고는 듣지 못했으리라.

하지만 귀를 찌르는, 상상했던 것보다 두 배는 큰 목소리가 사방에 울려 퍼졌다.

배가 흔들리는 것만 같았……. 하지만 느낌이 그랬을 뿐 실제로 흔들렸을 리는 없다.

말투와 태도는 우울하달까 텐션이 낮고 목소리도 약한데,

정말 엄청난 성량이군.

"하…… 속이 다 시원하다."

내가 놀란 것은 아랑곳하지 않고, 히메노가 만족스럽다는 듯 고개를 끄덕였다.

"그렇지? 나도 소리친 보람이 있네."

"아니, 넌 소리치지 않았잖아."

눈을 흘기며 톡 쏘아붙였다.

"뭐…… 스트레스가 쌓여 있었다면 잘하지 않았을까."

"그래? 전혀 그렇게는 안 보이는데."

"넌 생각보다 소리 잘 지르더라. 스트레스가 아주 많이 쌓였나 봐."

"뭐? 죽을래?"

화났는지 몹시 날카로운 눈빛으로 쏘아보았다.

그래도 말보다 손이나 발이 먼저 나오지는 않았다.

"내가 말이 좀 심했다."

순순히 사과해도 여전히 기가 죽지 않았다.

히메노는 겁이 없는 일면도 가지고 있는 것 같군.

"나 이제 방에 돌아갈래."

"그래, 붙잡아서 미안했다."

"잘못을 자각하고 있다니 그나마 다행이네."

그렇게 말한 히메노는 선내로 돌아갔다.

"나도 방으로 돌아갈까."

뒤풀이는 수고했다고 다독이는 자리일 텐데, 이상하게

피곤하다.

오늘은 숙면을 할 수 있을 것 같다.

○각자의 휴일

여객선에서 지내다 보면 매일같이 점심으로 뭘 먹을까 하는 문제에 부딪히게 된다.

아침과 저녁은 학교 측의 배려로 뷔페식이 준비되어 있어서 무료로 이용할 수 있다.

이용하고 안 하고는 자유지만, 무료인데 맛있기까지 해서 학생들 사이에 인기가 높았기 때문에 아침 7시부터 9시까지 3회로 나누어 입장하는 규칙이 있었다. 혼잡을 피하기 위해서다.

1시간 이내에 이용해야 하고, 원하는 시간대를 스마트폰으로 예약하는 구조다.

나는 대체로 아침 8시에 조식을 먹는데, 예약이 늦는 바람에 8월 6일은 8시와 9시대가 다 차서 7시라는 조금 이른 시간대에 식사할 수밖에 없었다.

그 바람에 정오가 된 지금 살짝 배가 고팠다. 무인도 시험 때 칼로리를 최소한만 섭취한 까닭인지, 몸이 에너지를 요구하고 있는 거겠지.

카페의 식사 메뉴가 인기였는데, 유감스럽게도 식사 요금은 특별 가격. 음료까지 세트로 구성된 런치를 먹으면 최소 2,000포인트를 내야 한다.

친구와 즐겁게 먹는다면 그것도 괜찮을지 모르지만, 공

교롭게도 오늘 나는 혼자.

그렇다면 최대한 돈을 아끼고 싶은 것이 자연스러운 흐름이겠지.

이럴 때 고마운 존재가 바로 매점이다.

요컨대 편의점처럼 주먹밥이나 샌드위치 등을 부담 없이 살 수 있다.

나는 곧장 매점에 가서 주먹밥 한 개와 종이팩에 담긴 작은 차까지 골라 총 250포인트를 낸 뒤, 비닐봉지를 한 손에 들고 밥 먹을 곳을 찾아다녔다.

적당히 휴게실을 이용해도 되지만 그런 곳은 보통 누가 이미 쓰고 있기 마련이다. 좁은 공간을 공유하는 건 강한 거부감이 들었다.

결국, 모르는 사람이 근처에 있어도 신경 쓰이지 않는 장소를 찾으면 대체로 바깥이었다.

그렇게 계속 찾아다닌 결과, 바다를 볼 수 있는 6층 선수 갑판에 다다랐다. 물론 돈도 들지 않고, 매점에서 가볍게 먹을거리를 사 들고 와 먹기에 적합하다.

끼니를 간단히 해결하고 웅대한 바다를 감상할 생각이었는데 시간대가 조금 나빴을까. 이 경치를 목적으로 찾아오는 학생들이 많아서 도저히 여유롭게 있을 수 없을 것 같았다.

넓은 갑판이긴 하지만, 이용하는 사람이 많으면 결국 공간 확보에 애를 먹는다. 주위를 둘러보니 비어 있는 벤치

하나, 그리고 그 옆 벤치에 앉아 있는 나나세의 뒷모습이 보였다.

매점에서 산 듯한 샌드위치와 종이팩에 담긴 우유가 그녀의 옆에 놓여 있었다.

흥미롭게도 그녀에게 목격되었던 어제와는 정반대로군.

나나세 이외에도 우리 반 이쥬인과 오키타니라든지 A반의 사카야나기, 그리고 류엔 반의 나카이즈미와 스즈키 등 많은 2학년이 나나세처럼 바다를 바라보며 점심을 먹고 있었다.

결국 다들 생각이 비슷비슷한 거다. 나는 그 자리에서 움직이지 않고 바다로 시선을 던졌다. 하긴 이런 경치를 정면으로 감상하면서 밥을 먹으면 한결 맛있게 느껴지겠지.

다만——문제는 같은 학년이 많듯 3학년도 많다는 점이었다.

아직 소수이기는 하나 나를 알아본 3학년들이 곧 감시의 눈길을 보내기 시작했다. 하지만 여기서 바로 자리를 뜨면 그건 그것대로 그들의 시선이 싫어서 피한 게 된다. 그래서 효과적이라고 판단하고 더 할 위험도 있다.

그나저나 나나세는 어제도 할 말이 있는 것 같았는데. 코바시가 말을 거는 바람에 이야기가 중단되었던 것을 떠올린 나는 그녀에게 말을 걸어보기로 했다.

어디까지나 이곳에는 그녀와 이야기를 나누기 위해 온 것처럼 꾸밀 수도 있고.

"나나세."

내가 이름을 부르자 화들짝 놀라며 뒤돌아보았다.

"아, 선배."

마침 샌드위치를 입에 넣던 중이었는지 내용물을 흘리지 않도록 조심하면서 나를 보았다.

허둥지둥 음식물을 씹는 모습을 보니 좀 미안한 생각이 들었다.

3학년에게 대항하는 수단으로 이용한다고 괜히 놀라게 만들어버린 모양이다.

"아, 미안. 나중에 다시 올까?"

그렇게 말은 했지만, 나나세의 성격상 그렇게 하게 둘 리 없다.

"잠, 시만, 요오."

입에 든 것을 도로 뱉을 수도 없어서 서둘러 먹었다.

"음냐. ……아, 죄송해요, 그게, 실은…… 밥 먹던 중이에요."

비밀이라도 고백하는 듯한 말투였지만, 그건 말 안 해도 알 수 있다.

뒷모습을 보자마자 알았다고.

"음, 그런데 저한테 무슨 일이시죠?"

어딘지 아직 당황한 듯한 나나세에게서 살짝 묘한 느낌을 받았다.

눈빛이 차분하지 않았고, 나와의 대화에 집중하지 못하

는 모습이었다.

"아니 어제 할 얘기가 있다고 했잖아. 그게 뭔지 궁금해서. 그때는 코바시가 중간에 말을 걸어서 그냥 흐지부지 지나갔었으니."

"아."

머리가 잘 돌아가지 않는지 말이 곧바로 나오지 않았다.

잠시 생각한 후, 나나세가 고개를 가로저었다.

"죄송하지만 이미 해결됐으니까 그냥 잊어주시겠어요?"

"그래? 그럼 다행이고."

고민이 있다면 나도 나나세에게 여러 가지로 도움받은 게 있는 만큼 상담에 응해주려고 했는데, 해결되었다고 하니 더 마음에 담을 것은 없다. 그보다도 지금은 아무래도 상관없다는 듯한 느낌을 풍기는 것이 가장 큰 이유였다.

"갑자기 말 걸어서 미안. 그럼 난 이만 선내로 들어갈게. 생각보다 사람이 많아서 편하게 못 쉴 것 같네."

"그래요? 그럼 다음에 또 봬요, 선배."

나는 용건이 끝났다는 듯 이만 벗어나기로 했다.

딱 한 번 갑판을 돌아보니, 나나세가 정면을 응시하며 점심을 다시 먹고 있었다.

1

결국. 점심 먹을 곳을 찾아 인적 드문 5층 선미로 발걸음을 옮겼다. 이곳은 지난밤 히메노와 대화를 나누었던 곳으로, 평소 드나드는 사람이 적다는 사실 확인을 이미 마쳤다.

그렇게 몇 분간 나는 원래 목적도 잊고 배가 나아가며 만들어내는 거친 물살을 바라보았다.

그때 뜻밖의 인물이 다가왔다.

"이런 데서 혼자 쓸쓸하게 점심 식사인가요?"

"사카야나기. 여기에 우연히 온 건가?"

분명 조금 전까지 나나세와 같은 층에 있었는데.

"우연이에요. 라고 대답하고 싶지만, 아야노코지 군을 따라왔답니다."

따라왔다고? 하지만 사카야나기는 다리가 불편해서 내 걸음 속도를 따라잡지 못할 텐데.

그렇다고 해서 누군가를 먼저 보내 미행한 것 같지도 않다.

"단순히 추리했답니다. 아까 점심 먹으러 선수 쪽 갑판에 나왔다가 사람이 많아서 포기했죠? 손에 들고 있던 가벼운 먹거리랑 바다를 보고 싶어 했던 것을 고려할 때 어디서 먹을지 예측하기란 그리 어려운 일이 아니랍니다."

내 행동 패턴을 완벽하게 읽고 여기 왔다는 뜻이었다.

"아야노코지 군도 경치를 즐기며 식사하고 싶을 때가 있군요."

"선수만큼 경치가 좋다고 말하긴 어렵지만, 이렇게 넓은 바다를 바라볼 기회는 그리 많지 않으니까."

내년 이맘때 또 무인도 시험이 있을 거라는 보장도 없다.

그 밖에도 2학년 행사로 수학여행이 예정되어 있지만, 자세한 내용은 아직 모르니까.

어쩌면 바다를 볼 수 있는 것은 이번이 마지막 기회일지도 모른다.

"이 바다처럼 앞으로도 그동안 보지 못한 경치를 많이 볼 수 있을 거예요. 그런 의미에서도 아야노코지 군이 이 학교를 선택한 건 정답 아니었을까요?"

"그래, 나도 그렇게 생각해. 다만 바다는 이 학교에 입학하기 전에 딱 한 번 본 적 있어."

의외라는 듯 살짝 놀라는 사카야나기. 아니, 놀라는 것도 무리는 아닐 테지. 사실 난 중학교 3학년에 해당하는 14살이 될 때까지 단 한 번도 시설 밖으로 나가본 적이 없으니까.

화이트 룸에 대해 대략 알고 있다면 공통된 인식일 것이다.

딱 한 번 본 경치. 그것은 시설에서 나와 다른 곳으로 이동한 후 잠시나마 밖에 나갈 기회가 있었을 때다. 직접 바닷물을 만져보지는 못했지만, 바다가 보이는 길을 걸었던 적이 있다.

다만, 처음 본 바다도 딱히 감동적이지는 않았다.

아무 감정도 없이, 그저 바깥세상을 걸어본 것에 지나지 않았다.

"『수레바퀴 아래서』, 아시나요?"

"헤르만 헤세의 소설이지."

그가 쓴 소설 중 특히 일본에서 유명한 작품이다.

"소설 속 주인공 한스는 타고난 재능을 갖춘 천재였어요. 그리고 엘리트 학교로 진학해 장래를 촉망받았는데, 학문에만 몰두하던 그는 언제부터인가 의문을 품기 시작하죠. 그래도 기대에 부응하려고 노력하지만 결국 좌절하고 내리막길을 걷게 돼요."

주인공 한스 기벤라트의 말로는 비참했는데, 마지막에는 강물에 빠져 죽고 만다.

"그런데 그게 왜?"

"저는 그가 천재였다고 생각하지 않아요. 진정한 천재는 좌절하지 않으니까요. 게다가 끝에 가서 죽음을 선택하다니, 어리석기 짝이 없지요."

사카야나기는 사고사가 아닌 자살로 해석한 듯했다.

"제가 예전에 『사람은 서로 만나면서 따뜻함이 뭔지 알게 된다. 그건 정말 중요한 거다. 피부로 느껴지는 온기도 절대 나쁜 게 아니다』라고 말했던 거 기억해요?"

"그런 말을 했었지."

1학년 3학기 말, 특별시험이 끝난 직후였던가.

"수레바퀴 아래서를 쓴 헤세도 주인공 한스와 똑같이 고민하고 좌절했어요. 하지만 그런 그가 목숨을 끊지 않고 계속 살 수 있었던 건 가족이 있었기 때문이라고 해요."

저자 헤세와 소설의 주인공 한스는 삶이 비슷했지.

자신을 투영한 작품이었음을 엿볼 수 있다.

사카야나기가 바다를 바라보고 있는데 순간 강한 돌풍이 불었다.

"아——."

모자가 휙 날아가려는 것을 본 나는 재빨리 팔을 뻗어 모자를 잡았다.

"웃차……. 큰일 날 뻔했네."

조금만 늦었어도 모자가 바다로 날아갔을 것이다.

"고마워요."

"갑판에서 모자 쓰고 있는 건 위험해."

"후후, 그러네요. 하지만 이건 제 트레이드 마크라서."

모자를 손에 쥐고는 소중히 가슴에 안는 사카야나기.

"방금 갑자기 옛 추억이 떠올랐어요."

"옛 추억?"

"아, 별거 아니에요. 저한테도 바다에서의 추억이 조금은 있다는 이야기랍니다."

똑같아 보이는 바다 하나에도 저마다 간직한 추억은 다른 법이다.

"그런데 나를 따라온 이유를 아직 듣지 못했는데."

"이유 없이 그냥 따라왔다고 하면 민폐인가요?"

무슨 이야기를 하려나 했는데, 아무 이유도 없었다는 대답을 들었다.

"이유가 없다고?"

"그냥 아야노코지 군과 이야기를 나누고 싶었을 뿐이에요. 아까 그곳에서 말 붙일 수도 있었지만, 저와 대화하는 모습을 남들에게 별로 보이고 싶지 않겠죠?"

고마운 배려를 해주었다는 거군.

하지만 말주변 없는 나로서는 사카야나기에게 꺼낼 만한 화제가 딱히 없다.

"제가 한 가지 얘기해도 될까요?"

"그래. 먹으면서 들어도 되지?"

"네, 부담 없어요. 제 이야기에 귀 기울여 준다면 그걸로 충분해요."

나는 봉지에서 주먹밥 하나를 꺼내 비닐을 벗겼다.

"어제 이치노세 씨가 저를 찾아왔었어요."

"이치노세가?"

"네."

어제 있었던 일을 회상하며 사카야나기가 말하기 시작했다.

2

"저기…… 사카야나기. 잠깐 시간 돼?"

점심을 먹고 갑판에 있는 카페에서 쉬고 있던 저에게 이치노세 씨가 다가와 말을 걸었습니다. 혼자 차를 마시고 있었을 뿐이라 거절할 이유는 없었습니다.

"무슨 일 있으신가요?"

내용을 듣기 전부터 알고 있었지만, 일부러 이상하다는 듯 고개를 갸우뚱거렸습니다.

"특별시험 때 일…… 사과해야 할 것 같아서. 마지막 날에 내가 멋대로 굴어서…… 정말 미안해!"

변명이 통하는 상대가 아니니 어느 정도 각오했겠지요. 이치노세 씨가 힘껏 머리를 숙였습니다.

아니요, 그녀는 누가 되었든 어설픈 변명 따위는 하지 않았을 겁니다.

A반을 이끄는 저를 화나게 했으니 협력 관계가 깨질 수도 있다……. 그 정도로 잘못했다고 느끼고 있었던 게 아닐까요.

"고개를 드세요, 이치노세 씨. 저는 하나도 화나지 않았답니다."

"……응?"

"오히려 같은 그룹으로서 충분히 공헌해주셨다고 생각하고 있어요. 과제 정답률도 높았고, 따로 놀던 멤버들을 하나로 뭉치게 했고, 힘든 무인도 생활에 있어서 훌륭하게 구심적 역할을 해주었잖아요. 그리고 그 결과 멋지게 3위를 획득하지 않았나요."

"하, 하지만……."

"물론 마지막 날 이치노세 씨가 좀 마음대로 행동한 것도 사실이죠. 하지만 그 때문에 그룹이 받은 손실은 몇 점 안 돼요. 공헌도와 비교하면 탓할 정도도 아니고요. 만약 아깝게 4위가 되었다면 조금 탓했을지도 모르지만, 그것도 아니고요."

"하지만 그건 결과론이니까……."

"때로는 결과론도 괜찮지 않나요. 모든 일이 항상 잘 굴러간다고 할 순 없어요. 오히려 전력을 다해 싸웠는데 근소한 차이로 4위에 머물렀다면 정신적 타격이 더 컸을 거예요."

조금도 탓하려고 하지 않는 저의 태도에 이치노세 씨가 느끼는 미안함이 배로 커지고 말았을까요. 자책하는 마음은 사라지지 않았습니다.

"어떤 식으로든 책임지지 않으면 성에 차지 않는다는 얼굴을 하고 계시네요."

"음, 그건 아니……진 않은 것 같아."

"그럼 벌을 내드릴 수도 있습니다만?"

제가 지은 섬뜩한 표정에 이치노세 씨는 기가 눌리면서도 살짝 고개를 끄덕였습니다.

"응. 나도 그게 속이 시원할 것 같아."

"후후, 특이한 사람이네요. 그럼 이렇게 하죠—— 여기 앉아 보세요."

가까이 오라고 한 다음 이치노세 씨를 자리에 앉혔습니다.

꿔다 놓은 보릿자루처럼 얌전히 구는 그녀를 본 저는 직원에게 메뉴판을 부탁했습니다.

"자, 원하는 걸 마음껏 시키세요."

"으음…… 벌은?"

"지금부터 저랑 30분 정도 오후의 티타임을 즐기는 거예요."

"앗? 그, 그게 벌이라고?"

"그래요. 이치노세 씨의 귀중한 30분을 제가 쓰는 거예요. 그게 벌이 아니면 뭐겠어요."

"그, 런가……? 하지만 사카야나기가 그렇게 말하니 따를게."

이치노세 씨는 내키지 않는듯했지만 제가 하라는 대로 음료를 주문했습니다.

"이치노세 씨는 정말로 착하군요. 저한테 얕보인 적도 있었는데 전혀 개의치 않고 이렇게 대해주니까요."

"얕보였다고 생각하지 않아. 애당초…… 내가 과거에 잘못을 저지른 건 사실이니까."

"보통은 떳떳하지 못한 과거, 알려지고 싶지 않은 과거가 있다면 숨기고 싶기 마련입니다. 그게 이치노세 씨의 말대로 사실이라고 해도."

저는 지금까지 어린이부터 어른까지 뛰어난 사람들을

가까이에서 많이 봐왔습니다.

물론 제가 최고라는 것을 알면서도 재능을 인정한 사람이 적지 않습니다.

그와 반대로 조금의 쓰임새도 없는 무능한 사람은 그 몇 배나 많이 봤습니다.

그리고 우수함, 무능함과 상관없이 순수하게 선하다고 말할 수 있는 사람은 단 한 명도 보지 못했습니다.

제 아버지도 어머니도, 아야노코지 군조차도.

"당신은 뭐라고 형용하기가 어려운 존재예요. 그러면서 이따금 몹시 무서운 분처럼 느껴지기도 합니다."

"내가…… 무섭다고?"

그런 말은 분명 살면서 한 번도 들어보지 못했겠지요. 하지만 이치노세 호나미 씨를 무서워한 적 있는 사람은 분명 한두 명이 아닐 겁니다.

"이 세상을 살아가는 인간은 많든 적든 나쁜 부분을 가지고 있어요. 그런데 당신에게서는 그런 게 일절 느껴지지 않아요. 꼭 선의 결정체 같답니다."

"그건 과찬이야. 중학교 때처럼 잘못도 저질렀고……."

결코 자랑할 수 없는 부끄러운 그녀의 과거는 지울 수 없는 현실로 지금까지 남아 있습니다.

"여기서 제가 말하는 선이란 그런 일과는 상관없답니다. 애초에 당신이 한때 잘못을 저질렀다지만, 그 배경에는 소중한 가족에 대한 사랑이 깔려 있지요."

법률을 들이대면 잘못에 해당할지라도 견해에 따라서는 선으로 해석할 수도 있다.

"당신의 장점이자 단점이기도 한 그 선. 이용당하지 않게 부디 조심하세요."

"류엔을 말하는 거야?"

"그뿐만이 아니에요. 저도, 호리키타 씨도, 이기기 위해서라면 당신의 선을 이용할 거예요."

한 번 심호흡한 나는 가장 중요한 이야기를 전하기 위해 계속해서 말을 이었습니다.

"그리고, 아야노코지 군도 마찬가지랍니다."

그녀가 입에 담았던 류엔 군을 비롯하여 전자는 전부 각 반의 리더에 해당합니다.

갑자기 나온 아야노코지 군의 이름에 이치노세 씨는 티나게 동요했습니다.

"무인도 시험 마지막 날, 분명 이치노세 씨 덕분에 아야노코지 군이 위기에서 벗어났겠지요."

"자, 잠깐만? 저기, 그게 무슨……!"

"이건 어디까지나 제 추측입니다. 솔직히 말해서 모르는 부분도 많으니 그냥 혼잣말이라고 생각하고 한 귀로 흘려 들으세요."

여기서 더 깊이 파고들면 명확하지 않던 부분을 이치노세 씨를 통해 어느 정도 알게 되리라는 것을 쉽게 상상할 수 있습니다만, 저는 그렇게 하지 않았습니다. 이런 식으로 들어도 소용없으니까요.

"당신을 보고 있으면 왠지 아야노코지 군에 대한 마음이 다른 학생과 다른 느낌이 들어요."

"뭐, 뭐어어?! 아, 아니 그게, 그런 게……!"

"그것도 괜찮겠지요. 특정 이성에게 특별한 마음을 품는 건 인간의 본능이니까요. 하지만——지나치게 빠졌다가 뼈아픈 보복을 당할지도 몰라요. 그 상대가 아야노코지 군이라면 더욱."

"사카야나기가 한 말의 의미, 난 잘 모르겠어……."

오늘은 경고. 여기서 더는 깊이 파고들 수 없습니다.

"이 이야기는 여기까지만 하지요. 오후의 티타임을 즐길 시간이에요."

점원이 가져온 홍차를 한 모금 마신 이치노세 씨는 분명 그 맛을 제대로 느끼지 못했을 것입니다. 제 말이 잊히지 않고 계속 머릿속을 맴돌 터.

그건 저의 사소하면서 짓궂은 장난이기도 하고 자비이기도 하며 전략이기도 했습니다.

3

그런 이치노세와의 일을 전부 들려준 사카야나기.

나는 밥을 다 먹고 200㎖ 종이팩에 담긴 녹차까지 마신

후였다.

"학년에서도 굴지의 인기를 자랑하는 이치노세 씨의 마음을 빼앗다니, 나쁜 남자네요."

들뜬 발언 같기도 하지만 눈곱만큼도 좋은 쪽으로 받아들일 수 없었다.

"신랄하네, 사카야나기."

"후후후, 타고난 성격이 그런지라."

선수 치듯 이치노세를 지키면서도 자신이 이용할 수 있게 사전 작업을 해두었다.

"만약 내가 지금 이치노세한테 상처 주면 넌 더욱 이치노세의 신뢰를 얻게 되겠지."

"그녀의 신뢰를 얻으면 앞으로 움직이기가 한결 쉬워지니까요."

아군의 일면을 가진 사카야나기지만 그와 동시에 적의 일면도 당연히 가지고 있다.

표리일체의 관계인 만큼 그 점을 아주 잘 활용하고 있군.

"그런데 나한테 왜 그 얘기를 해준 거지?"

"이치노세 씨에 관한 얘기였지만 지금 중요한 건 그게 아니랍니다. 이 학교에서 조금씩 아야노코지 군에 대해 아는 사람들이 늘어나고 있다는 것. 그리고 강한 흥미를 품고 있다는 게 중요하지요."

하긴 무인도 시험에서 이치노세와의 관계가 계속 소원했다면 그녀가 자기 멤버들에게 피해를 주면서까지 내게 달려올 일은 없었으리라.

"게다가 3학년들도 이상한 시선을 보내고 있지요."

그렇군. 나를 뒤쫓아 온 건 잡담을 나누기 위해서라고 했지만, 본론은 그건가. 그 짧은 시간에 사카야나기는 3학년에게 감시받는 상황을 알아차린 모양이다. 역시.

조금 전에 한 이야기도 이 말을 꺼내기 위한 준비 단계였군.

"3학년이랑 무슨 문제라도 생겼나요?"

"뭐, 문제라면 문제겠지. 성가신 상대를 적으로 만들어 버린 것 같아."

"성가신 상대…… 학생회장이군요."

상급생 중에 강적이 될 법한 존재는 나구모 정도밖에 떠오르지 않겠지.

"학생회장이랑 무인도 시험 마지막 날에 일이 좀 있었어. 그게 원인이 되어서 1위를 놓쳐버렸는지, 찍힌 것 같아."

"극적 승리를 연출하려다가 발목 잡혀 버린 것 말이군요."

"거기까지 아는 건가?"

"무인도 시험을 치른 학생들은 코엔지 군이 단독으로 치고 나갔다고 생각하겠지요. 하지만 저는 학생회장이 의도적으로 점수 획득을 자제했다는 사실을 일찍부터 알고 있었답니다. 너무 큰 차이를 벌려 버리면 3학년 전체에서 특정 그룹을 이기게 만들려고 했다는 그림이 노골적으로 그려지고 마니까요. 가진 카드의 흐름을 보니 전략이 보이더라고요."

사카야나기의 실력은 이미 충분히 인정하고 있었는데 그것을 더 넘어서는군.

무인도 특별시험의 전체적 내용, 그 흐름을 완벽하게 꿰고 있는 것이 그 증거다.

"제가 뭐 도울 일이 있을까요?"

"아니, 괜찮아. 나구모도 쉽게 나서진 못해. 그리고 이미 무인도 시험에서 사카야나기에게 충분히 도움을 받았으니까. 더는 부탁할 수 없어."

"개의치 않으셔도 되는데요. 저를 의지해 줘서 기뻤고, 저 역시 아야노코지 군의 제안을 마음껏 이용했으니까요."

"이용? 무슨 말이지?"

키득거린 사카야나기가 눈을 가늘게 뜨며 바다를 바라보았다.

"지난 무인도 시험 때, 종반이 다가오는 시점에서 1, 2위 획득은 어렵다고 판단했어요. 코엔지 군과 학생회장 그룹의 득점 페이스가 저희 그룹이 따라잡을 수 있는 최대 득점을 넘어섰거든요."

뭐, 그 두 그룹은 차원이 다른 대결을 보여줬었으니까.

"그래서 3위를 노렸습니다만, 종반의 라이벌 그룹 중에 류엔 군의 그룹이 있었어요. 그는 카츠라기 군과 둘이서 소수 그룹을 짰는데도 경이로운 근성을 보여주었죠. 그래서 저는 그에게 협력을 구해 호우센 군과 충돌하게 유도했답니다."

"그렇군, 일이 그렇게 된 건가."

"어떤 형태든, 류엔 군이 본 시험에서 이탈하는 행동을 한다면 점수 획득의 움직임이 더뎌지지요. 결과적으로 그는 탈락했고, 제게는 최고의 흐름이 되었습니다."

나를 도우면서 라이벌인 류엔을 잡는 데 성공한 것이다.

하지만 여기까지 들어도 아직 알 수 없는 부분이 있다.

류엔도 시상대를 노리고 2주간 열심히 움직였을 텐데 사카야나기에게 너무 쉽게 협력했다.

자기가 호우센과 싸워서 무사할 리 없다는 것 정도는 예상하기 어렵지 않았을 터.

어떠한 약속이 오고 갔다는 사실만은 분명한데…….

3위의 가능성을 버리면서까지 했다면 그것은 단순한 거래가 아닐 것이다.

"상당한 대가…… 이를테면 고액의 프라이빗 포인트를 건넨 것 아닌가?"

사카야나기가 반 아이들이 가진 편승 카드를 잘만 활용한다면 수입도 있었을 터. 거액의 프라이빗 포인트를 모으려고 하는 류엔에게 줬어도 이상하지 않다.

"저는 1포인트도 주지 않았고, 앞으로도 줄 예정은 없답니다."

"그럼 돈이 아니라는 건가."

이 학교는 기본적으로 프라이빗 포인트를 주고받는 것

이 거래의 정석이다.

"수수께끼 풀이 같지만, 아야노코지 군에게도 지금은 가르쳐드릴 수 없어요. 이건 그와 제가 한 약속이라서요. 머지않은 미래에 그가 약속을 지키라고 할 때까지는."

『그 부탁으로 인해 그는 가까운 미래에 자기 손으로 목을 조르게 될 것』이라고 사카야나기가 말했었다.

그걸 생각하면 프라이빗 포인트 같은 금전적 보상이 아닌 것도 수긍이 가는군.

"어쨌든 아야노코지 군도 조심하세요. 한 가지 문제가 해결되었어도 화이트 룸생의 존재가 아직 남아 있고, 3학년 문제도 생겼으니까요."

"성가신 일의 연속이지만 조심해야지."

그때 사카야나기의 스마트폰이 울렸다.

내게 살짝 양해를 구하고 누군가의 연락을 받는 사카야나기.

"──그렇군요. 바로 가겠습니다."

5초도 채 지나지 않아 통화를 마친 사카야나기가 난간에서 멀어졌다.

"만날 사람이 있어서 이만 가볼게요."

"그래. 또 보자."

"대화 나눌 수 있어서 즐거웠어요. 그럼 다음에 다시."

천천히 멀어지는 사카야나기를 눈으로 배웅한 후 나는 조금 더 바다를 감상하기로 했다.

4

　같은 날, 아마사와는 혼자 배 안을 정처 없이 걸었다.

　때때로 반 아이들이 아는 체를 해왔지만, 그때마다 귀엽
게 웃어주고는 끝.

　누군가와 몰려다니며 논 적은 한 번도 없다.

　"아야노코지 선배 만나고 싶다아~."

　갑판으로 나간 아마사와는 바람 소리에 가볍게 묻힐 만
큼 작은 목소리로 중얼거렸다. 다른 학생한테는 조금도 흥
미를 느끼지 못하는 아마사와는 유일하게 마음이 움직이는
아야노코지를 만나는 시간만이 몹시 행복하게 느껴졌다.
하지만 자신이 놓인 처지 때문에 지금은 의도적으로 접촉
을 피하고 있었다.

　"으으~, 너무 심심해서 이치카 짱 죽을 것 같아……."

　"안녕하세요, 아마사와 이치카 씨."

　그때, 갑판에서 바다를 바라보고 있던 아마사와에게 말
을 건 것은 2학년 A반 사카야나기 아리스였다.

　아마사와는 특별히 놀라지도 않고 시선만 그녀에게 보
냈다.

　"누구?"

　처음 보는 사람이라는 듯 의아한 표정으로 고개를 갸우

뚱거렸다.

"전 2학년 A반 사카야나기 아리스라고 해요. 잘 기억해 주시길."

"사카야나기…… 선배? 저한테 무슨 일로?"

"후후, 어설픈 연기할 필요 없답니다. 화이트 룸생이라죠, 아마사와 씨는? 저에 대해서 이미 알고 계신 것 아닌가요?"

화이트 룸생, 그 단어를 들으면 좋든 싫든 이해할 수밖에 없다.

"흐음, 그렇구나. 아야노코지 선배가 의지한 게 이사장 딸이었나. 화이트 룸생에 대해 조금은 아는 모양이고, 필연이라면 필연일지도 모르겠네. 그런데?"

아마사와는 놀라지도 않고 사카야나기에게 용건을 물었다.

"그가 신경 쓰는 화이트 룸생의 실력, 확인해보고 싶은 마음이 드는 건 자연스러운 일이지요."

"의욕적인 건 좋은데, 아야노코지 선배한테 허락은 받았고?"

"허락? 그럴 필요는 없답니다. 여기 온 것은 제 의지라서요."

"아주 자신만만한 사람이네. 아리스 선배는."

"그만큼의 실력이 있다고 자부하기에."

"멋져라."

칭찬과 함께 박수를 치면서도 태도가 건성인 아마사와.

"그런데 미안해서 어쩌지. 지금은 좀 센티한 기분이라. 다음 기회로 미뤄 줄래?"

"상관없답니다. 오늘은 단순히 얼굴만 익힐 생각이었으니."

인사만 하고 만족한 사카야나기는 가볍게 머리 숙인 다음 돌아가려고 했다.

"아, 그런데 아리스 선배. 나 감시하는 건 이만 끝내줄래?"

사카야나기는 아마사와를 찾아내 그녀가 혼자 있을 때까지 A반 학생 몇 명을 써서 계속 위치를 파악하고 있었다.

"눈에 띄지 말라고 지시했는데, 눈치챘나요?"

"아하하, 그게 숨은 거야? 귀엽네."

"불쾌하게 만들었다면 사과드리지요. 하지만 보시다시피 저는 다리가 불편해서, 그렇게라도 하지 않으면 있는 곳을 알아내 만나러 가기가 쉽지 않답니다. 부디 양해를."

"아, 하나 궁금한 게 있는데~. 나, 몸이 불편한 상대라도 봐주지 않고 패는데 괜찮겠어?"

"폭력은 강력한 카드 중에 하나지만, 그게 꼭 최강이라고 말할 수도 없답니다."

그렇게 말한 사카야나기가 지팡이로 갑판을 두세 번 가볍게 탁탁 쳤다.

그게 신호였는지, 같은 반 카무로가 멀리서 모습을 드러냈다.

"계속 따라다니던 선배네. 설마 저 선배가 나랑 붙는다거나?"

"그건 아니에요. 야만적인 행위는 즉시 새어 나간다는 뜻이랍니다."

"나랑 두뇌 싸움을 하고 싶다는 거야? 웃기네에."

"너무 단순하네요. 마음대로 결론 내리지 마세요. 화이트 룸생이라도 어차피 아야노코지 군 이외에는 죄다 실패작이잖아요? 과도한 기대는 하지 않는걸요."

이때 처음으로 사카야나기를 보는 아마사와의 눈빛이 날카로워졌다.

"어떤 무대에서든 승패를 지어드리겠다는 뜻이랍니다."

"호오. 그게 방금 말한 폭력이라도?"

비로소 사카야나기에게 흥미를 품게 된 아마사와가 자신의 엄지손가락을 날름 핥았다.

"그야 물론이지요. 무슨 수든 다 써 보세요."

"기억해둘게, 선배에 대해."

"당신의 해마에 새겨지다니 기쁘네요. 그럼 이만."

사카야나기가 천천히 사라지고 이제 아무도 남지 않은 갑판에서 아마사와가 숨을 내쉬었다.

"아야노코지 선배를 제외해도 조금은 재미있을지도 모르겠네. 쿠시다 선배를 가지고 놀까, 아리스 선배의 우는 얼굴을 보면서 즐길까…… 하고 원래라면 막 설레야 하는데 말이지."

아픈 배를 손으로 가볍게 누르며 앞으로의 일을 생각했다.

"——일단은 지켜보기로 할까."

아직 컨디션이 완전히 돌아오려면 시간이 조금 더 필요하다.

그리고 상대가 어떻게 나오는지 확인부터 하지 않으면 아마사와는 움직일 수 없었다.

한편 사카야나기는 카무로와 함께 통로로 돌아왔다.

"그 1학년, 위험해 보여."

"어머나, 느꼈어요?"

"그냥 느낌이지만. 너랑 오래 같이 있다 보니 이상한 촉이 발달하게 됐는지도. 솔직히 말해서 더는 얽히고 싶지 않아."

"그 느낌을 소중히 잘 간직하세요. 그래도 그녀는 어느 정도 계속 감시하는 편이 좋아요."

감시하지 말라는 충고를 들었지만, 사카야나기는 받아들일 생각이 조금도 없었다.

이쪽이 계속 집요하게 마크하고 있다는 사실을 알면 아마사와도 무시할 수 없을 것이다.

그러면 도발에 응하는 형태로 덤비는 것도 충분히 예상할 수 있다.

"내가 뒤를 밟고 있는 건 들켰잖아? 하시모토를 쓸까?"

"그라면 들켜도 잘 빠져나올 수 있을지도 모르지만……."

경솔하게 화이트 룸생을 접촉하게 했다가는 나중에 불이익이 생길 가능성이 있다.

"일단 고생 많았어요, 마스미 씨."

자신의 역할이 끝나자 카무로는 바로 자리를 떠났다.

그 후 사카야나기는 스마트폰을 꺼내 어딘가로 전화를 걸었다.

"이어서 부탁드려도 될까요?"

아마사와를 이어서 감시할 것을 상대에게 의뢰한 후 마지막으로 한마디 덧붙였다.

"역시 반에서 믿을 사람은 야마무라 씨뿐이에요."

○각자의 성장

귀중한 체험이 계속되고 있는 호화 여객선에서의 여름 방학도 벌써 반환점을 돌았다.

남은 기간을 최대한 알차게 보내는 중인 학생들의 지갑은 과거에 유례가 없을 정도로 가벼워지고 있으리라. 계획적으로 위를 노리는 학생으로서는 황당하기 짝이 없는 이야기일지도 모르지만, 한순간의 휴식에 재산을 탕진하는 것도 결코 나쁘기만 하지는 않다.

쌓인 피로를 털어내고 활력을 되찾음과 동시에 다복감, 행복감을 맛볼 수 있으니.

──라고 옹호했지만, 그러는 나 역시 얼마 되지 않는 프라이빗 포인트를 쓰고 있으므로 변명으로밖에 들리지 않을지도 모르겠다.

수영복으로 갈아입고 문을 열자마자 아무도 없는 넓은 수영장이 시야에 들어왔다. 이 호화 여객선에는 누구나 무료로 이용할 수 있는 대형 수영장이 있고 그것 이외에도 수영장 하나가 더 있다. 바로 프라이빗 풀장으로, 이른바 대관해서 즐길 수 있는 수영장이었다. 60분에 2만 포인트나 하지만, 친한 친구들끼리만 보낼 수 있는 시간은 금액 이상의 값어치가 있다. 게다가 이용 가능한 인원수가 한 번에 최대 40명. 만약 반 전체가 빌린다고 하면 한 사람당

500포인트만 내면 된다.

그래서 이 프라이빗 풀장은 의외로 학생들 사이에 인기여서 개방 시간인 아침 8시부터 밤 8시까지 거의 예약이 꽉 찬 상황이었다.

사람이 대거 몰려드는 대형 수영장은 자유롭게 수영하기 힘들지만, 프라이빗 풀장은 뭘 하든 공간이 널찍해서 남에게 피해를 주지 않고 마음껏 즐길 수 있다.

"우와, 넓다!"

조금 늦게 수영장에 모습을 드러낸 아키토가 흥분하며 말했다. 무료 개방 수영장과 크기가 같은데도, 대관하면 이 정도로 스케일이 달라지나 하고 생각할 정도로 넓게 보였다.

"케세이는?"

"화장실 갔다 온대. 여자애들은 역시 아직이군."

남자처럼 단시간에 옷을 갈아입지 않는다는 것은 굳이 확인할 필요도 없다.

아키토가 무심하게 비치 체어 옆에 놓인 메뉴판을 들었다.

"으아…… 저쪽보다 비싸다."

프라이빗 풀장의 음료 가격은 무료 수영장보다 두 배 가까이 비쌌다. 이용 인원이 주문할 양만큼 준비한다고 생각하면 당연할지도 모르지만 부담스럽다. 여기서도 봐주지 않고 착취가 이루어지고 있는 셈. 음식물 반입 금지도 잘도 생각해냈다. 그때, 탈의실과 이어진 문이 살짝 열렸다.

누구라 할 것 없이 거의 동시에 뒤돌아보았지만, 그곳에서 사람이 나올 기색은 아직 없었다.

대신 목소리가 들려왔다.

"아니, 아이리, 뭐 하는 거야. 빨리 나가자니까."

"하하하하, 하지만! 차, 창피하단 말이야, 하루카 짱!"

"뭐가 창피해. 인터넷에는 이런저런 창피한 사진 잘만 올려놓고선!"

"그, 그거야 직접 보는 게 아니잖아!"

"난 그게 더 창피할 것 같은데. 자 어서!"

"앗! 잠깐만, 잠깐만!"

그런, 미묘한 대화를 하루카와 아이리가 나누고 있었다.

"뭐랄까, 보이지 않아서 좋은 점도 있네."

의외로 그런 말을 하는 아키토.

"뭐야."

"아키토도 그런 생각을 하는구나 싶어서."

"아니…… 남자는 원래 다 그렇잖아? 물론 이케 같은 애들처럼 평소에도 가볍게 입을 놀리고 그러진 않지만. 너도 그럴 거 아냐."

아키토가 어딘지 어이없어하는 눈빛으로 나를 쳐다보며 말했다. 남자들 사이에 부정을 허락하지 않는 공기가 흘렀다. 그런 분위기를 읽은 것은 아니지만, 아키토 나름대로 용기 낸 발언인 것은 알았다.

그 기대를 저버리는 것은 좋은 방법이 아니기 때문에 순순히 인정했다.

"뭐, 그야 그렇지."

그렇게 대답하니, 아키토가 안도한 듯 살짝 웃었다.

"여자가 들으면 바보다 뭐다 하면서 난리 치겠지만."

평소에는 포커페이스를 유지할 때가 꽤 많고 차분한 편인 아키토인데, 지금 말이 많아지는 것을 볼 때 안절부절못하는 상태인 게 분명했다.

하지만 두 사람은 아직 대화만 나눌 뿐 좀처럼 밖으로 나오지 않았다.

"창피하다고!"

"야! 그건 나도 마찬가지거든?"

"하, 하루카 짱, 수영복이 너무 대담해."

"이거 입으면 너도 밖에 나가겠다고 약속했으니까 그렇잖아!"

"꺅!"

등장을 기다리고 있는 우리는 어떤 의미에서 반죽음 상태나 마찬가지였다.

"대담……하다는데."

"그런 모양이네."

기대감, 그와 동반하는 멋쩍음 같은 감정.

여자들이 밖으로 나오면, 어디를 보고 어떤 말을 건네야 할까.

"무리야, 무리! 최, 최소한 뭔가 걸칠 거라도 빌려 올게!"

"안 돼! 어딜 도망치려고!"

"으으, 역시 이런 수영복은 창피해, 하루카 짱!"

"그건 나도 마찬가지거든? 어쩔 수 없이 같이 입어주는 거니까!"

"내가 부탁한 것도 아니잖아~!"

언제 나오나 목 빠지게 기다리는 우리였지만, 실랑이는 좀 더 계속될 모양이었다.

"야, 아야코노지. 너 아이리에 대해 어떻게 생각하냐?"

조금 전까지 여자 쪽으로 시선을 보내고 있던 아키토가 어느새 나를 응시하고 있었다. 아무 생각 없이 한 말은 아니리라.

"어떻게 생각하냐니?"

이야기의 흐름은 바로 이해했지만, 일부러 모르는 척 굴었다.

"남녀가 섞인 그룹은 좀 복잡한 면이 있잖아? 누가 누굴 좋아하게 되어도 이상하지 않다고 할까."

그 질문에 대답하는 것은 어렵지 않지만──.

"그러는 너는?"

되물어보니 아키토가 살짝 곤란한 표정을 지었다.

"……뭐, 글쎄다."

잠깐 침묵한 후 입을 열었다.

"전혀 없다고 말하면 거짓말이겠지."

그런 존재가 있다는 것을 부정하지 않고, 인정하는 식으로 대답했다.

"하지만 그것 때문에 우리 그룹이 와해할 수도 있다면 무리할 생각 없어."

계속 감정이 남은 채로 내버려 두겠다는 것. 상대가 하루카인지 아이리인지 지금의 나로서는 판단할 수 없지만……. 지금은 뭐라고 대답해야 정답일까.

수학과 달리 푼다고 해서 정확한 답이 나오는 게 아니다.

"키요타카, 너는——."

"꺄아악!"

아키토가 뭐라고 말하려는 찰나, 반쯤 열려 있던 문이 활짝 열렸다. 그리고 앞으로 고꾸라지듯 아이라가 튀어나왔다. 비명이 들린 순간 아키토와 다시 시선이 마주쳤다.

"미, 밀다니 너무해, 하루카 짱!"

"네가 자꾸 꾸물대니까 그렇지."

그렇게 말하며 아이리의 뒤를 이어서 바로 하루카가 모습을 드러냈다.

"오, 오우……."

아키토가 아연실색했다. 물론 나도 마찬가지였다.

뭐랄까, 둘 다 믿기 힘들 정도로 대담한 수영복을 입고 있었다.

여기가 프라이빗 풀장이 아니었다면 남녀 불문하고 많은 시선이 집중되었겠지.

바로 고개 들어 우리를 본 하루카.

왠지 쳐다보면 범죄 같은 분위기여서 아키토와 동시에 적당한 곳으로 시선을 돌렸다.

하지만 곧 마음에 걸리는 부분이 생겼는지, 아키토가 시선을 다른 곳에 고정한 채 입을 열었다.

"아이리의 느낌이 확 바뀐 것 같지 않아?"

나한테 묻지 않았으면 좋겠지만, 아키토도 곤란한 상황이어서 그렇겠지.

"그러게. 세련된 느낌이 들어."

"바로 그거야, 그거."

우리가 아이리에게 느낀 점을 말하자, 하루카가 노골적으로 유감스럽다는 표정을 지었다.

"진부해, 평범하다고."

"그렇게 말하지 마. 아니, 너무 놀라서 말도 안 나온단 말이야."

어휘력이 급격히 저하되어버린 걸 하루카가 꼭 헤아려 줬으면 좋겠다.

"……수영 좀 하고 올게."

두 사람의 자극이 너무 강해서인가, 아키토가 그렇게 말하고 뒤돌아 준비 운동을 하는 둥 마는 둥 대충하고는 물에 뛰어들었다. 물보라를 일으키며, 아무도 없는 수영장을 혼자 헤치고 나아갔다. 달아나고 싶은 심정인 것은 충분히 이해한다. 프라이빗 풀장이라는 평소 경험하기 힘든 환경이기에 더욱, 눈앞에 있는 두 사람이 보여주는 파괴력을 회피하기 어렵다.

여러 가지 번뇌를 털어내려면 저렇게 헤엄쳐 달아나는 것이 정답이다.

그렇다고는 하나 남자 두 명이 뜬금없이 수영에 전력을 쏟으면 노골적으로 수상한 분위기가 된다. 지금은 내가 방패가 되어 계속 맞서는 수밖에 없다.

어떻게 하지…… 두 사람을 살짝 쳐다보니 아이리가 불안해하며 얼굴을 붉히고 있었다. 그런 아이리를 보고 하루카가 즐거운 듯 등 뒤로 가서 두 어깨를 붙잡았다.

"꺅."

"자자, 키요뽕, 새로 태어난 아이리 어때?"

그렇게 말하며 아이리를 앞으로 밀었다. 가뜩이나 가까운데, 잘못하면 살이 닿을 수도 있는 거리까지 좁혀졌다. 아니, 정말로 닿을 기세였다. 나는 몰래 뒤로 물러나 아슬아슬하게 거리를 확보했다.

"와, 앗……."

둘 다 수영복 차림이라 노출 부위가 많았기 때문에 쉽사리 닿으면 문제가 된다.

이 상황을 결국 참지 못하고 아이리가 달아나듯 입을 열었다.

"나, 나도 물에 들어갈래!"

"잠깐 아이리——!"

하루카가 손을 뻗어 붙잡으려고 했지만, 한발 늦었다.

그렇게 점프해서 물에 바로 뛰어드……나 했지만, 스테인리스 난간을 꽉 붙잡고 천천히 들어가는 부분은 역시 아이리다웠다.

"진짜. 나도 엄청 창피한데……."

그야 그렇겠지.

가슴이 강조된 것도 그렇지만, 무엇보다 수영복 아래쪽이 노골적으로 면적이 작았다.

끈으로 단단히 묶여 있긴 해도 만일의 사태가 일어난다면 불안할 것 같다.

"일단 말해두는데 이런 말도 안 되는 수영복을 고른 사람, 아이리거든?"

"차마 묻기 어려웠는데, 어쩌다가 이렇게 된 거야?"

원래 하루카는 남 앞에서 노출을 즐기는 학생이 아니다.

이렇게 가슴과 하반신을 강조한 모습은 평소답지 않다.

"어쩌다…… 이렇게 됐냐면……."

순간 어려워하는 표정을 짓더니 단어를 잘 골라서 설명하기 시작했다.

"뭐라고 말할까, 아이리한테 맞춰주다 보니?"

"그게 무슨 소리야?"

말을 지나치게 고른 바람에 나에게까지 그 의미가 전달되지 않았다.

"그 애도 필사적으로 변하려고 하고 있다는 말이야. 그리고 나도. 내 입으로 말하기도 그렇지만…… 다른 애들보다 눈에 띄는 부분이 있잖아?"

말을 모호하게 했지만, 틀림없이 눈 둘 데가 없어 곤란한 그것을 가리키겠지.

"신경 안 쓰면 그만이라는 걸 알면서도 시선이 자꾸 불쾌하게 느껴진달까."

그 고민은 이해할 수 있지만, 남자의 심리에서 봐도 무시하기란 몹시 어렵다.

아무리 애를 써도 눈이 가고 마는 것을.

"그 애한테 용기를 주려고 조금 대담한 수영복을 골랐더니 나도 입으면 입겠다고 하잖아."

그것참 훌륭한 대답이다. 하루카는 화려한 수영복을 거부할 듯한 이미지가 있으니까.

"나도 아이리 개조 계획 첫판부터 실패하게 만들 수는 없으니까 말이야. 오기 부려본 거지."

자기가 건 조건을 받아들인 이상 아이리도 피할 수 없게 되었다는 건가.

"그리고 나도 아이리도 저쪽의 개방된 수영장에서는 이런 걸 못 입지만, 여기니까."

친한 세 남학생이기에 겨우 실현에 이르게 되었다는 것이다.

그래도 수치심이 상당하리라는 것은 남자라도 쉽게 상상할 수 있다.

"……보게 되니?"

창피하다기보다도 혐오감을 감추듯 하루카가 물었다.

"뭐, 보지 말라고 말해도 솔직히 힘들긴 해."

애당초 얘기할 때마다 눈에 들어오니 어쩔 수 없다.

이제는 보지 않으려면 위나 아래를 보거나 아예 뒤돌아 서는 것밖에 방법이 없다.

"그래? 남녀의 차이에 대해 알고는 있지만, 심리까지는 모르니까."

가슴과 허리, 하복부에 관한 호기심의 차이는 남녀 서로 가 알 수 없는 법이니까.

아니, 남녀가 아니라 사람마다 강약이 있으니 이해할 수 없다.

"어라? 그런데 유키무는?"

"좀 더 걸릴 모양이야."

복통이 오래가는지 나올 기색이 보이지 않는군.

"흐음?"

별 뜻 없이 물어본 건지 하루카가 다른 곳을 응시하며 대꾸했다.

대화가 일단락되고 잠시 침묵이 흘렀다.

"……아, 안 되겠다. 역시 자꾸 이상한 생각이 들어."

"미안. 안 보려고 노력하고는 있는데."

아무리 해도 상대의 얼굴을 보고 말하게 되면 시야에 들어와 버린다.

"그런 게 아니라. 딱히 키요뽕 잘못이 아니야. 애초에 나도 자의식이 지나치다는 걸 잘 알고 있고. 좋아서 보는 게 아니라는 것 정도는 알아."

음, 아니…… 꼭 그렇지도 않은데.

그 말은 속으로만 해둔다.

"눈에 띄는 게 있으면 시선이 집중되지. 뭐든 그렇다는 거 잘 알아. 다만 그 대상이 나라고 생각하면 아무리 해도 기분이 안 좋아지는 거야."

하루카의 경우, 남자의 시선만 의식하는 게 아니라는 뜻이다. 동성끼리 모인 자리에서도 자기 가슴을 주목하는 것을 환영하지 않는다.

"미안, 아무렇지도 않게 되려면 시간이 좀 더 걸릴 것 같아."

"난 괜찮아. 도저히 안 되겠으면 갈아입고 와도 돼."

"그건 안 돼. 아이리가 노력하고 있는데 내가 먼저 꺾어 버리고 싶지 않으니까."

아이리 개조 계획이라고 했던가. 무슨 생각인지는 잘 알겠다.

"다른 얘기 할까. 지금 와서 말하기도 그렇지만, 키요뽕은 무인도 시험 통과가 아슬아슬했던 모양이던데."

지난 며칠간 아야노코지 그룹이 모이지 못했기 때문에, 언급하기 조금 늦은 감이 있다는 식으로 하루카가 말을 꺼냈다.

전혀 상관없는 화제이기에 오히려 지금 말하기 좋을지

도 모른다.

"뭐, 우리도 비슷했으니까 웃을 수는 없지만."

"솔직히 너무 힘들었어. 최선을 다해 싸운 결과가 그거야. 미안하다."

"전혀 미안할 일이 아니라니까. 아니, 오히려 좀 안심했어."

숨을 짧게 토한 후 하루카가 어설프게 수영하는 아이리를 쳐다보았다.

"안심? 결과가 심각했는데도?"

"왜, 수학 사건도 있고 해서 키요뽕이 엄청난 애라는 소문도 돌았었잖아. 그런데 이번 일로 그 부분도 조금 가라앉지 않았어? 괜한 부담 같은 거 받으면 싫을 테니까."

아무래도 내 앞날을 생각해서 한 발언 같다.

"역시 키요뽕은 다른 남자애들보다 어른 같은 면이 있어."

"뭘 보고 그렇게 생각한 거야?"

너무 높이 평가하는 것 같은데.

나도 남들만큼 성욕이 있고 이성을 향한 관심도 있다.

"표정이라든지, 시선이라든지. 그런 게 다른 남자애들보다 좀 적은 느낌이 들어."

그건 뭐랄까, 여기서 표정으로 드러내면 여러 가지로 깰 것 같으니까 그렇지. 당황하는 역할을 다른 녀석이 맡아주는 것도 고마운 일이다. 상승효과가 아닐까.

"우오……."

뒤늦게 옷을 다 갈아입은 케세이가 나오자마자 놀란 목

소리를 흘렸다.

그게 대관한 프라이빗 풀장을 본 감상……이 아니라는 것은 딱 봐도 알 수 있다.

내 옆에 서 있는 대담한 모습의 하루카를 봤겠지.

"왔어, 왔어?"

평상심을 유지하려고 그러는지, 하루카가 의뭉스러운 표정과 목소리로 케세이에게 인사했다.

"어, 어어……."

케세이는 내려가려는 안경을 치켜올리며 먼 곳을 응시했다.

평소 공부만 하는 케세이도 엄연히 남자라는 거겠지.

남자들의 반응, 회피 방법이 똑같은 것 역시도 우리 그룹답군.

류엔이나 코엔지 같은 타입이었다면 분명 다른 반응을 보여주었겠지.

"자…… 그럼 나도 수영 좀 하고 올까."

케세이는 격하게 수영 중인 아키토 쪽으로 도망치듯 물에 뛰어들었다.

수영이 서툴러 수영장 바닥을 딛고 선 아이리가 하루카를 향해 손을 흔들었다.

"하루카 짱도 이리로 와~. 기분 좋은걸~?"

"응응, 갈게. 조금만 기다려줘."

어쩔 수 없네, 하는 느낌으로 내 옆에서 준비 운동을 시작했다.

"같이 무인도 시험을 치른 후여서 그런지 사이가 더 가까워진 느낌이 드는데?"

"그야, 뭐? 하나부터 열까지 많은 것을 공유했으니까."

"으앗, 창피하니까 말하지 마!"

풀 사이드에서 우리를 보며 기다리던 아이리가 당황해서 첨벙첨벙 물보라를 일으켰다.

하나? 열? 흔한 키워드, 그러나 의미심장한 키워드다.

"뭐랄까, 아이리는 그냥 내버려 둘 수 없는, 친한 친구이자 동생 같기도 한……?"

처음 만났을 무렵에는 상상도 할 수 없는 발언이었다. 그건 하루카에게만 해당하는 이야기가 아니었다.

케세이도 그렇고, 큰 변화는 없지만, 아키토 역시 그러하다.

1

그 후 우리는 그룹 멤버들과 교대로 수영하고 놀이를 만끽했다.

2 대 2로 비치발리볼도 하고, 지금은 5점 내기 일대일 비치발리볼 중이다. 처음에는 케세이와 아이리가 대결해서 케세이가 5 대 2로 승리를 거머쥐었다. 그리고 나와 아

키토가 대결해 아키토가 5 대 3으로 이겼다. 체력이 약한 아이리가 고작 시합 한 번에 지쳤는지 쉬려고 풀 사이드에 앉기에 말을 걸었다.

"즐거워 보이네."

"아, 키요타카 군. 응, 정말 재미있어. 전혀 상대도 되지 못했지만……."

왜 그러는지 다시 일어서려고 하기에 말리고는, 내가 앉았다.

"솔직히 아직도 좀 놀라워. 아이리가 이렇게 용기 낸 것 말이야."

"그건…… 응. 큰맘 먹고…… 지금도 엄청, 창피하지만."

"왜 용기를 내려고 생각했어?"

단순한 변덕은 아니리라.

"무인도 시험 때 거의 24시간 그룹이 같이 행동했잖아? 그때 하루카 짱이랑 대화를 많이 나눴어. 어렸을 때, 중학교 때. 그리고 이 학교에 들어와 친해지기 전까지."

시간이 많으면 시답잖은 잡담만으로는 다 채울 수 없는 법. 자연스럽게 속 깊은 이야기를 나누게 되어도 이상하지 않다. 아마 농밀한 시간을 공유하면서 두 사람은 오랜 친구처럼 서로에 대해 잘 이해하게 되었으리라.

"지금이라면 변할 수 있지 않을까…… 기회는 지금뿐이지 않을까 하는 생각이 들어서……."

"변화? 그건 겉모습만 말하는 게 아니지?"

"응. 아직 분명하게 말할 수는 없지만…… 변해야 한다고, 변하지 않으면 안 된다는 생각이 들기 시작했어. 공부도 운동도 서툰 나로 있으면 안 된다고."

불을 붉히며 쑥스러워하면서도 아이리가 그런 결심을 밝혔다.

"그 시작이 겉모습이라는 건가?"

"일부러 남들 눈에 띄지 않게 하고 다니면 안 된다면서 하루카 짱이 화냈거든."

아이리는 원래 성격상 튀는 것을 좋아하지 않는다.

그래서 머리 모양도 수수하게 하고, 실용성 없는 패션 안경을 쓰고 다닌다. 자세도 등을 잔뜩 굽히고 고개를 푹 숙이고 있을 때가 많다. 공부와 운동은 하루아침에 성과가 나올 수 없지만, 겉모습은 얼마든지 고칠 수 있다. 아이리가 수영장을 응시한 순간, 새로 시작된 시합에서 공이 물 위에 떨어지며 아키토가 하루카로부터 1점을 따냈다.

이렇게 해서 3 대 1로 아키토가 더 도망가는 형국이 되었다.

"늦었……을까?"

전부 이야기한 아이리가 불안한 듯 나를 올려다보았다.

"아니, 늦지 않았어."

용케 그런 결단을 내렸구나, 하고 순수하게 칭찬해주고 싶다.

"응원한다."

"고, 고마워, 키요타카 군. 나, 힘내볼게."

"아, 맞다, 맞다. 말하는 걸 깜박했는데, 아이리의 그 이미지 체인지 건은 아직 비밀이야. 2학기 시작하고 나서 공개할 거니까."

모두 모인 교실에서 공개하는 편이 좋겠지. 어차피 긴장할 거면 그 횟수가 적은 편이 낫다.

"그런데 유키무는 어떻게 생각했어? 아이리를 보고."

서브 넣을 차례가 된 하루카가 동작을 멈추더니, 시합을 구경하던 케세이에게 물었다.

"나, 나한테 묻지 마라."

"안 물어보면 모르잖아? 솔직한 의견을 들려줘."

그 말에 케세이는 아이리를 똑바로 보며 머리부터 발끝까지 관찰했다.

당연히 아이리는 부끄러워하며 피하려고 했다.

"피하면 안 돼, 아이리."

끙끙 앓으며 두 다리를 파닥거리는 아이리를 하루카가 열심히 진정시켰다.

관찰을 끝낸 케세이의 평가는…….

"……나쁘지는 않네. 아니, 완전 괜찮아……."

평소 여자에게 흥미를 드러내지 않는 케세이가 멋쩍어하며 대답했다.

"오옷, 유키무가 이런 반응이면 게임 끝났네!"

하루카는 자기 일처럼 기뻐하면서 순간 높이 점프했다.

그리고 아이리를 보고 있는 아키토를 향해 기습적으로
서브를 넣었다.

"으앗!"

"1점~! 이제 2 대 3!"

"치사하잖아, 하루카."

"여자한테 한눈판 미얏치 잘못이지. 방심은 금물, 방심
은 금물."

"순 억지. 하지만…… 안경 벗고 머리 모양만 바꿨을 뿐
인데, 여자란 이렇게까지 달라질 수 있는 거냐?"

"본바탕이 훌륭하니까 그렇지. 그런 것도 모르니?"

"그렇게 말해도…… 안 그래?"

아키토와 케세이가 서로 마주 보며 동시에 고개를 끄덕
였다.

"나 참. 하긴, 이런 너희니까 나도 거리낌 없이 대할 수
있는 거지만."

아키토가 번뇌를 털어내고 자신의 서브에 집중했다.

시합이 재개되자, 아이리가 불쑥 중얼거렸다.

"공부 말인데, 어떻게 해야 잘할 수 있을까, 똑똑해지면
되는 걸까……."

평소에도 아이리를 비롯한 멤버들은 시험에 대비하고
있지만, 호리키타와 스도처럼 기초부터 밟아가는 스터디
는 기본적으로 하지 않고 있다. 학력을 끌어올리려면 그
부분이 빠져서는 안 되겠지.

공부 이야기를 듣자 케세이가 적극적으로 설명에 나섰다.

"자기가 해낼 수 있는 부분과 어려워하는 부분을 구분하는 것부터 시작해야 하지 않을까? 초등학교 1학년부터, 처음에는 모두 같은 출발선상에서 시작하지. 하지만 점점 공부에 격차가 나게 되는데, 왜 그런지 알아?"

"으음……."

"학습력과 흡수력에는 개인차가 있고, 집중력도 달라. 1분도 못 참는 애가 있는가 하면, 임기응변으로 집중력을 조절하면서 한 시간짜리 수업 시간 내내 유지하는 애도 있어. 그것만으로도 학습 능력에 차이가 나기 시작하고, 수업 이외의 시간에 얼마나 공부하는지도 큰 요소지."

"그건, 응. 하긴 학원 다니는 애들은 다 공부를 잘했어."

당연한 말이지만, 납득했다는 듯 아이리가 고개를 끄덕였다.

"하압!"

공이 하루카의 손에서 튕겨 나가며 5점이 되었다. 결과 5 대 2로 아키토의 승리.

"예스. 내가 이겼다."

"열받아. 하지만 두 사람 이야기에 신경 쓰다가 집중 못한 게 패배의 원인이네."

그렇게 분석과 변명을 해가며 하루카도 풀 사이드로 올라왔다.

"키요뽕이 공부 가르쳐주면 어때?"

말하다가 하루카가 그런 제안을 해왔다.

"미안하지만 난 공부 가르쳐주는 건 엉망이라. 그리고 스페셜리스트가 가까이에 있잖아?"

내게 쏠린 시선을, 재촉하듯 케세이에게로 넘겼다.

"뭐…… 아이리가 좋다면 나야 상관없는데."

"하지만 유키무는 앞으로 나랑 아키토도 도움받아야 하는데. 레벨이 다른 아이리가 들어오면 가르치기 힘들어지지 않겠어?"

"윽, 그 말은 내가 바보라는 거지? ……우우."

"앗, 아니야, 아니야! 그런 뜻이 아니라!"

"야, 그런 의미로밖에 안 들렸다고, 하루카."

아키토가 옹호해주지 못하고 한숨을 쉬며 중얼거렸다.

"난 그냥, 그러니까…… 아이참, 미안해, 내가 말이 좀 지나쳤어!"

아이리 쪽으로 깊이 고개 숙이자 동시에 두 개의 덩어리가 커다랗게——.

보는 것은 그만두자. 집중력이 온통 그쪽으로 쏠릴 것 같으니.

그 후로 모두 한바탕 웃음을 터뜨렸고 분위기도 풀어졌다.

"자. 그럼 지금부터 아이리와 케세이의 리벤지 매치를!"

"아앗, 난 아무리 해도 못 이기는걸~!"

"나도 도우미로 뛸 거니까 안심해도 돼."

"자, 잠깐, 아키토. 그럼 내가 압도적으로 불리하잖아!"

불만을 토로하면서도 케세이는 순순히 물에 들어갔다. 그런 면은 참 곧이곧대로다.

"여, 열심히 하고 올게!"

아키토라는 듬직한 아군을 얻은 아이리가 소심하게 브이 했다.

나와 하루카는 신선한 2 대 1 대결을 풀 사이드에서 구경하기로 했다.

"있지, 뭐 하나만 물어봐도 돼?"

"응?"

대결이 시작되고 얼마 지나지 않아 하루카가 시합을 보며 운을 뗐다.

"내 기분 탓이면 좋겠는데, 키요뽕, 아이리한테 좀 차갑게 구는 거 아니야?"

"그럴 의도는 없는데."

"하지만 일대일로 공부 봐줘도 좋잖아. 그 정도는 할 수 있지 않아?"

할 수 있는가 없는가를 따지는 양자택일의 문제라면 그야 할 수 있다.

"뭐랄까 불공평한 느낌이 든단 말이지, 아이리를 대하는 게."

"난 누구든 똑같이 대하고 있어."

"정말로?"

"겉보기로 말고 정말로 누군가를 다르게 대한 적은 없어."

"……그 말은 친한 친구든 여자친구든 모두 똑같이 대한다는 뜻이야?"

"그렇지."

"그건 좀 이상하지 않아? 거리감이 든달까. 이왕 말 나온 김에 말하는데, 전부터 키요뽕은 우리한테 좀 거리를 두고 있는 거 아니야?"

하루카도 그것을 느꼈던 모양이다.

"웃는 얼굴도 본 적 없고."

그렇게 말하며 오른팔을 뻗어 내 왼뺨을 꼬집었다.

그리고 약간 강약을 줘서 잡아당기며 장난쳤다.

"적어도 키요뽕을 웃게 만들 수 있는 사람이 우리면 좋겠어."

"의도적으로 안 웃는 건 아니지만."

볼을 꼬집고 있던 손가락을 놓더니, 불만스럽게 팔짱을 꼈다.

"내가 공부를 가르쳐 줄 수 없는 이유는 또 있어. 아이리와 내 사이는 처음부터 너무 가까웠던 면이 있었지."

"무슨 말이야?"

"그 애를 성장시키는 건 내가 아니라 주변 환경이라고 생각하거든."

"주변 환경?"

"하루카가 있고 아키토가 있고, 케세이가 있어. 친한 친구들 틈에서 성장하는 것이야말로 아이리한테 가장 중요한 요소야. 지금만 해도 아이리는 하루카 덕분에 많이 바뀌려고 하고 있지."

"난 아이리한테 제일 중요한 사람이 키요뽕이라고 생각하는데."

"연애로 성장하는 타입이라면 그것도 방법이었을지 모르지만."

"키요뽕이 아이리의 마음을 눈치채고 있다는 건 전에 들었는데, 뭐랄까, 그 말투는 좀 너무하달지……."

자신도 어떻게 표현해야 좋을지 모르겠는지, 복잡한 눈빛으로 나를 쳐다보았다.

"1학년 때부터 아이리는 쭉 나를 좋아하고 있어, 많이. 그건 기쁘게 생각해. 다만——."

마치 자신이 고백에 대한 답을 기다리는 소녀라도 된 듯, 불안한 눈동자로 나를 보았다.

아이리의 사랑. 그것이 결실을 보길 바라는 친한 친구라는 것은 틀림없는 사실이다.

"지금의 아이리에게 필요한 건 믿을 수 있는 친구들이야."

"아니, 그럴지도 모르지만…… 거기에 연애라는 요소가 있어도 괜찮잖아. 더 힘낼 수 있을지도 모르는걸."

"그야 상승효과는 있을 수도 있지."

다만 성가시게도 연애란 기본적으로 여러 사람과 병행할 수 있는 게 아니다.

기본적으로 그 자리를 차지할 수 있는 것은 오직 한 사람이고, 두 번째 사랑을 맞이하려면 첫 사람을 버려야 한다. 물론 잘만 하면 두세 명을 동시에 사귀는 것도 불가능하진 않지만, 폐쇄적인 이 학교에서는 아무래도 부적합하며 그 사실이 발각되었을 때 얻게 될 불이익이 훨씬 크다. 나는 풀 사이드에서 몸을 일으켰다.

"아이리는 곧 정신적 충격을 받게 될지도 몰라. 그때 하루카, 네가 누구보다도 옆에서 다독여주고 힘이 되어주길 바란다."

"그게 무슨 말이야?"

"미안하지만 지금은 말해줄 수 없어."

아이리는 반에서 가장 가치가 낮은 존재다.

학력+신체 능력+그 밖의 요소. 종합적으로 보았을 때 그렇게 판단할 수밖에 없다.

OAA뿐 아니라 내 개인적인 견해로도 그렇다.

다만 지금 변하려 하는 아이리가 노력하기에 따라서는, 비록 속도가 느리더라도 점점 성장할 수 있다.

반년 후나 1년 후, 그 무렵에는 반 하위권에서 탈출했을지도 모르겠군.

2

프라이빗 풀장 시간이 순식간에 끝나고, 우리는 옷을 갈아입었다.

종업원이 청소도 해야 하고 다음 예약자가 올 때까지 시간이 정해져 있기에, 연장은 불가능한 구조였다. 우리 세 사람은 재빨리 샤워하고 옷을 갈아입은 후 프라이빗 풀장을 나왔다. 남자와 달리 여자는 옷 갈아입는 데 시간이 오래 걸려서 아직 보이지 않았다.

"여자애들은 아직인 것 같네."

이제 뭐 할지 아직 의논도 하지 않았기 때문에 나오기를 기다리기로 했다.

"아야노코지 선배!"

"음?"

문득 이쪽을 보는 시선이 느껴졌는데, 나나세였다.

오늘도 마주쳤으니, 나는 선상에서 매일 나나세와 마주친 셈이 되었다.

"나나세한테는 특별시험 중 필기시험에서 파트너 찾는 데 도움을 받았어. 그리고 무인도에서도 몇 번이나 도움을 받았고."

"호오? 그렇다면 아주 대단한 여자애네."

아키토가 감탄하며 고개를 끄덕였고, 가볍게 손을 들어 나나세에게 인사했다. 케세이도 뒤를 따랐다.

혹시 프라이빗 풀장의 다음 예약자가 나나세인가? 그렇게 생각했는데…….

"우연히 지나가던 길이에요."

그것을 부정하기라도 하듯, 나나세가 어디까지나 우연이라고 말했다.

"그래?"

"방해하기도 그러니까 전 이만 실례하겠습니다."

이 부근에 특별히 학생이 놀 곳이라고는 프라이빗 풀장밖에 없다.

나나세는 정말로 가버렸는데, 여기에 왜 모습을 드러냈는지 목적을 모르겠다.

아니——이쯤 되면 단순한 우연으로 정리하는 것은 지나치게 낙관적일까.

나나세는 내 행동을 어느 정도 파악하고, 상태를 하나하나 확인하고 있는 듯하다.

다만 거기에 악의는 느껴지지 않는다.

그렇다면 목적이 뭐지?

우리 세 사람 앞을, 나카이즈미와 스즈키가 스쳐 지나갔다.

그걸 보고도 나 이외의 두 사람은 아무런 이상한 점을 못 느낀 모양이었다.

"왜 그래? 아야노코지. 저 두 명이 뭐라도 했어?"

"아니…… 어디 가나 싶어서."

"아, 하긴. 저쪽에 아무것도 없는데. 길이라도 헤매나?"

저쪽에는 딱히 아무 시설도 없다. 헤매는 중일 가능성도 있겠지만, 애당초 이 층에는 프라이빗 풀장 이외의 목적으로는 찾아올 일이 없는데.

나나세가 그랬듯 일반적으로는 생각할 수 없는 곳을 걷고 있다.

그러고 보니 어제도 선수 근처 갑판에서 나나세와 나카이즈미 무리를 봤었지.

"그나저나 아이리도 힘들겠다. 강적이 많아 보여서."

"뭐가?"

내 뒤에서 아키토가 중얼거리자 케세이가 물었다.

"아니, 아무것도 아니야."

나나세가 떠나고, 잠시 후 여자애들이 옷을 다 갈아입고 나왔다.

"오늘 재미있었어, 하루카 짱."

"응. 우리끼리 수영장에서 노는 것도 나쁘지 않은 것 같아."

여자애들은 대만족이었는지 옷을 다 갈아입은 후에도 시종일관 웃고 있었다.

하루카는 아까 내가 한 말도 신경 쓰고 있겠지만, 조금도 티 내지 않았다.

"아……."

모두 모여 프라이빗 풀장을 떠나려고 했을 때, 다음 예약자로 보이는 인물이 모습을 드러냈다.

"뭐야, 다음이 이케였냐."

"오, 오. 그래. 이때밖에 예약이 안 돼서."

"혼자는 아니겠지? 스도 무리랑?"

아키토가 이상하다는 듯 이케의 뒤쪽으로 시선을 던졌지만 아무도 보이지 않았다.

"아~ 그게 아니라, 으음······."

말을 얼버무리며 안절부절못했는데, 그 시선의 끝에서 뭔가를 포착했다.

"미안, 많이 기다렸지!"

"무슨 일이야, 시노하라랑 이케 조합으로 놀러 오다니. 다른 애들은?"

아키토도 케세이도 별로 이상하게 생각하지 않고, 아무렇지 않게 물었다.

물론 하루카와 아이리는 바로 눈치챈 모양이어서, 놀라면서도 남자들의 등을 밀었다.

"자자, 그런 건 됐으니까 우린 이만 가자."

"뭐? 뭐야, 갑자기."

"사, 사츠키, 가자."

"응."

이케가 도망치듯 시노하라의 손을 붙잡고 프라이빗 풀장의 카운터로 향했다.

시간이 정해져 있으니 이런 데서 수다 떨고 있을 여유가 없겠지.

"사츠키?"

친근하게 이름을 불렀다는 점, 그리고 두 사람이 다정하게 손을 잡고 각자의 탈의실로 사라지는 것을 보고 마침내 아키토가 이상한 점을 알아차렸다.

"쟤들…… 헉, 언제부터?"

"뭐야, 무슨 소리야?"

여전히 눈치채지 못한 케세이였는데, 곧 하루카의 단도
직입적인 설명이 시작되었다.

"사귀게 됐다는 거야."

"뭐라는 거야. 이케랑 시노하라는 물과 기름이잖아. 그
런 두 사람이 왜 사귀어?"

서로 싫어하는 사람끼리 사귈 리가 없다며 진지한 얼굴
로 부정했다.

"유키무는 머리는 좋은데…… 바보네."

"처음에는 서로 싫어했을지도 모르지만, 조금씩 거리가
가까워지게 된 것 아닐까? 최근 들어서는 왠지 서로를 의
식하는 느낌이 이어졌었거든."

이런 연애와 관련된 부분은 여자들 쪽이 강해서인지, 아
이리도 이해했다는 듯 고개를 끄덕였다.

"뭐 그렇지. 진짜로 사귀게 된 것 같아서 좀 놀랐지만."

"……그, 그런가. 이케랑 시노하라가? ……아니, 역시
이해가 안 돼."

상황을 파악한 케세이는 어안이 벙벙한 얼굴로 이제 보
이지 않는 두 사람의 등을 찾아 헤맸다.

3

"이야~ 살벌하네~."

다 놀고 객실에 돌아온 지 얼마 지나지 않아 미야모토가 중얼거리며 들어왔다.

"무슨 일 있었어?"

"엄청난 일이 있었지. 근처 화장실에서 토키토 놈이 카츠라기의 멱살을 잡았어. 아, 물론 싸움 잘하는 토키토를 말하는 거야. 그나저나 진짜 심하게 싸우더라."

"야, 안 말렸냐? 히로야는 열받으면 진짜 무서운데?"

그냥 보기만 했냐는 투로 말하는 아키토에게 미야모토가 약간 욱한 표정을 지었다.

"어떻게 말려? 나랑 상관도 없고, 괜히 휘말렸다가 큰일 날 수도 있는데."

카츠라기와 토키토 히로야. 둘 다 류엔의 반이다.

"카츠라기는 A반에서 옮긴 지 얼마 안 됐잖아. 얼마 전까지만 해도 적이었다는 걸 생각하면 갈등 한두 번쯤 일어나도 이상하지 않지. 안 그래? 키요타카."

"그럴 수도 있지."

"좀 걱정되는데 보러 가지 않을래?"

"그냥 내버려 둬, 미야케. 라이벌 반에서 싸우면 상대적으로 우리한텐 이득이잖아? 카츠라기는 원래 A반 애니까, 안 맞아도 이상하지 않다니까."

"하지만…… 같은 2학년이잖아."

"괜히 끼어들었다간 우리까지 휘말릴지도 모르는데? 그리고 류엔한테 찍히면 어쩌려고 그래?"

미야모토의 설득에 아키토는 불만이 있는 듯했지만 일단 이야기를 받아들였다.

아키토가 괜히 나섰다가 상황이 안 좋은 방향으로 흐를 수도 있으니.

그런 두 사람의 대화를 들은 나는 아무 말 없이 자리에서 일어났다.

"그냥 두라니까."

"아니, 카츠라기 일은 그냥 지켜보는 게 옳다고 생각해. 난 그냥 목이 말라서 매점 좀 다녀오려고."

그렇게 말한 후 객실을 빠져나왔다.

두 사람이 싸우고 있는 장소가 근처 화장실이라고 했었지.

사소한 다툼이면 미야모토의 말대로 내버려 두는 게 제일이지만…….

토키토라고 하면 작년 합동 합숙 때 같은 그룹이었던, 이치노세와 같은 반 토키토 카즈미가 제일 먼저 떠오른다. 지금 다투고 있는 건 다른 사람으로, 토키토 히로야다. 토키토는 비교적 희귀한 성씨인데, 단순한 우연이 아니라 먼 친척이라는 이야기를 듣고 놀란 기억이 있다. 그날 이후 깊은 교우관계는 없지만, 토키토 카즈미는 의식주를 공유한 동료이기도 하다.

면식은 없지만 나 같은 제삼자가 관여해도 괜찮다면 일단 손은 내밀어보고 싶다.

그렇게 생각하고 한 행동이었는데…….

화장실 근처까지 갔는데도 카츠라기 무리의 모습은 보이지 않았다.

좀 다투다가 이제 다 해결된 것일까.

"아야노코지 군."

일단 주위를 둘러보려 하고 있는데 히요리가 말을 걸어왔다.

"카츠라기 못 봤어?"

"역시 다른 사람도 목격했나 보군요. 저도 카츠라기 군과 토키토 군이 싸운다는 얘기를 듣고 여기 왔어요. 그리고 장소를 바꿔 달라고 부탁했죠."

그랬군. 화장실 주위는 싫어도 눈에 띄고 만다.

히요리를 따라가니 인기척 없는 곳에서 희미하게 목소리가 들려왔다.

뒤에서 몰래 지켜보라고 해서 나는 조용히 목소리의 진원지를 살폈다. 미야모토가 알려준 대로 카츠라기와 토키토가 있었다. 하지만 그들 이외에도 여학생 오카베가 그 자리에 있는 것 같았다.

"카츠라기, 너 정말 류엔을 따르는 거냐?"

"평행선을 달리는군. 말끝은 살짝 달라졌지만 벌써 세 번째다, 그 질문."

"네가 대답을 안 하니까 그렇지."

"대답할 수가 있어야지. 따른다는 게 무슨 의미인지 다시 묻고 있잖아."

냉정하게 대응하는 카츠라기와 달리, 토키토는 감정적이라고 할까.

"그 녀석의 개가 되어서 뭐든 다 명령에 따르는 거냐는 말이야."

"개가 된 기억도 없고, 명령에 따를 생각도 없는데."

"미안한데 내 눈에는 그렇게 안 보이거든. 그럼 무인도 시험 때 왜 그 녀석이랑 손잡았어?"

"이해하기 어려운 발언이군. 반이 이기기 위해서인 게 당연하잖아."

그것 말고 또 뭐가 있다는 거지, 하고 카츠라기가 당연하다는 듯 대답했다.

"3위도 못 됐는데 말이야?"

"물론 계획대로 안 됐지. 하지만 결과적으로는 나쁘지 않아."

"뭔 소리야. 4위 밑으로는 어차피 똑같은데. 그리고 편승 카드도 무의미해졌잖아."

"네가 생각하는 것 이상으로 류엔에게도 계획이 있다는 뜻이다."

"굴러들어온 놈 주제에 입만 살았네. 그럼 알려주라, 그 계획이란 게 뭔지."

"지금은 아직 말할 단계가 아니라서. 미안하지만 말해줄 수 없다."

"그게 뭐야. 어차피 아무것도 없잖아? 아무튼 난 류엔이 제일 싫어."

입씨름 같은 대화가 계속 이어졌다.

한 가지 분명한 사실은 토키토가 진심으로 류엔을 싫어한다는 것이다.

"그야 호의적으로 볼 수 있는 사람이냐고 묻는다면 솔직히 예스라고 대답하긴 어렵지."

카즈라기도 반론하지 않고 고개를 끄덕였다.

하지만 그런 태도도 토키토는 마음에 들지 않는 눈치였다.

"그런 것치고는 무인도에서 류엔이랑 콤비도 하고, 오늘만 해도 친하게 같이 밥 먹지 않았나?"

"계속 도돌이표 같네. 오해가 있나 본데——."

카즈라기가 부인하려는데, 토키토가 잡아먹을 듯이 말을 가로챘다.

"그렇게 적대시하더니 잘도 회유당했구나. 넌 좀 줏대 있는 놈인 줄 알았는데."

"류엔이랑 부딪친 건 적과 아군을 떠나서 한두 번이 아니야. 하지만 지금 나는 반의 일원으로서, 류엔과 같은 반으로서 역할을 다하려는 거다. 이 반이 류엔을 주축으로 돌아가고 있으니 거기에 따르는 게 맞잖아."

"사카야나기랑 충돌한 놈이 할 말은 아닌 것 같은데."

"과정이 달라. 1학년 시작 단계 때는 누가 리더가 될지 정해지지 않았지. 그리고 후보로 떠오른 사카야나기와 내 생각이 어긋났기 때문에 나도 리더 후보가 되어 대립한 거야. 하지만 지금 반에서는 이미 류엔이 리더로 반을 이끌고 있어. 애당초 다른 반에서 온 나를 리더로 인정할 순 있나?"

"그건……."

"그리고 사카야나기와 류엔은 스타일도 전혀 달라. 반의 경향도 전혀 다르고."

카츠라기가 반박할 수 없게 대답했지만, 토키토는 조금도 받아들이지 않았다.

"그러게 내가 말했잖아, 토키토. 카츠라기랑은 말이 안 통할 거라고."

지금까지 지켜보던 오카베가 토키토의 어깨를 때리며 더 말해봐야 소용없다고 주장했다.

"결국 A반에 있을 자리가 없었던 차에 류엔이 구원의 손을 내밀어서 기뻤던 거지? 그러니까 그 애의 개란 소리야."

"내가 여기서 아무리 아니라고 해도 너희는 받아들일 것 같지 않군."

그렇군, 이번 다툼의 원인이 대충 감이 온다.

그때 어깨를 쿡쿡 찔러서, 나는 일단 히요리를 쳐다보았다.

"일부 반 아이들이 불만을 품은 건 어제오늘 일이 아니에요."

"그렇겠지. 지금까지 울분이 쌓였다는 건가."

류엔의 독재 정권은 당연히 강한 반발도 낳았을 것이다.

지금까지 억지로 눌러왔는데 결국 삐져나오기 시작한 건가.

"류엔은? 예전 같으면 반란분자한테 피도 눈물도 없었 잖아."

"예전엔 그랬죠."

"그게 없어져서 이번 같은 일이 일어난 건가."

히요리가 살짝 고개를 끄덕였다.

"다들 변하고 있어요. 저도 처음에는 반에 큰 애착이 없 었어요. 책에 둘러싸여 3년을 보낼 수 있다면, 하고 생각 하면서 주장도 거의 하지 않았고요."

하긴 히요리의 존재감이 처음부터 강했느냐고 묻는다면 대답은 노다.

오히려 눈에 들어오지도 않았다.

"토키토 군은 류엔 군의 방식을 몸서리칠 정도로 싫어 해요. 아니, 토키토 군뿐만이 아니에요. 지금 저 옆에 있는 오카베 씨도 그런 사람 중 하나랍니다."

"카츠라기를 자기 편으로 끌어들여서 류엔에게 반기를 들려고 한다는 건가?"

"그럴지도 모르죠."

능력을 봐도 카츠라기라면 대리 리더로 충분한 자질이 있다. 게다가 다른 반에서 온 학생이기에 주저 없이 류엔을 칠 수 있다.

"그런데 토키토 히로야라니. 류엔이 또 성가신 상대를 적으로 돌렸구나."

아키토도 비슷한 소리를 했지만, 토키토 히로야는 지기 싫어하는 성미에 입도 험하고 집념이 강한 것으로도 유명하다.

"아야노코지 군도 그렇게 생각해요?"

히요리도 걱정하듯이, 이런 상황은 아무에게도 득 될 것이 없다.

"물론 지금 저희 반은 상승세를 타고 있어요. 그 이유 중 하나로, 전선에서 한 번 이탈했다가 돌아온 류엔 군이 성장한 모습을 보여준 게 크다고 생각해요."

1학년 초반과 비교하면 류엔 그리고 이시자키 등 주변 아이들도 큰 성장을 보여주고 있었다.

"하지만 이렇게 승승장구하는 것이 언제까지 이어질지는 또 다른 이야기죠. 모든 반이 마찬가지인 이야기일지도 모르지만, 만약 류엔 군이 언젠가 퇴학당하기라도 한다면 그날로 저희 반은 무너질 거예요."

"류엔의 싸움 방식은 늘 위험을 동반하니까."

대승을 거두기 위해 큰 위험을 짊어지는 전개도 앞으로 나오겠지.

사카야나기에게 했다는 『약속』도 굉장히 마음에 걸리는 부분이다.

"그렇게 됐을 때 이어서 리더를 맡아 줄 인물이 꼭 필요해요."

불의의 사태가 일어났을 때를 대비한 리더 후보라는 것. 히요리가 나를 보며 웃었다.

"그때는 아야노코지 군…… 저희 반에 오지 않으실래요?"

히요리가 외모와 어울리지 않게, 낙관하지도 않고 반의 승리를 위한 전략을 내뱉었다.

"또 대담한 말을 하네."

"저번에도 제안했지만, 그건 이시자키 군이 같이 있어서 반쯤은 농담이었어요. 하지만 이번에는 그때와는 달라요."

즉 진심이라는 소리다.

"절대 약한 반이라고 생각하지 않아요. 하지만 유사시에 반을 이끌어 줄 사람이 없는 것 또한 사실. 어때요?"

히요리, 카츠라기, 카네다가 참모로 뒤에서 받쳐주는 형태의 싸움, 인가.

"류엔이 퇴학당한다고 꼭 단정할 수도 없잖아. 안 그래?"

"물론 그렇게 되지 않는 게 제일 좋지요."

다만 히요리 치고 조금 엉뚱한 제안 같다는 느낌도 들었다.

속으로 생각해왔다고 해도, 지금 말할 일인가 묻는다면 의문이 남는다.

"무슨 걱정되는 얘기라도 들었어?"

작심하고 물어보았지만 히요리는 살짝 미소 지을 뿐 대

답하지 않았다.

히요리와 얘기하는 사이에도 카츠라기와 토키토의 대화는 도돌이표를 그리고 있었다.

카츠라기에게서 토키토가 기뻐할 만한 대답이 계속 나오지 않자, 고착화되었던 상황이 마침내 풀렸다.

"……시간 낭비군. 너라면 알아줄 줄 알고 말했는데 내 착각이었어."

"이제 이해했군."

"이 일을 비밀로 해달라고는 말하지 않을 거다. 류엔한테 보고하고 싶으면 마음대로 해라."

"보고할 생각 없어."

"괜찮겠어? 말하지만 난 진지해. 가만히 내버려 두면 어떻게 될지 나도 모른다고."

"착각하지 마라, 토키토. 류엔의 방식은 잘못된 점도 많아. 너처럼 불만을 느끼는 게 틀렸다고 생각하지 않아. 하지만 과한 행동에는 반대다."

토키토가 무엇을 생각하고 있는지는 명백했다.

그리고 그것이, 류엔을 배제하려는 생각임은 의심할 여지가 없었다.

"시끄러워."

그 말을 남기고 토키토는 카츠라기의 앞에서 사라졌다.

우리는 몸을 숨겨 눈치채지 못하게 토키토와 오카베가 가는 모습을 지켜보았다.

그 후에 조용히 자리를 뜨려고 했는데…….

히요리에게 팔을 붙잡히면서 카츠라기 앞에 모습을 보이고 말았다.

"무슨 일이야, 아야노코지."

여기서 달아나도 모양새가 이상하므로 자연스럽게 카츠라기 쪽으로 걸어갔다.

"여러 가지로 힘들겠다, 너희 반도."

"그건 어느 반이나 다 똑같지. 웬만하면 듣지 않았길 바라는 이야기인데."

카츠라기가 내 옆에 선 히요리를 한 번 쳐다보았다.

"좋게 생각할 수가 없군, 시이나. 아야노코지를 믿는 모양인데, 개인적인 감정을 반 문제에까지 끌어들이는 건 올바른 판단이라고 할 수 없어."

엄한 말투이기는 했지만, 카츠라기의 말이 옳았다.

굳이 주지 않아도 될 정보를 적에게 주면 나중에 그것이 치명상으로 작용할 수도 있다.

"그럴지도 모르죠. 하지만 이 이야기를 우리 반의 다른 사람에게 논의할 수 있나요? 당사자인 류엔 군의 귀에 들어가기라도 하면 토키토 군 무리를 가만두지 않을 테고, 다른 학생도 마찬가지예요. 배신한 친구를 팔아 점수를 얻으려고 할지도 몰라요."

"하지만 아야노코지의 귀에 들어간다고 해결될 일도 아니야."

"카츠라기 군이 어떻게 할지 생각을 정리할 좋은 기회 아닌가요?"

"뭐?"

"자신의 방향성을 정하기 위해서라도 지금 하는 생각을 밝히는 건 어때요?"

책사로군. 히요리는 나를 이용해서 카츠라기에게 좋은 영향을 미치려 하고 있다.

혼자 고민하는 성격인 카츠라기는 남에게 생각을 털어놓는 데 서툴렀다.

그녀의 의도가 카츠라기에게도 전해졌는지 어이없어하면서도 동의했다.

"생각보다 반을 생각하고 있군, 시이나."

"물론이죠. 전 우리 반 모두와 A반으로 졸업할 생각이니까요."

그 말에 힘을 얻기라도 한 듯 카츠라기가 입을 열었다.

"현재까지 두 반을 경험한 유일한 2학년으로서 느낀 건데, 사카야나기의 반과 류엔의 반은 결정적 차이가 있어. 둘 다 리더가 반 학생들의 불만을 일으키기 쉽지만, 그래도 사카야나기의 반은 어느 정도 단합이 되고 있어. 반면 류엔의 반은 아직 받아들이지 못하고 불만이 쌓인 학생도 많아."

바로 조금 전 카츠라기를 몰아세웠던 토키토와 오카베도 그런 학생들이라는 뜻이다.

"불만이 쌓여 있어도 반이 상승세를 타고 있을 때는 참을 수 있겠지만……."

"하락세를 타면 위험하다는 건가."

"맞아. 어쩌면 단 한 번의 실수로 반이 반쯤 무너질 수도 있겠지. 녀석이 그걸 예상하지 않고 있다고 보긴 힘들지만……. 그렇다고 지금의 체제를 바꿀 거란 생각도 들지 않아."

"그건 카츠라기의 예상일 뿐 아닌가? 류엔도 분명 잘 알고 있을걸."

"하지만 알고 있다면 토키토 무리한테 가서 손을 써야 한다고 보는데."

"뭐, 류엔의 방식은 아무래도 반발을 사기 쉬우니까."

아무래도 카츠라기는 류엔이 이 문제를 해결해야 한다고 생각하는 모양이었다.

"그걸 내다보고 너를 A반에서 빼 온 것 아닐까?"

"……나를?"

"만약 류엔에게 무슨 일이 생겼을 때, 너라면 그 대역을 맡길 수 있겠지. 처음부터 그렇게 생각하고 널 포섭한 게 아닐까 싶은데."

히요리가 바라는, 그야말로 리더 후보가 될 수 있는 존재.

"지금으로서는 믿긴 힘든 이야기군."

물론 카츠라기가 말했듯 내가 마음대로 해석한 것이다.

"하이 리스크 하이 리턴을 추구하는 류엔이니까 A반으로 졸업할 수도, 허망하게 어떤 시험 때 퇴학당할 수도 있어. 그러니 만일의 사태에 대비한 보험이 필요하지."

한 사람의 배신 때문에 류엔 정권이 와해하는 것을 어렵지 않게 예상할 수 있다.

"만약 그렇다면…… 마음에 안 드는데."

류엔이 카츠라기를 높이 사서 그런 결정을 했다고 생각하지만, 그는 그 점에 불만을 감추지 않았다.

"류엔과는 가치관 차이 때문에 적대하고 있어. 그건 같은 반이 된 지금도 변함없어. 그래도 같은 편이 되었으니 둘 다 이탈하지 않고 A반으로 졸업하는 것이 내 최소한의 목표다."

이런 인간이라는 걸 알고 있기에 류엔도 카츠라기에게 직접 전달하지 않는 거겠지.

개인적 성장을 봤을 때 류엔의 진화에는 놀라운 면이 있는데 그의 기세에 반 아이들이 따라오지 못하고 있었다.

"아까 일 말인데, 토키토의 일을 류엔의 귀에 들어가지 않게 해야 한다는 판단은 정답이야."

"반란분자 따위 내버려 두면 그만인데, 배제하면 문제가 커지니까."

고민의 씨앗에 머리가 아플 테지만, 한편으로는 카츠라기에게 보람으로 바뀔 수도 있다.

적어도 나설 기회조차 없이 썩어 지내야만 했던 A반 때와는 상황이 크게 다르다.

새로운 희망이라도 생겼는지, 카츠라기의 표정이 살짝 부드러워졌다.

"어때요, 카츠라기 군."

"……알아."

흐흠, 하고 목청을 한 번 가다듬은 후 카츠라기가 다시 나를 쳐다보았다.

"너랑 얘기 나누면서, 앞으로 내가 어떻게 해야 할지 조금 감이 왔어. 고맙다."

"아니, 난 그냥 생각을 말했을 뿐이야."

"그게 엉터리면 모르겠지만 네가 한 말은 요점을 정확히 찔렀어. 시이나가 네 귀에 들어가게 한 것도, 적절한 답을 줄 거라 확신했기 때문이겠지."

히요리가 기쁜지 미소 지었다.

이용당한 형태가 되기는 했지만, 이렇게 해서 류엔의 반에 조금이나마 암시라도 되었다면 그걸로 되었다.

"그나저나 아야노코지. 같은 생각을 한 애도 있겠지만, 좀 의외였어."

"의외?"

"이번 특별시험, 결과가 꽤 아슬아슬했잖아."

마츠시타를 비롯해 내 실력을 회의적으로 여기게 된 학생도 적지 않으리라.

그런 의미에서 츠키시로라는 존재는 결과적으로 좋게 작용해주었다.

"그게 본래 실력이야? 아니면 뭔가 예상하지 못한 일이라도 있었나?"

"글쎄, 어떨까."

그렇게 얼버무렸지만, 카츠라기는 그냥 넘기지 않았다.

"시이나, 미안한데 아야노코지랑 둘이서 얘기를 좀 하고 싶어."

"알았어요. 먼저 돌아갈게요. 그럼 아야노코지 군, 다음에 또 봐요."

히요리와 가벼운 인사를 나눈 후 우리 둘만 이 자리에 남았다.

"무인도 시험 중, 류엔한테 너에 대해 알고 있는 걸 전부 들었어."

"류엔이 솔직하게 다 말해주던가?"

"처음에 좀 얼버무리길래, 나를 반의 일원으로 인정한다면 솔직하게 말하라고 했지."

일종의 협박성 멘트로군.

그렇다면 호리키타의 반에서 뒤로 몰래 움직이는 X로서의 입장.

옥상 사건까지 카츠라기가 전부 알게 되었다는 뜻이다.

사카야나기도 말했지만, 나에 대해 아는 학생이 조금씩 늘어나는 것은 막을 수 없군.

"지금까지 잘도 처신했더군."

"조용히 학교생활을 할 수 있다면, 나한테는 A반이든 D

반이든 별로 큰 차이가 없다고 생각했어."

"그게 실력을 숨긴 이유인가. 난 아무에게도 말하지 않을 거지만 전부 들통날 때까지 그리 많은 시간이 들지 않을 거야."

그렇겠지. 한번 퍼지기 시작한 정보를 도로 주워 담을 방법은 거의 없다고 말해도 과언이 아니다.

"난 그냥 나대로 이 학교에서 해야 할 일을 할 뿐이야."

"언제가 될지는 모르겠지만, 너와 진짜 대결할 날을 기대하고 있을게."

그렇게 말한 카츠라기는 고개를 한 번 크게 끄덕이더니 자리를 떠났다.

4

오후 무렵. 나는 한 친구와 함께 카페로 향했다.

"왠지 이렇게 둘이서만 만나는 거 오랜만인 것 같아, 사토."

"그러게. 그때 이후로 처음인가."

그때 이후. 그건 내가 키요타카와 사귀게 되었다고 말했을 때를 가리킨다.

그 후로도 사토와는 사이좋은 친구…… 아니, 예전보다 더 가까워져서 지금은 절친이 되었다.

하지만 우리 그룹은 보통 네다섯 명씩 뭉쳐 다닐 때가

많다.

들어오고 나가는 사람이 있어도 늘 그 정도로는 모여서 놀고 있다.

그래서 사토와 단둘이 있는 상황은 좀처럼 만들기 어려웠다. 그건 이번 여름 방학, 배 위에서도 마찬가지였다. 오히려 개인 시간이 적은 만큼 일고여덟 명이 놀 기회만 가득했다. 가기 조금 꺼려지는 수영장도…… 뭐, 래쉬가드를 입으면 살을 가릴 수 있으니 괜찮지만. 어쨌든 오늘 사토와 둘만의 시간을 의도적으로 만든 데에는 다 이유가 있다.

일단…… 빈자리부터. 우리는 주문하기 전에 자리부터 잡자며 주위를 둘러보았다. 학교와 달리 카페가 넓어서 자리 문제를 겪을 일은 없었다.

하지만 오늘 나눌 대화의 내용상, 가능하면 주변에 사람이 없는 곳을 원했다.

어느 정도 사람들한테서 떨어진 자리를 택하자니, 햇볕이 너무 강한 데밖에 없었다.

어떡하지…….

"난 실내 구석 자리도 괜찮은데?"

"아, 정말?"

"중요한 얘기를 하려는 거잖아?"

눈치챈 사토가 그렇게 말하며 귀엽게 웃었다.

"고마워."

그렇게 말한 후, 우리는 밖이 보이지 않아 인기 없는 자리로 정했다.

사용 중이라는 팻말로 뒤집고 주문하러 갔다.

"오늘은 내가 쏠게. 내가 만나자고 했으니까."

사양하려는 사토를 억지로 밀치고 같은 커피 두 잔을 주문한 다음 자리에 앉았다.

"그래서—— 할 얘기란 게 뭐야?"

자리에 앉자마자 말을 꺼내는 사토.

나도 질질 끌 생각은 전혀 없었지만…….

"음…… 잠깐만."

"왜?"

"뭔가 분위기랄까, 좀 이상하지 않아?"

뭔가 위화감을 느낀 내가 묻자 이상하다는 듯 고개를 갸우뚱거렸다.

"이상해? 난 딱히 잘 모르겠는데……."

"그런가? 미안, 이상한 말을 해서."

왜 그렇게 느낀 건지, 처음에는 나도 알 수 없었다.

하지만 어쩌면 그 애…… 키요타카와 있는 시간이 길어지면서 나도 모르게 몸에 밴 건지도 모른다. 그 애는 아주 사소한 변화도 절대 놓치지 않으니까.

누군가의 표정이든, 감정이든, 또는 이러한 장소의 분위기든.

뭐가 됐든 이상한 점을 알아차린다.

어쩌면 나도 그런 선구안 같은 것이 생겼을까……?

진실은 모르겠지만, 지금은 그렇게 생각하기로 했다.

그나저나 뭘까. 왜 이렇게 꺼림칙하지?

나는 평정을 가장하면서도 조용히 주위를 관찰하기 시작했다.

"앞으로도 이렇게 배에서 쭉 지내면 좋겠다."

그렇게 말한 나는 컵을 입으로 가져가면서도 주위를 슬쩍 돌아보았다.

"아하하, 나도. 하지만 매일 이렇게 보내면 거지가 되고 말걸."

"그건 그래. 수영장에 영화에 맛있는 밥까지, 지갑이 바로 바닥을 보이겠지."

어느새 이상한 분위기가 사라졌다. 아니, 사라졌다기보다는 옅어졌다.

나의 단순한 착각? 그나저나 주위 탐색에 온 신경을 집중하다가 상황에 변화가 생긴 것을 늦게 알아차리고 말았다.

3학년 여학생 세 명이 담소를 나누면서 우리 바로 옆 테이블에 자리 잡은 것이다.

"있지 있지~, B반 키사라즈 말인데~?"

화기애애하게 떠들며 큰 소리로 웃어댔다.

아아 진짜…… 빨리 말하고 끝낼걸. 바다가 보이는 쪽이 인기라지만, 사람이 별로 없고 뜨거운 햇볕을 피해 이 자리를 고르는 사람들이 있어도 이상하지 않다. 우리의 대화에 관심이야 없겠지만, 그래도 엿들으려고 하면 얼마든지 엿들을 수 있는 거리였다. 자리를 옮겨도 되지만, 괜히 나쁜 인상을 주고 싶지는 않다. 1학년 후배라면 모를까 3학년 선배들이니까.

옆에 있는 게 싫어서 자리를 옮겼다며 기분 나빠할지도 모른다.

이렇게 별거 아닌 일 때문에 학교폭력이 시작된다는 것을 나는 누구보다도 잘 알고 있다.

"실은 사토한테 제일 먼저 말하고 싶어서."

아무 상관 없는 3학년들 따위는 신경 쓰지 말고, 지금은 사토에게만 집중하자.

쓸데없는 걱정만 하고 있으면, 그거야말로 실례다.

"슬슬 모두에게 알릴까 싶어. 키요타카와의 일."

"······응."

역시 사토는 내가 하려는 이야기가 뭔지 대충 짐작하고 있었다.

어쩌면 『헤어졌을』 가능성도 조금 생각하고 있었을지 모르겠지만······.

아니, 그건 아닌가. 만약 그렇다면 분명 내가 평상심을 유지하지 못했을 테니까.

아무렇지 않게 헤어졌어~, 하면서 웃어넘기는 나는 상상도 되지 않았다.

"그래서 사토한테는, 그러니까······ 미리 말해두려고."

"다들 알면 엄청 놀라겠지? 두 사람이 사귄다니."

나도 계속 머릿속으로 시뮬레이션하고 있다.

역시 언제 말해도 소란이 일어날 게 분명하다.

스스로 나쁘게 말하고 싶지는 않지만, 나란 사람은 귀여운 구석이 없다.

언제나 도도하게 굴고 잘난 척하고…… 키요타카를 만나기 전에는 괴롭힘당하는 게 싫어서 지금보다 훨씬 강한 성격을 연기했다. 관심도 없는 남자를 유혹한 적도 있다.

"그래서 언제 말할 생각인데?"

사토가 시기를 물어서 바로 대답했다.

"지금은 여름 방학이니까 2학기 시작되고 나서 말할까 싶어."

"그래서 아야노코지는 뭐래?"

"내가 원하는 타이밍에 맞추겠다고 했어."

사토가 빨대를 쭉 빨아당겨 음료를 한 모금 마셨다.

"그래? 러브러브구나?"

"앗?! 뭐어어?!"

"뭐 어때, 말해줘도."

"으, 으응. 그게, 사귀는 사이인데 러브러브 안 하면 이상하지."

"키스는 했어?"

"뭐어어엇?!"

"사귄 지도 좀 됐잖아? 그쪽으로 진전은 좀 있나요?"

오른손을 주먹 쥐어 내 입 앞에 내밀었다. 마이크 대신이다.

"······기, 기습적으로 딱 한 번."

솔직하게 대답하니 사토가 히죽 웃었다.

"좋겠다, 좋겠어, 기습 키스 같은 거 동경하는데."

"그, 그래? 난 마음의 준비도 전혀 안 되어 있었고······ 처음이었는데······."

그렇게 중얼거리자 뭐? 하고 사토가 눈을 동그랗게 떴다.

"그럼 히라타랑은 아무 일도 없었어? 꽤 오래 사귀었잖아."

"어?"

"그리고 카루이자와는 중학교 때도 남자친구가 당연히 있었을 것 같은데."

사토의 지적에 온몸에서 피가 빠져나가는 것만 같았다.

카루이자와 케이는 남자를 금방 갈아치우는 카스트 상위층의 인기녀.

그런 인물이 첫키스였다고 했으니 과연 문제다.

"그게······ 내가 사실은 보수적이라."

열심히 태연한 척하면서 그렇게 대답했다.

"정말로 그런 걸 허락하는 건 남자친구 중에서도 특별한 사람에게만이라는 뜻이니?"

갑자기 목이 말라 커피를 3분의 1이나 단숨에 들이켰다.

"하지만 히라타도 정말 멋있는 남자친구였잖아."

"그렇지. 그래도 나한테는 자극이 부족했다고 할까."

괜찮아, 할 수 있어, 나는.

말실수한 이상, 이제는 흐름을 잘 타고 얼버무리는 수밖에 없다.

"히라타는 초식계여서 확 다가오지 않더라고. 그런 면이 좀 모자랐다니까~."

미안해, 히라타! 나는 속으로 사과하면서 나를 위해 그를 팔았다.

"그래? 하긴 남자친구면 좀 적극적으로 리드해주길 바라게 되지."

"그렇지?"

"하지만 아야노코지도 겉만 봐서는 초식계 같은데, 사실은 꽤 육식계인가 봐?"

그렇게 말한 사토가 약간 아쉬운 기색을 드러냈다.

"사토…… 나……."

"아, 미안, 카루이자와. 그럴 생각은……!"

오늘 이 자리는 그저 사귀는 사실을 공개하겠다는 사실을 전하기 위해 만든 것뿐.

그런데 이래서는 단순히 자기 자랑만 들어놓는 밥맛밖에 되지 않는다.

이 학교에 입학하고 초반에는 그거면 됐다고 생각했었다.

히라타에 관해 있는 얘기 없는 얘기 다 퍼트리고 다니는, 그야말로 재수 없는 여자였었다.

하지만 지금은 그렇게 하면 안 된다고 생각한다.

소중한 친구인 만큼 조심성 없는 발언은 피해야 했는데……. 나를 지키기 위한 방어 본능이라고 하면 변명 같지만, 단순한 나의 이기심인 것이다.

"괜찮아, 괜찮아. 끌리는 남자를 동시에 좋아하게 되는 거야 흔하다고 할까, 옛날부터 많이 있었잖아. 뭐…… 나는 언제나 지는 쪽이지만."

사토가 입술을 삐죽거리며 불만스럽게 말했다.

하지만 곧 평소의 명랑한 모습으로 돌아왔다.

"일단 확인하겠는데, 만약에 카루이자와가 아야노코지를 찬다면…… 그땐 괜찮지?"

괜찮냐니, 그게 무슨 의미야? 생각이 정리되지 않았는데 말이 계속 이어졌다.

"왜, 히라타도 자유의 몸이면 새 여자친구 사귀어도 되잖아? 그러니까 아야노코지도 똑같지?"

"그거야 뭐, 그렇지만……."

절대 안 돼! 아니, 안 헤어질 거거든!

그렇게 속으로 소리치면서도 겉으로는 말할 수 없으니 난감하다.

"왜, 카루이자와라면 더 괜찮은 남자도 노릴 수 있을 것 같고."

"더 괜찮은 남자라니, 누구?"

"딱 누구냐고 물어보니까 좀 곤란한데…… 츠카사키라든지, 나구모 선배도 있고."

"뭐어~?"

나한테는 둘 다 논외의 사람일 뿐이다.

그야 비주얼만 놓고 보면 츠카사키는 톱클래스에 들고, 학생회장도 그럴지 모른다. 지위도 상위인 게 틀림없고.

하지만…… 그래, 역시 키요타카의 라이벌로는 턱도 없는 것 같다.

그 애는…… 싫어할 만한 구석도 있지만…… 강하고, 멋있고, 신비롭고.

게다가―― 나를 잘 이해해준다.

"네엣! 괜한 말을 했습니다, 눈꼴시네요!"

"뭐, 뭐야?!"

"카루이자와의 얼굴에 다 쓰여 있는걸? 아야노코지가 제일이라고."

윽……. 연애에 대해 잘 아는 사토에게는 내 포커페이스가 통하지 않는다.

"고마워. 제일 먼저 말해줘서. 기쁘다."

"그런가……. 그렇다면 다행인데."

그 후 우리의 대화는 남들 연애 이야기로 이어졌다.

무인도 이야기라든지 전혀 상관없는 화제도 꺼내 가며.

오랜만에 둘이서 즐겁게 지낼 수 있었다.

5

같은 날. 오후 2시 10분이 지났을 무렵.

학생 대부분은 점심 식사를 마치고 노느라 정신없는 시간대.

나는 불러낸 상대를 기다리면서 조용히 바다를 바라보고 있었다. 스마트폰을 꺼내 내 이름 호리키타 스즈네를 클릭해 OAA를 열었다. 무인도 시험 결과로 어떤 변화가 있을까 했는데, 아무래도 그렇지는 않은 것 같네. 선생님 한 사람 한 사람이 학생들의 상태를 볼 수 있는 경우는 한정적인 만큼, 반영이 미뤄졌을 가능성도 있을까.

곧 만날 그 애의 OAA를 봐도 똑같이 별다른 변화가 없었다.

나는 바로 스마트폰을 넣고 혼자 조용히 바다를 바라보았다.

그렇게 힘들고 왠지 현실미 없던 무인도 시험이 끝난 지도 벌써 며칠이 지났다.

신체적 피로는 풀렸지만, 호화 여객선 위이기도 해서 일상으로 돌아온 느낌은 아직 별로 들지 않는다.

"으엑, 아직 있었어?"

조금 떨어진 곳에서 목소리가 들렸다. 뒤돌아보기도 전에 말이 계속 이어졌다.

"사람 시켜서 불러내지 마. 너랑 친한 줄 오해하잖아."

내가 말을 걸었던 건 그녀와 같은 반이자 같은 객실에

묵는 야마가.

"공교롭게도 그것 말고는 연락을 취할 방법이 없었어. 아니면 사람 많은 식사 시간에 갈 걸 그랬나?"

"그건 완전 싫지. 하지만 오늘 같은 방법으로 불러내는 것도 똑같이 싫어."

"그럼 너랑 얘기하고 싶으면 어떻게 해야 하는지 미리 방법을 좀 알려줄래?"

"얘기하려고 하지 않는 게 제일 좋아."

이부키는 싫다는 얼굴로 약속 시간에 10분 정도 늦게 도착했다.

사과 한마디 없이, 아까부터 불만만 쏟아내고 있다.

"무슨 사정이 있어서 늦은 건 아닌 모양이네. 혹시 미야모토 무사시*라도 되니?"

"뭐? 뭔 소리야."

나를 화나게 만들어—— 그런 것도 아닌 듯하네.

뭐, 만약 일부러 노린 거라면 10분이 아니라 2시간은 기다리게 했겠지만.

"일부러 괴롭히려고 그런 것도 아니면 왜 늦었는지 말해 줄 수 있니?"

"뭐? 네가 불러낸 거야말로 날 괴롭히는 짓이거든."

"그렇구나. 하긴 그래."

---

*일본의 전설 같은 검객. 약속한 대결 시간에 일부러 늦게 나타나 상대의 평정심을 잃게 만드는 전략을 쓴 것으로 유명하다

진지하게 대답하니 어이없다는 듯 한숨을 푹 내쉬었다.

"그냥 무시하면 내가 도망친 걸로 간주하겠다니 무슨 뜻이야? 열 받네."

"그냥 불러내면 무시할 거잖아."

"그거야 그렇지. 누가 좋다고 널 만나러 와야 하는데?"

완전히 무시당할 가능성도 염두에 두고 있었는데, 늦게나마 와주었다.

그녀로서는 나에게 지는 것이 무엇보다도 마음에 들지 않았던 모양이니, 도전적인 호출 방법을 쓴 게 옳은 판단이었던 것 같다.

"아, 됐으니까."

이부키가 용건이나 빨리 말하라고 재촉했다.

그녀의 기분에 맞춰주고 싶지만, 그렇게 할 수 없는 사정이 있다.

"걸으면서 얘기할래? 서서 말하려니 시간도 길어질 것 같고 여긴 너무 눈에 띄어."

약속 장소로는 적합하지만, 내밀한 이야기를 하기에는 별로다.

"뭐? 하…… 진짜."

짜증 내면서도 의외로 순순히 따라왔다.

그녀는 무인도 시험 때 나에게 점수로 져서 분할 것이다.

설욕할 기회를 노리고 접촉해왔어도 이상하지 않다.

움직임으로써 주위의 혼잡한 분위기에 녹아드는 데 성

공한 나는 이야기를 시작했다.

"무인도 시험 때 우리가 싸운 아마사와와 관련된 얘기야."

"……아, 그 시건방진 1학년?"

조금 뒤에서 걷고 있었기 때문에 이부키의 표정을 볼 수는 없었다.

"얘기하기 좀 힘들어서 그런데 조금만 빨리 걸어줄 수 없니?"

"시끄럽네. 어떤 속도로 걷든 내 마음이지."

"혼자 걸을 때야 그렇지."

나는 걸음을 멈추고 뒤돌아보았다.

"빨리 가고 싶지? 그래서 나도 최대한 빨리 끝내주고 싶어. 그러려면 네 협력이 필요해."

"아, 네에네에, 알았다고. 빨리 걸으면 되잖아."

그렇게 말하고는 나를 추월하듯 걷기 시작했다. 그것도 경보하듯이 빠르게.

뭐랄까, 그녀는 나쁜 의미로 어린애 같다. 물론 좋은 의미로 어린애 같은 것은 없으니 장점이 될 수도 없지만. 속으로 그런 생각을 하면서 이부키의 등을 어이없다는 듯 쳐다보고 있으니, 무서운 얼굴로 뒤돌아보았다.

"안 따라와?!"

"너무 빨라도 문제야. 적절한 속도로 걸어줄래?"

"아, 진짜!"

이부키는 자신의 머리카락을 마구 헝클어뜨리고는 다시

돌아왔다.

"이야기 잘 들어줄 테니까 내 복수전을 받아줘야 해! 알겠어?!"

"그래. 2학기에는 체육대회가 있을 수도 있다고 하니——상황에 따라서는 들어주는 것도 불가능하지 않겠네."

"복수전에 응하겠다는 걸로 받아들여도 되지?"

"말했잖아. 상황에 따라서는 들어줄 수도 있다고."

말의 의미를 살짝 정리한 다음 불만스럽게 입술을 질끈 깨물었다.

"그러니까 상황에 따라서는 받아주지 않을 거란 얘기잖아, 그거."

"어머, 네 머리로도 그걸 용케 파악할 줄 아네. 놀랍다, 놀라워."

칭찬하니 무시당했다고 생각했는지 내 손을 탁 때렸다.

"폭력을 쓰다니."

"시끄러워! 받아주겠다고 확실하게 약속 안 하면 여기서 이야기는 끝이야!"

"그렇게 해도 상관없지만, 네가 원하는 설욕전은 영원히 이루어질 수 없어."

"뭐야——."

"여기서는 확실히 약속할 수 없지만, 네가 어떻게 행동하느냐에 따라 가능성은 남길 수 있어. 그건 아주 중요한 일이라고 생각하지 않니? 난 너에게 졌다고 생각하지 않아.

즉, 졸업할 때까지…… 아니, 졸업하고 나서도 이기지 못했다는 후회가 남게 되겠지."

"윽……!"

"그래서? 이야기 들을 거야, 안 들을 거야? 선택은 네가 하는 거야, 이부키."

"알았어, 알았다고! 들으면 되잖아!"

"처음부터 그렇게 나와야 듣기 싫은 내 이야기도 빨리 끝나고 편할 거야."

다음을 위한 충고를 해두었다. 이부키는 복수전을 희망하고 있는데, 그건 정말로 앞으로 어쩌는지에 달렸다. 물론 반의 방침과 일치하지 않으면 상대해줄 수 없다. 그건 여기서 말해봐야 마이너스만 되므로 말하지 않았다.

복수전을 받아주겠다는 여지를 남겨 주었으니 불만이 다소 가셨으리라.

이부키는 걸음을 멈추었다가, 내 보조에 맞춰 다시 걷기 시작했다.

"그래서? 그 건방진 1학년이 뭐?"

"그 애랑 대결해보니 느낌이 어땠어?"

"어떤 느낌이라니?"

"네가 지금까지 상대한 누구보다도 강하다, 그런 느낌 받지 않았어?"

"뭐…… 그게 정상 컨디션이 아니었다고 했으니까 인정할 수밖에."

나도 그렇고 이부키도 그렇고, 아마사와는 아무리 용을 써도 이기지 못할 만큼의 실력 차이가 난다.

"아마사와라는 1학년이 희한하게 강했다는 건 분명해. 아, 생각하니까 점점 열 올라와서 기분 나쁜데?"

"그렇게 말하지 말고. 이 이야기를 나눌 수 있는 사람도, 나눌 필요가 있는 사람도 현재까지 너밖에 없어."

직접 상대했기에 이부키도 안다. 만약 아무것도 모르는 사람에게 아마사와가 얼마나 강한지 설명해봐야 조금도 이해 못 하겠지.

"경위가 이상하긴 하지만, 너한테도 어떤 피해가 갈지 몰라. 미리 그 부분을 사과하려고."

"피해라니?"

의미를 모르겠는지 이부키가 인상을 찡그렸다.

"난 앞으로 아마사와의 신원에 대해 알아보려고 해."

"그 애한테 관여하겠다고? 그만두는 게 좋지 않을까? 걘 머리에 나사 하나 빠진 것 같고, 무슨 짓을 할지 종잡을 수 없잖아."

이부키가 그렇게 말할 정도로 아마사와는 강렬한 이미지를 가졌다.

"물론 위험한 상대지. 하지만 그냥 내버려 뒀다간 앞으로 불미스러운 일이 일어날 것 같아."

"그 애, 너한테는 별로 관심 없는 것 같던데?"

"나 말고. 아야노코지한테 말이야."

그 이름을 듣자 이부키도 이제 이해했는지 바다 쪽으로 시선을 돌렸다.

"아야노코지라. 잘은 모르겠지만, 아야노코지에 대해 잘 아는 느낌이긴 했어."

그렇다, 아마사와는 아야노코지에 대해 알고 있다.

단순히 후배로, 올해 처음 그를 알게 된 느낌이 아니었다.

"그 애는 우리 반이야. 할 수만 있다면 돕는 게 당연해."

내가 생각해도 오글거리는 이야기라고 생각했다.

이 학교에 갓 입학했을 때의 내가 들으면 닭살 돋는다며 온 힘을 다해 부정했을 테지.

"하지만 네가 조사하고 있다는 걸 눈치채면 그 녀석, 아마 가만히 있지 않을 거야. 그렇게 되면 너한테는 승산 없는 것 아닌가?"

"그 애의 힘은 뭐랄까…… 우리가 사는 세계와 차원이 다른 것 같은 느낌이 들어."

"네 멋대로 우리라고 하지 마……라고 말하고 싶지만, 확실히 걔는 다른 것 같기도 해."

"네가 기억하기에도 그 애만 한 실력자는 없었다는 얘기네."

"2학년 중에서는 내가 제일 강해. 그건 중학교 때도 그랬어. 격투기 하는 여자애는 많지 않고, 조금 할 줄만 아는 수준인 애한테 진 적도 없었으니까. 즉 나는 내가 아는 한 줄곧 최고였다고."

"그래. 넌 2학년 중에 나 다음으로 강하다고 생각해. 부정하지 않을게."

"완전 부정하는 건데. 내 실력을 인정하지 않는다는 거야?"

"아무도 그렇게 말하지 않았어. 그냥 너보다 약하다고는 생각하지 않는 것뿐이야."

"아니 아니, 분명히 내가 더 강하다고."

"그 자신감은 도대체 어디서 나오는 건지 신기하다니까. 근거는?"

"감?"

"전혀 믿을 게 못 되네. 자기 위주로 분석한 것뿐이잖아. 우리는 한 번도 만전의 상태로 싸워보지 않았는걸. 누가 더 강한지 명확하게 판단할 소재가 갖춰져 있지 않잖아?"

"그럼 잠정적으로 내가 최고라고 해도 되지. 왜 내가 2등인데?"

"객관적으로 평가한 결과야."

"뭔 소린지 도무지 모르겠네."

목적지인 카페에 도착했다.

"시간이 좀 걸릴 것 같으니 마실 거 사 줄게. 뭐가 좋아?"

"딱히 아무거나 상관없지만…… 아이스 레몬티."

이부키와 내 음료를 주문한 후 스마트폰으로 결제했다. 두 잔에 1,400포인트, 비싸네.

다 된 음료를 점원에게서 건네받았다.

"자. 내가 사는 거야."

"너한테 얻어먹으니까 뭔가 기분이 이상한데."

"고마우면 그냥 고맙게 받아."

"뭐, 상관없지만."

왼손으로 잔을 받아든 이부키가 괜히 딴 곳을 쳐다보며 한 모금 마셨다.

그런 후 자리를 이동해 사람이 별로 없는 곳까지 갔다.

"너도 그 애랑 싸워봤으니까 그 애가 얼마나 강한지 어느 정도 눈치챘을 거야. 그래서 말인데, 그 애의 약점이나 싸울 때 버릇 같은 거, 느낀 거 없어?"

"그런 분석이 쉽게 될 상대가 아니잖아."

"……그렇지."

다시 싸우지 않는 게 제일 좋지만…… 깊이 뒤를 캤다가는 불똥이 어디로 튈지 알 수 없는 일이다.

"너 혼자서는 도리어 당하고 끝. 그 결과가 뒤집힐 거란 생각은 들지 않아."

농담이 아니라 담담하게 사실을 말하는 이부키.

지금부터 계속 단련한다고 해도, 그녀가 꼬집은 대로 될 뿐이겠지.

"이래저래 생각하는 거야 네 자유지만, 그냥 내버려 두는 게 제일 낫지 않을까?"

"지금까지 뭐 들었니? 아야노코지한테──."

"그래, 그거 말이야."

잔을 쥐고 있던 손을 내 앞으로 내밀며 말을 끊었다.

"아마사와가 무슨 짓을 하든, 그 녀석이라면 혼자서도 잘 대처하지 않겠어?"

"……그게 무슨 말이야?"

물론 아야노코지는 우수한 사람이다.

지난 1년간 옆에서 지켜보면서 조금씩 그 사실을 알게 될 기회가 많았으니까.

하지만 아직 알 수 없는 구석이 많고 학력도 신체 능력도 전부 해명되지 않았다. 같은 반인 나도 그러니, 다른 반인 이부키는 더 모를 터.

외부에서 보기에는 수학을 잘하고 운동신경도 나쁘지 않다는 정보뿐.

"단언하는 것처럼 느껴지는데, 아야노코지를 높게 평가하고 있구나?"

"평가하고 자시고, 그 녀석이 강한 건, 생각하면 누구나 알 수 있잖아?"

그가 강한 걸 생각하면 알 수 있다고 이부키가 분명히 말했다.

"혹시 호우센과의 일을 어디서 들은 거야?"

"뭐? 호우센? 그게 누구야? ……아, 그 고릴라같이 생긴 1학년?"

이야기가 이어지지 않아서 나는 조금 답답한 기분에 휩싸였다.

"네가 말한 아야노코지가 강하다는 건 그럼 어디서 얻은 정보야?"

"어디냐니……."

말을 고르다가 갑자기 아차 하는 표정을 지었다.

"말하지 말라고 했던가? 아닌가? 까먹었네……."

어떤 기억을 떠올려보려는 듯 으음, 하면서 눈을 감고 팔짱을 끼는 이부키.

"내가 모르는 곳에서 무슨 일이 있었니?"

여기서 살짝 밀어붙여 보았다.

"오히려 너야말로 아무것도 몰라?"

"윽……. 모르는 건 없는데, 그렇다고 아는 것도 아니야."

서로 견제하는 모양새가 되어서, 나는 과감하게 이야기를 진행해보기로 했다.

"서로 대조해 볼 필요가 있지 않을까?"

"난 하기 싫은데."

"그럴 수가 없어. 이번 기회에 아는 걸 전부 말해봐. 내가 모르고 네가 아는 아야노코지에 대해."

이건 일종의 천재일우와도 같은 정보 수집의 기회다.

뭔가, 뭐든 좋으니 조금이라도 이부키가 알고 있는 거라면…….

"뭐, 상관없지만. 그래서 너, 뭘 모르는데?"

말할 내용이 정해지지 않는지, 이부키가 귀찮다는 듯 물었다.

"하긴 그렇게 나올 수밖에 없겠네…… 아까 네가 말하려던 게 뭔지 궁금해."

"아까 말하려고 했던 건 류엔이랑 아야노코지의 옥상 사건. 그 왜, 카루이자와를 불러내서 물고문했던 거 말이야."

"뭐? 무슨 소리인지…… 하나도 모르겠어."

류엔? 옥상? 게다가 카루이자와? 물고문은 또 무슨 소리지?

머릿속에 물음표가 계속 떴다.

"아~, 그렇구나. 그 녀석, 자기 반 아무한테도 말하지 않은 거네."

이부키가 먼저 알아차린 부분이 있었는지 혼자 고개를 끄덕였다.

그리고 내가 모르는 아야노코지에 대해 들려주기 시작했다.

그 이야기를 듣는 동안 나는 흥분하지 않게, 반짝이는 바다를 바라보면서 동시에 생각을 정리해나갔다. 류엔이 우리 반에 숨어 있는 아야노코지를 찾아내기 위해서 카루이자와를 찍었다는 사실. 그런 그녀를 구하려고 아야노코지가 혼자 옥상에 올라갔다는 것.

거기서 압도적인 힘을 보여주고 류엔 무리를 제압했다는 것.

그에 대해 어느 정도 알고 있다고 생각했건만, 놀라움을 금치 못했다.

"……류엔이 우리 반에 더는 시비 걸지 않게 된 데에는 그런 사정이 있었구나. 전혀 몰랐어."

"어쨌든 이제 알겠지? 그 녀석은 보통이 아니야."

"그래, 그러네. 헤아릴 수 없는 걸 가진 사람이구나……. 둘 다 상대해 본 네가 봤을 때 둘이 싸우면 누가 이길 것 같아?"

"글쎄. 둘 다 진짜 진지하게 싸우는 건 본 적 없어서. 성별을 따지고 싶지는 않지만, 종합적으로 보면 아야노코지가 우위 아닐까? 그러니 네가 관여할 필요는 없다는 말이야."

만약 그가 아마사와에게 무슨 짓을 당한다고 해도 대처할 힘이 있다면 과연 그럴지도 모른다.

"하지만 신체적으로 강하다고 해서 반드시 안전한 건 아니야. 학교생활에서 퇴학을 피할 수 있는 것도 아니고. 오히려 그 강한 힘이 독이 될지도 모르지."

무인도에서는 아마사와도 마음껏 날뛸 수 있었지만, 학교 안에서는 그렇게도 안 될 것이다.

"고마워, 이부키. 생각보다 더 네 정보가 도움이 될 것 같아."

"이번 일, 아야노코지한테는 상의 안 할 거야?"

"아직은. 어차피 걔는 이미 어느 정도 파악하고 있어도 이상하지 않고."

특히 아마사와와는 무인도 시험 전의 일도 있어서 그가 몇 번인가 접촉했었다.

"남은 건 종이쪽지 문제네……."

"종이?"

"아마사와 말고, 또 하나 무인도 시험에서 신경 쓰이던 게 있었어."

나는 내 텐트에 종이쪽지 하나가 놓여 있었다고 설명했다.

마지막 날 내가 왜 섬의 북동쪽에 있었는지, 이부키도 이제 이해가 간 듯하다.

"그렇구나. 아마사와 말고 다른 누군가가 아야노코지의 일을 시사하는 예고문을 보냈다는 건가."

"시사 같은 단어도 아는구나?"

"사람 무시하지 마라."

OAA에 나와 있는 학력은 낮은 이부키지만, 의외로 말이 잘 통하네.

수준 낮은 사람과 대화할 때 드는 불쾌감이 전혀 느껴지지 않는다.

"그때 아마사와는 나한테 받은 종이를 갈기갈기 찢었어. 그 행동이 줄곧 마음에 걸렸는데, 필적 증거를 남기고 싶지 않아서 그랬던 게 아닐까? 아무튼 글씨체가 정갈했던 것만은 분명히 기억해."

"글씨체가 정갈했다고?"

"응, 그 정도로 글씨를 잘 쓰는 사람은 흔하지 않을 거야."

"그렇군. 그 글씨 잘 쓰는 녀석이 나쁜 짓을 할 가능성이 있다는 건가. 하지만 그것만 가지고는 찾기 어렵지 않아?

증거도 인멸되었고."

"쉽진 않겠지. 한 명 한 명 찾아가서 글씨 좀 써달라고 부탁할 수도 없고. 그리고 또 하나, 이건 아직 증거가 별로 없는 추리이긴 한데, 그 쪽지를 쓴 인물의 신체 능력이 높을지도 모른다는 거야. 아야노코지든 아마사와든 몹시 강한 힘을 가졌다면 그럴 가능성이 있어. 또 1학년일 가능성이 크다는 점."

"하긴 아야노코지에 아마사와니까, 강한 놈일지도 모르겠네. 그런데 1학년이라는 증거는?"

"아마사와의 지인 중에 그 필적을 아는 인물. 그러니 2학년이나 3학년일 가능성은 적지."

"그러네."

아야노코지와 아마사와, 그리고 제3의 인물.

그들 사이에 어떤 연결 고리가 있는지, 지금은 조금도 그 전모가 보이지 않는다.

하지만 그냥 내버려 둘 수 없다.

"너에게 피해 가지 않도록 움직일 생각이지만, 내가 만약 당하게 되면 그것도 보장할 수 없어. 만약 아마사와가 기이한 움직임을 보인다면 망설이지 말고 학교에——."

탁, 하는 가벼운 소리가 갑판에 울려 퍼졌다.

이부키가 홍차가 든 잔을 난간에 세게 부딪쳤기 때문이다.

아직 반 넘게 남아 있는 홍차가 넘쳐서 그녀의 손을 적셨다.

"왜 그래?"

"네가 당하면? 너를 쓰러트릴 사람은 나라고 말했잖아."

"나도 호락호락 당할 생각은 없어. 하지만 아마사와도 그렇고, 보이지 않는 적이 어디서 무슨 짓을 할지 몰라. 그러니까──."

"상대는 둘, 그럼 이쪽도 둘이어야 하는 거 아냐?"

"무슨……."

"2학년에서 제일 강한 내가 합세하면 이야기도 달라지잖아? 네가 아무~~~~~~~~~~리 해도 내가 필요하다면 하는 수 없이 도와줄 수도 있는데?"

그렇게 말하며 다른 손으로 잔을 바꿔 쥔 후 손등에 묻은 레몬티를 살짝 핥았다.

"무슨 생각이야? 네가 두 번씩이나 내게 협력하겠다니."

"1학년한테 얕보이기만 하고 끝나는 것도 싫고, 네가 나 말고 다른 사람한테 지는 것도 마음에 안 드니까. 또── 너도 사실은 나한테 부탁하려고 이 이야기를 꺼낸 거 아냐?"

이부키가 내 눈을 똑바로 바라보았다.

"아니, 전혀 아닌데?"

"뭐? 그냥 솔직해지는 게 어때? 이부키 님의 도움이 필요합니다, 하고."

"그런 생각은 한 번도 안 해 봤는데?"

"……그럼 됐어! 두 번 다시는 돕겠다고 말 안 할 거니까! 바이 바이!"

화난 이부키가 걷기 시작하려고 할 때, 내가 왼쪽 손목을 붙잡았다.

"뭐야!"

"아까 내가 사 준 음료값 대신, 공짜로 널 좀 이용할게."

"뭐? 네가 쏘는 거라고 말해놓고 뒤늦게 돈 뜯어내려고?"

"공짜보다 비싼 것은 없는 법이지."

"그럼 지금 당장 갚을게."

스마트폰을 꺼내는 이부키에게 나는 계속해서 말을 이었다.

"그럼 300만 포인트 받을까 봐."

이부키가 인상을 찌푸리며, 무슨 소리인지 이해되지 않는다는 투로 고개를 갸우뚱거렸다.

"내가 사준 거. 그 정도의 부가 가치가 있다는 생각 안 드니?"

"응, 전혀 안 드는데! 700포인트잖아!"

"갚을 능력이 없으면 나한테 협조하는 걸로 대신하게 해줄게."

"야…… 다시 한번 말하지만 좀 솔직해질 수 없어?"

"솔직해질 필요가 생기면 그렇게 할게."

이유는 모르겠지만 이부키에게 순순히 부탁하려니 민망해서, 이런 식이 되고 말았다.

하지만 나는 평소와 다르지 않은 태도를 유지하며 고압적으로 말을 이었다.

"진짜 성격 이상하다니까."

"그건 피차 마찬가지잖아, 이부키."

서로 눈이 마주치자, 이부키는 어이없어하면서도 남은 음료를 마저 마셨다.

"……비싸기도 하네, 레몬티."

그렇게 투덜거리는 것이 왠지 웃겨서 나는 살짝 웃고 말았다.

6

태양이 수평선 아래로 들어가기 시작한 저물녘.

약속 장소에서 이치노세는 바다를 바라보며 나를 기다리고 있었다.

어딘지 허무해 보이는 그녀의 옆모습을 보니 이름을 부르기가 조금 망설여졌다.

"이치노세."

"아야노코지. 안녕."

가볍게 인사를 나눈 후 그녀의 앞에 섰다. 대뜸 본론에 들어갈 분위기도 아니었기에, 잡담부터 하기로 했다.

"그때 프라이빗 포인트 모은다던 작전은 지금도 계속하는 중이야?"

본론과는 전혀 상관없는 얘기였지만, 이치노세는 싫은

기색 하나 보이지 않았다.

"응. 해서 손해 본 건 없으니까. 모을 만큼 모았다가 필요 없어지면 그때 포인트를 모두에게 돌려주면 그만이니 간단하기도 하고."

간단하다고 말했지만, 믿을 수 있는 이치노세이기에 지속 가능한 전략이다.

지금 본인이 말한 것처럼 맡길 수 있는 만큼 맡기는 것도 나쁘지 않다. 자동으로 포인트가 줄어든다면 불편한 상황이 생기겠지만, 맡긴 만큼 도로 돌아온다고 약속되어 있다면 여차할 때 목돈을 움직일 수 있게 해두는 것은 좋은 방법이겠지.

이치노세에게 주어진 유일무이한 이점인 것도 큰 요소다.

"하지만 포인트를 모으는 전략은 비상사태에 대비한 거야. 그것만으로는 부족하겠지?"

"새로 시작한 거면 이야기가 다르겠지만, 계속하고 있는 거니까."

다시 말해 새로운 전략이 아니라 현상 유지일 뿐이다.

"아야노코지는 우리한테 부족한 게 뭐라고 생각해?"

"이치노세의 반에 부족한 거?"

"응. 우리끼리는 그 부분이 잘 보이지 않는다고 할까…… 아야노코지의 눈에는 우리 반이 어떻게 비치나 싶어서."

"무인도 시험 때 몇 명 정도 너희 반 애들이랑 말한 적 있어. 뒤풀이까지 포함해서 내가 제일 먼저 느낀 건 역시 성격 좋은 학생이 많다는 거야."

이건 굳이 말해주지 않아도 잘 알고 있는 사실이겠지만, 떼려야 뗄 수 없는 요소이기도 하다.

하지만 기본적으로 싸움을 좋아하지 않기 때문에, 적극적으로 반 포인트를 따지 못한다.

"조금만 더 강하게 나갈 필요도 있는 것 같아. 반칙이나 이상한 수작을 부리라는 말은 아니지만, 상대의 난폭한 플레이에 대응할 힘을 기르는 게 중요하다고 생각해."

"난폭한 플레이……라. 그렇구나. 좀 더 정신 똑바로 차리지 않으면 상대할 수 없다는 얘기네."

지금은 아직 어떤 구체적인 해결책을 구상한 게 아니다.

앞에 깔린 어둠 속으로 그저 열심히 달려가려 하고 있다는 것만은 분명히 느껴진다.

"저번 무인도 시험 때. 그 대답 말인데……."

"으, 으응…… 그렇지. 그 이야기 하려고 만난 거니까."

이치노세의 귓가로 얼굴을 가까이 가져간 나는 주위에 아무도 없음을 알면서도, 집중하지 않으면 들리지 않을 만큼 작은 목소리로 말을── 하려던 그때였다.

"이런 데서 호나미랑 단둘이 무슨 얘기 중이지?"

목소리의 주인인 나구모 학생회장을 보고 깜짝 놀란 이치노세가 허둥지둥 거리를 벌렸지만, 밀착 장면은 틀림없이 봤으리라.

뒤를 밟혔나? 아니, 나도 모르게 뒤를 밟힐 만큼 얼빠진 짓은 하지 않는다.

그럼 이치노세가 뒤를 밟혔나?

아니, 이건 나구모가 가진 무수한 감시망에 의한 것이리라.

아무리 남들 눈을 피해 움직인다고 해도 이 여객선에 있는 3학년 전체의 눈에서 완벽하게 벗어나기란 불가능에 가깝다. 몇 명인가 이치노세가 여기 오는 모습을 봤어도 이상하지 않다.

하지만 나구모는 지난 며칠간 접촉해올 기색이 없었다.

마치 노린 것처럼, 제일 피하고 싶었던 타이밍에 접촉.

"수고 많으시네요, 나구모 학생회장."

흐름을 바로 끊고, 이치노세가 허둥지둥 평소 모드로 돌아가는 작업을 했다.

완전한 동요, 당혹감을 불식시키지 못했다.

하지만 설령 완벽하게 연기했다고 하더라도 지금의 나구모에게는 별 의미가 없었을 것이다.

"무인도 마지막 날에도 만나는 것 같더니 또 둘이 밀회야?"

"그, 그게……."

갑자기 무인도 일을 문제 삼자 이치노세가 말을 잇지 못했다. 이치노세는 무심코 나에게 고백한 일이 있기에 얼버무리기가 보통 어려운 일이 아닐 터였다.

끼어들까 생각했는데 나구모가 손으로 가로막았다.

지금은 가만히 있으라는 강한 압박을 보냈다.

"뭐, 아무렴 상관없지만. 그냥——학생회 간부인 호나미의 눈에서 눈물이 나게 될지도 모르는데 학생회장으로서 내버려 둘 수는 없잖아?"

"눈물이 나게……된다니요?"

"내 착각이면 좋겠지만, 카루이자와 말이야."

굳이 바로 말하지 않고 천천히, 그리고 깊이 이해시키기 위해 조금만 내뱉었다.

"카루이자와요?"

왜 이 타이밍에 케이의 이름이 나왔는지, 당연히 이치노세는 이해하지 못했다.

"아직 친한 사람한테만 알려준 모양인데, 꽤 예전부터 카루이자와와 사귀고 있다던데. 안 그래? 아야노코지."

카루이자와와 사귀고 있다.

그 말을 듣고도 이치노세는 아마 바로 그 뜻을 이해하지 못했으리라.

"뭐야, 처음 듣나? 호나미와 아야노코지는 친해 보여서 이미 말한 줄 알았는데."

그렇게 말하고 살짝 틈을 둔 다음 다시 입을 열었다.

"설마 양다리 걸치려고 한 건 아니겠지?"

나는 나구모의 일방적 공격에 아무것도 할 수 없었다.

여기서 케이와 사귄다는 사실을 말하려 했다고 해봐야 의미가 없다.

오히려 상처에 소금을 뿌리는 짓밖에 되지 않으리라.

"정말⋯⋯이야?"

"야, 아야노코지, 호나미가 물어보는데 대답해주는 게 어때? 아니면 내 착각이고 카루이자와는 아무 사이도 아닌가? 그런 거라면 빨리 아니라고 해, 진심으로 사과할 테니."

키리야마에게는 나와 케이가 같이 있는 모습을 보였었지.

하지만 사귀는 사이라고 단정할 요소는 전혀 주지 않았다.

즉, 케이와의 관계를 혼자 짐작해서 한 번 던져보는 것일 가능성도 전혀 없지는 않다.

하지만 여기서 내가 『사실이 아니다』라고 말하는 선택지는 존재하지 않는다.

만약 그렇게 말했다가 나중에 사귄다는 사실이 드러나면 거짓말한 게 되니까.

아니 애당초 나구모라면 증거를 확보하고 벌이는 행동이라고 보는 편이 좋다.

"아직 공식적으로 아무한테도 말하지 않았는데, 어디서 그 정보를?"

"윽⋯⋯!"

내가 인정하자 이치노세가 충격받았음을 분명히 알 수 있었다.

일단은 틀림없이, 이치노세의 마음이 나를 향해 있었다는 사실을 나구모도 알아차렸을 터다.

"내가 단순히 소문이나 억측만으로 말한 게 아니라는 걸 알아챈 건가?"

기쁜 듯 치아를 드러내면서도, 그 내막이라든지 알아낸 방법을 밝히려고 하지는 않았다.

키류인이 말했던, 나에게 나구모는 안 맞는 타입일지도 모른다고 했던 기억이 선명하게 떠올랐다.

"남의 연애에 간섭할 생각은 없어. 하지만 아까도 말했듯이 호나미는 학생회 간부야. 앞으로 학생회장이 될 가능성도 충분히 있지. 그러니 지켜야지."

"나구모 학생회장의 눈에 저와 이치노세의 관계가 부자연스럽게 비쳤다는 건 잘 알았습니다. 하지만 지금 단계에 그렇게 나서는 건 좀 이른 면이 있지 않나요?"

"하긴 그렇지. 호나미가 속아서 너랑 사귀기라도 했으면 모르겠지만, 이렇게 봤을 때 그것도 아닌 듯하고. 전혀 상관없는 이야기였을지도 모르지. 하지만 말이야, 저녁 식사 전을 노리고 이렇게 인기척 없는 곳에서 단둘이 만나니 의심해도 무리가 아니잖아? 네 여자친구도 분명 지금 이 상황을 보면 슬플걸."

"듣고 보니 괜한 오해를 만들지도 모르겠네요."

"난 학생회장으로서…… 아니 학생회 사람으로서 당연한 행동을 한 거야."

나구모가 마지막으로 이치노세를 슬쩍 쳐다본 후 내게 가까이 다가왔다.

"다음에 소개해주라, 네 여자친구. 한 번 정도는 얼굴을 보고 싶으니까."

그렇게 말하고 어깨를 툭 친 나구모가 귓가에 속삭였다.

"내 방식을 네가 어떻게 생각하든 그건 자유다. 하지만 말이야, 난 아직 시작도 안 했거든?"

"시작도 안 한 겁니까."

"100개의 진실 속에 1개의 거짓을 섞어도 아무도 몰라. 돌이킬 수 없어지기 전에 결단을 내려야지. 나랑 싸우고 싶어지면 그땐 언제든 만나러 와라. 한 번 무릎이라도 꿇으면 상대해줄게."

즉 나구모와의 대결을 승낙하지 않는 한, 집요한 감시와 괴롭힘이 계속 이어질 것이다.

강제로라도 승부의 무대로 끌어내려고 한다는 소리다.

"그럼 또 보자."

그 말을 남기고, 자리를 떠났다.

아직 시작도 하지 않은 건가. 나구모만 가진, 압도적인 감시망과 정보망.

3학년 전원이 자신의 수족이 되어 움직이고 눈과 귀가 되고 있다.

그건 부지 내에서 생활하고 있는 이 학교 학생이라면, 모든 생활이 여지없이 노출된다는 뜻이기도 하다. 또 100개의 진실 속에 1개의 거짓이라는 말.

지금은 진실을 흘리고 있을 뿐이지만, 거기에 거짓도 섞기 시작하겠다는 것.

남들이 보기에는 단순한 괴롭힘의 연장. 어린애 장난 같다고도 할 수 있다. 하지만 나구모는 지금까지 싸워온 그 누구보다도 내게 정신적 타격을 주고 있다.

나구모는 나에게 집착해 같은 학년의 반발을 사는 것쯤은 조금도 개의치 않는다.

이 정도 일로 신뢰를 잃지 않는다는 확신이 있는 건지, 아니면 처음부터 신뢰 따위 얻을 생각 없이 규칙으로 묶어 버리면 그만이라고 생각하는 건지.

어쨌든 나구모가 그에 상응하는 각오를 하고 있다는 사실만은 분명하다.

나구모가 떠나고 이 자리에 남은 것은 정적뿐.

만난 직후에 흐르던, 어딘지 붕 뜬 공기는 사라지고 없었다.

그저 무겁고 조용한 시간.

"아, 아하하. 이야기가 갑자기 끊겨 버렸네……."

"그러게."

"으음, 저기…… 그런데 나를, 여기에 왜 부른 거야?"

"그건, 무인도의——."

"아~~! 그거, 그거 말이지? 그건……그건 그러니까…… 그게……."

크게 소리친 후, 점점 목소리가 기어들어 갔다.

"잊어…… 줄 수 있어?"

그렇게 말을 토해낸 이치노세는 지금까지도 미소를 무

너뜨리지 않았다.

"미안해, 아무것도 모르고. 내 멋대로 신나서 멋대로, 그런, 이상한 소리나 하고…….."

"나구모가 말했던 것처럼 난 주위에 아무것도 말하지 않았어. 그러니 모르는 게 당연해."

"그래, 그렇지? 그럴지도 모르지만…… 역시 내가 바보같았어! 그러니까, 아야노코지는, 다정하고…… 대단하고, 멋있고…… 여자친구가 없는 게 이상한데…….."

미소만은 절대 무너뜨리지 않으려는 이치노세의 강한 의지와 반대로 눈동자가 점점 촉촉해지더니 눈물이 가득 고이기 시작했다. 평정을 가장하면서 아무렇지도 않은 듯, 그 눈물이 흘러내리지 않도록 간신히 참고 있었다.

누군가를 좋아하게 되었는데 상대는 다른 누군가를 마음에 품고 있다면, 사람은 어떤 감정을 느낄까.

텔레비전이나 책, 들은 이야기만으로는 절대 알 수 없는 것.

계획과는 조금 달라졌지만, 나는 지금 눈앞에서 그것을 체감하고 있었다.

"——안녕."

쥐어짜낸 마지막 한마디를 남기고, 이치노세가 달려갔다.

나는 그녀의 뒷모습을 향해 말을 걸지도, 손을 뻗지도 못하고 그저 말없이 지켜보는 수밖에 없었다.

"나구모——. 내가 생각했던 것보다도 훨씬 성가신 상대를 적으로 돌리고 만 것 같군."

　계획과는 달라졌지만, 목표로 삼은 길은 변함없다.

　내게 불리한 상황이 계속 이어지는 게 성가시면서도 한 편으로는 가슴 깊은 곳에서 올라오는 호기심이 점점 커지고 있는 느낌도 지울 수 없었다.

○여난의 보물찾기 게임

배에서 보내는 휴일도 이제 3일밖에 남지 않았다.

농밀한 나날일수록 흘러가는 속도는 무섭도록 빠르다.

누구나 이 여객선에서의 하루하루가 아깝게 느껴질 무렵,
이른 아침 전교생에게 학교 측의 메일이 도착했다. 혼도가
재빨리 스마트폰을 확인했다.

"오늘 아침 10시부터 보물찾기 게임을 개최합니다? 이게
뭐야."

낯선 『게임』이라는 단어가 들어 있는 메시지를 모두가
동시에 읽었다.

『보물찾기 게임』

*자유 참가로 진행되는 보너스 게임

*참가 조건: 남녀 불문 1명부터 가능하며,
　　　　　　　　참가비 1만 프라이빗 포인트가 필요

*날짜: 오늘 8월 8일

*자세한 설명은 회장에서

　(오전 10시까지 5층 플로어에 도착해야 함)

*설명을 들은 후 불참하는 것도 가능

"순간 특별시험인가 했더니 그것도 아니고. 자유 참가라

니 재미있겠는데?"

참가가 자유로운 이상 개인이 부담할 위험은 참가비 1만 포인트뿐인가.

자세한 내용은 현시점에서 알 수 없지만, 보물찾기라고 하니 참가비 이상의 큰 보상도 있다고 봐야 하지 않을까. 보물을 찾으면 프라이빗 포인트를 받을 수 있는 등 심플한 내용이 예상된다.

늘 금전적으로 쪼들리는 문제가 따라다니는 나로서는 임시 보너스를 얻을 기회가 있다면 적극적으로 참가해도 괜찮다는 생각이 드는 내용이다. 1만 포인트에 참가 가능하다는 점도 양심적이라고 할까.

미야모토와 혼도는 당연히 참가하려는지 식사 후에 같이 가자는 이야기가 나왔다. 나도 아키토를 꼬드겨 참가해볼까 했는데…….

"나는 신경 쓰지 말고 즐기고 와……."

살짝 나른한 듯 숨을 토한 아키토는 열 때문에 침대에 누워 있었다.

어제 프라이빗 풀장에서 과하게 놀아서 그런 건지도 모른다.

"개인물품 금지만 아니었으면 게임기라도 빌려줬을 텐데~."

"몸이 이래서는 게임할 마음도 안 든다니까…….."

왠지 어이없어하면서, 아키토가 베개에 얼굴을 파묻었다.

그런 아키토를 쉬게 둔 채 식사한 후, 9시 50분까지 방에서 느긋하게 시간을 보내다가, 다소 마음이 무겁지만, 아키토를 뺀 셋이서 회장으로 향했다.

1

지정 장소인 회장에는 많은 학생이 모여 있었다.

몇 명이나 참가할지 궁금했는데, 언뜻 봐서는 전교생의 절반 정도일까.

좀 더 많을 줄 알았는데, 보물찾기에 흥미 없는 학생들은 마치 지금이 기회라는 듯 사람 적은 수영장 등지에서 만끽하려는 것인지도 몰랐다.

자유 참가인 이상, 오늘 하루를 어떻게 쓸지도 학생들의 자유다.

잠시 후 마감 시간이 되었는지 앞쪽 스테이지가 소란스러워지기 시작했다.

게임 내용을 설명할 사람은 3학년 A반 담임 타카토 같았다.

거의 모든 교사가 모여 있었는데, 츠키시로 이사장 대행과 1학년 D반 담임 시바의 모습은 보이지 않았다. 시바도 그 자에게 고용된 거라면 이번 사건으로 인해 물러났다고 봐도 이상하지 않겠지.

실제로 마시마 선생님과 차바시라에게 그 모습과 역할까지 알려지고 말았고.

"여러분, 좋은 아침입니다. 오전 10시가 되었으므로 현 시점까지 이곳에 모인 학생으로 모집을 마감하겠습니다."

입구에 서 있던 다른 선생님이 문을 천천히 닫았다.

아무리 게임이 자주적 참가 형식이라도 규칙은 규칙.

1초라도 늦게 온 사람의 참가는 허용하지 않으리라.

"설명을 시작하기 전에 이 보물찾기 게임을 하게 된 경위부터 말씀드리죠. 이번 보물찾기 게임은 학생회장인 나구모 군으로부터, 힘들었던 무인도 생활을 하며 학년끼리 경합한 후인만큼 친목을 다지는 의미에서도 즐겁고 재미있는 레크리에이션을 해야 한다고 제안받은 데서 기인합니다. 나구모 군, 인사 부탁드립니다."

타카토 선생님이 호명하자, 나구모가 참가자들 앞에 나와 섰다.

"이번에 학교 측의 전면적인 협력 아래 보너스 게임을 열 수 있게 되었습니다. 충실하고 더욱 향상된 학교생활을 목적으로 하는 학생회의 관례로 이번 발안에 이르렀습니다. 무인도 시험에서는 모든 학년이 살벌하게 경합을 벌이기도 했지만, 이번 보물찾기에서는 학년을 넘어서서 파트너를 짤 수 있습니다. 그 이점을 꼭 살려 참가해 주시기 바랍니다."

학생회장답게 진지한 발언과 함께 짧은 인사가 마무리

되었다.

어제 우리 앞에 나타났던 나구모를 떠올렸다.

학생회 멤버인 이치노세는 교사들 근처에 앉아 이야기를 듣고 있었다.

이렇게 봐서는 특별히 달라진 건 없는 듯한데…….

어제 이치노세가 갑자기 흘린 눈물을 떠올렸다.

그녀가 입은 마음의 상처는 절대 가볍지 않으리라. 지금 저런 식으로 자연스럽게 행동하고 있지만, 그 상처가 나으려면 어느 정도의 시간이 필요할 것이다.

그때는 나를 좋아하는 마음은 사라지는 대신 적의를 품게 될지도 모른다.

어떻게 변하든, 앞으로 그녀에게 큰 전환점이 되리라는 것만은 확실하다.

나구모의 인사가 끝나고, 마이크는 다시 타카토 선생님에게 넘어갔다.

"학생회 멤버는 운영 관리를 맡아야 하는 관계로 보물찾기 게임에 참가할 수 없습니다. 휴일을 반납한 사무 작업이지만 잘 부탁드립니다."

호리키타와 이치노세를 비롯해 몇몇 학생회 간부가 나구모가 있는 쪽으로 모였다.

"그럼 보물찾기 게임의 개요를 설명하겠습니다만, 복잡한 규칙은 없고 몹시 심플하답니다."

타카토 선생님이 든 오른손. 엄지와 검지 사이에 정사각

형 모양의 종이가 끼워져 있었다. 크기는 가로세로 5cm쯤 되려나. 그 종이에 이차원 코드가 찍혀 있었다.

"이 이차원 코드가 찍힌 스티커 총 100장을 선내 곳곳에 붙여두었습니다. 참가자는 이 스티커를 찾아내는 보물찾기 게임을 하면 됩니다. 전용 어플을 써서 스캔하면 프라이빗 포인트가 보수로 지급되는 구조입니다. 단 단말 한 대당 스캔 가능한 회수는 1회뿐. 사이트에 접속한 시점에서 결과가 즉시 반영되어 보수가 지급되므로 주의하시기 바랍니다. 물론 한 번 사용된 이차원 코드를 다른 단말로 스캔해도 무효로 보수를 받을 수 없습니다. 또한 스티커를 무단으로 떼어내거나 펜 등을 써서 스캔을 불가능하게 만드는 위법행위를 저지른 학생은 아무리 게임이라도 엄중히 처벌할 것이니 절대 삼가 바랍니다."

그렇군, 아주 심플하면서 운이 중요한 게임이다.

"받을 수 있는 프라이빗 포인트는 가장 적은 것이 5,000 포인트. 전체의 절반에 해당하는 50장을 준비해두었습니다. 그리고 그다음으로 많은 것은 1만 포인트이며 30장입니다."

유감스럽게도 100장 중 절반은 찾으면 손해인 건가.

그리고 설령 30%에 속하는 한 장을 찾아냈어도 별로 이득은 없다.

"나머지 20장 중에서는 10장이 5만 포인트, 5장이 10만 포인트, 3장이 30만 포인트. 그리고 나머지는 50만 포인

트와 100만 포인트가 됩니다. 숨겨진 이차원 코드를 찾아
내는 난도가 높으면 높을수록, 받을 수 있는 프라이빗 포
인트가 많다고 생각하면 되겠습니다."

참가자가 200명 정도라는 건 두 명 중 한 명은 포인트를
못 받는다는 소리지만, 제일 난도 높은 2차원 코드 스티커
만 발견하면 100만 포인트라니. 이건 특별시험 때도 쉽게
얻을 수 없는 액수다. 이거면 절반이 손해를 볼 위험을 짊
어질 만도 한데…….

"참가 학생 수가 200명이 넘는데, 준비된 이차원 코드는
100장. 받을 수 없는 학생이 반드시 나오게 되어 있지요.
하지만 위험을 피하는 방법도 마련해 두었답니다. 참가자
는 학년을 불문하고 파트너를 짤 수 있으며, 파트너가 있
는 상태에서 누군가의 스마트폰으로 이차원 코드를 스캔
하면 그 이차원 코드의 보수, 예컨대 3만 포인트라면 파트
너 모두에게 각각 3만 포인트씩 지급됩니다."

즉, 모두가 팀을 이루어 이차원 코드 100장을 스캔하면
200명 모두 보수를 받을 수 있는 것이다. 1포인트도 받지
못해 손해 볼 가능성이 확 낮아진다.

단점이 있다면 복수의 이차원 코드를 발견하면 어느 이
차원 코드를 읽을지를 두고 갈등이 생길 가능성이 있는 정
도일까. 그런 다소 조정이 필요하다는 단점도 있지만, 팀
을 이루는 것은 좋은 점이 훨씬 많아 보인다.

"이차원 코드가 붙은 장소는 미리 범위를 정해두었습

니다."

선내 곳곳이라고 했지만, 불가침 영역도 당연히 있다.

타카토 선생님이 스크린을 이용해 계속 설명해나갔다.

간략히 정리하면 화장실, 객실에는 당연히 이차원 코드가 없고, 종업원 전용 플로어와 실내 역시 당연히 제외되었다.

또 학생 출입 금지 층에도 스티커는 없다. 어디까지나 공공장소, 학생이 이동할 수 있는 범위로 제한되어 있다고 강조했다.

"그리고── 이것을 지급하겠습니다."

그 말과 동시에 교사들이 일제히 종이를 나눠주기 시작했다.

잠시 후 내게도 전달된, 반으로 접힌 종이.

선내 지도였는데, 스티커가 붙어 있는 구역이 색칠되어 있었다. 그리고 처음 보는 문장과 도형도 표시되어 있었다.

"이 게임은 운이 크게 작용합니다. 하지만 실력을 발휘해야 하는 요소도 조금 섞어 두었지요."

아마도 나눠준 지도에 있는 문장과 도형을 말하는 것이리라.

"여기에는 세 가지 수수께끼가 적혀 있습니다. 이걸 풀면 이차원 코드가 숨겨진 장소 세 군데를 알 수 있으며, 이 세 곳은 문제를 풀지 않으면 절대 찾을 수 없습니다."

총 100장 중에서 예외로 준비한 이차원 코드 3장이라.

나는 세 가지 수수께끼를 대충 훑어본 다음, 종이를 주머니에 집어넣었다.

"참가 접수는 지금부터 30분 동안입니다. 각자 스마트폰으로 참가 여부를 밝혀 주세요. 또 배터리가 다 되어 전원이 켜지지 않는 사람이 있으면 가까이에 있는 선생님에게 지금 바로 알리시기 바랍니다."

학생들이 하나둘 스마트폰을 꺼내 접수하기 시작했다. 퇴실하는 학생도 몇 명 있었지만, 여기 모인 대부분은 참가한다고 봐도 되리라. 보물찾기 게임 종료 시각은 오후 5시. 그때까지 이차원 코드를 찾아 찍어야 한다.

나도 얼른 스마트폰을 꺼내 참가 신청을 했다.

그나저나 이렇게 사람이 많으면 나를 향한 시선도 지난 며칠 중 가장 많겠지.

그래도 이렇게까지 규모가 크면 어딘가를 보고 있는 걸 알아차리는 다른 학년 학생도 자연스레 나올 것이다. 연대하고 있는지 아니면 미리 그런 지시가 내려져 있는지, 다른 학년이 그 시선을 쫓기 시작하면 일시적으로 나를 향한 시선이 감소, 분산될 것이다.

지금 단계에서는 나를 감시하고 있다는 사실을 노출할 생각은 없는 듯하군.

가장 효과적인 순간, 더 타격을 줄 수 있는 때까지 기다리겠지.

최종적으로 무엇을 노리는지 모르는 이상, 나 또한 잘

대처할 필요가 있다.

모든 정보가 새고 있다고 생각하고 행동해야 한다.

참가자 중에는 여자친구인 케이도 있었지만 우리는 한 번도 시선을 마주치지 않았다.

우리의 관계가 밝혀지지 않은 이상, 노골적인 아이 콘택트는 삼가고 있기 때문이다.

물론 팀을 이룰 수도 있지만 그럴 일은 없다.

공개적인 장소에서 아야노코지 키요타카와 카루이자와 케이가 팀을 이루는 것은 논외다.

그때 호리키타가 마이크를 쥐고 학생들 앞에 모습을 드러냈다.

"학생회의 호리키타입니다. 참가자 여러분께 부탁 말씀이 있어요. 부정 방지를 철저히 하기 위해 퇴실하면서 만 포인트를 지불하고, 동시에 학년별 명부에 이름을 적어주셔야 합니다. 대필 등은 일절 허용하지 않습니다. 다른 사람의 휴대전화를 이용한 부정 참가를 미연에 방지하는 조치이므로 부디 양해 바랍니다. 보수를 받은 후에는 시험 종료까지 이곳에 돌아와 보고해주시길 부탁드립니다. 무시하고 넘겼다가는 보수 무효가 될 가능성도 있습니다."

스마트폰 간이 결제로는 스마트폰과 학생을 연결 지을 수단이 없다.

따라서 내가 다른 스마트폰을 써서 참가하는 것도 가능하다. 그것 자체가 얼마나 문제가 되는가는 차치하더라도,

본래 규칙을 지키며 참가하는 게임의 취지에서 벗어난다는 사실은 분명하다. 그런데 결제 시에 본인 확인을 포함한 명부 작성을 강요하게 되면, 그 스마트폰과 본인을 연결 지을 수 있다. 내가 다른 사람의 스마트폰으로 보수를 얻더라도 마지막 확인 때 규칙 위반이 들통나며, 스마트폰 주인을 보낸다고 해도 명부에 이름이 없기에 인정되지 않는다. 학생회 간부와 교사가 연대해 출입구에 긴 테이블을 특별히 설치해두었다.

거기서 스마트폰으로 참가비를 내고 학년별로 이름을 기입한 후에 퇴실하면 되는 것 같다.

참가비를 내지 않은 사람이 몰래 어플을 다운로드할 가능성도 얼마든지 있으니까 말이지.

어플 설치가 끝난 사람부터 순서대로 이곳을 떠났다.

사람들의 틈바구니에 섞여 나도 줄을 섰고, 이윽고 접수 중인 호리키타 앞까지 다다랐다.

"여기에 이름을. 그리고 1만 포인트를 내세요."

사무적인 말투에, 나는 명부에 내 이름을 써넣었다.

그런 다음 스마트폰을 결제용 단말기에 올려 1만 포인트를 냈다.

이렇게 해서 정식으로 보물찾기 게임에 참가하게 되었다.

"다음 분."

호리키타와 특별한 대화 없이, 나는 줄에 밀려 자연스럽게 밖으로 나왔다.

2

그리하여 불현듯 시작된, 저녁 무렵까지의 보물찾기 게임.

지켜야 할 규칙이 좀 있지만, 기본적으로 위반에 관련된 것뿐.

나머지는 운에 맡기고 참가하기만 하면 되는데…….

시작 지점 바로 근처도 이차원 코드가 붙어 있는 범위 안이었기 때문에 주위가 몹시 혼잡했다.

마치 메뚜기가 농작물을 싹쓸이하듯, 어마어마한 속도로 조사하기 시작했다.

지금부터 내가 움직인다고 해도 끼어들 틈 따위는 없겠지.

나처럼 메뚜기떼를 목격하고는 탐색 지점을 변경하는 학생도 나오기 시작했다.

그보다 더 많은 것은 휴대전화로 연락하는 학생들이었다. 아마 이차원 코드를 찾으면서, 동시에 파트너를 모집하고 있는 것이리라.

직접 만나지 않아도 어플로 팀을 결성할 수 있기에 둘이 갈라지는 방법도 있다.

"모리, 위부터 보러 가지 않을래?"

뒤늦게 회장에서 나온 케이가 같은 반 모리 네네와 친하게 걸어갔다.

아무래도 케이는 벌써 같은 반 아이와 짝을 이룬 모양이다.

나는 물론 혼자여서 일단 한 층 아래로 내려가 보기로 했다.

케이처럼 위층으로 가면 같은 공간을 공유하게 되니까.

그나저나—— 스마트폰에는 내게 온 채팅이 하나도 없다.

이럴 때 누구 한 명 정도는 나한테 제안해도 괜찮지 않나?

아니, 깊게 생각하지 말자. 생각하면 지는 기분이 드니까.

애당초 메일이고 채팅이고, 연락처를 교환한 사람도 별로 없다.

아야노코지 그룹에서는 케세이가 한가한 편이지만, 이런 게임에 흥미가 없는지 일찌감치 불참을 표명했다. 또 아키토는 컨디션이 안 좋고, 아이리는 하루카와 처음부터 팀이 되기로 정한 모양이고.

"아……."

움직이려는 순간 사토를 정면으로 맞닥뜨렸다.

가볍게 손을 들어 인사한 후 지나가려는데…….

"아, 자, 잠깐만!"

내 팔을 잡고 허둥지둥 불러 세웠다.

"저기…… 아야노코지, 혹시 누군가랑 팀 짰어?"

"아니, 혼자야."

지금은, 하고 덧붙이지 않았던 것은 앞으로도 팀을 이룰 예정이 없었기 때문이다.

친구가 늘어난 것과 이런 행사 때 같이 다닐 동료가 있는가는 별개의 문제다.

내 입으로 말하면서도 조금 허무하지만, 꾹 참았다.

"그럼, 그럼 말이야? 나랑 팀…… 하지 않을래?"

의외의 제안에 나는 뭐라고 대답해야 좋을지 몰라 당혹스러웠다.

사토는 작년에 난생처음으로 내게 고백한 상대다. 나는 그 마음에 응답해 줄 수 없어 거절했고, 그 후 케이와 사귀게 되었다. 미움받아도 싼 짓을 한 몸으로서, 파트너 신청을 받을 줄은 꿈에도 생각하지 못했다.

딱히 거절할 이유는 없지만, 받아들일 이유가 없는 것도 사실이다.

케이는 겉으로 나와의 관계를 비밀에 부치고 있는 만큼 이미 모리와 파트너가 된 것을 조금 전에 보았지만, 그렇다고 해서 내가 사토와 파트너가 되어도 되는가는 다른 문제다.

"케이 짱이 신경 쓰여서 그래……?"

그렇다고 대답하기도 어려웠는데, 내 태도를 보고 사토는 바로 눈치챈 듯했다.

"나, 두 사람이 사귀고 있다는 사실을 모두에게 알릴 거라는 얘기 들었어."

"그래?"

2학기가 되면 나와 케이의 사이를 밝히기로 한 것을 미리 들었나 보군.

과거에 마츠시타의 이야기를 통해서도, 사토가 나와 케이의 사이를 의식하고 있었다는 것은 이미 알았다.

"사귄 지도 좀 됐으니까. 계속 비밀로 할 일은 아니지."

"뭐, 비밀리에 사귀는 커플도 있지만, 아야노코지와 케이 짱 조합을 눈치챈 사람은 아주 극소수일 거야."

사토는 친한 여학생 몇 명에게 나와 케이의 사이를 의심하고 있다고 얘기했었다.

물론 당사자에게 직접 들은 것은 아니지만, 접촉해온 마츠시타의 말투로 봐서도 틀림없겠지. 물론 사토에게는 아무 잘못이 없다. 아무것도 모르고 그냥 추측해서 말한 거니까.

"아아, 하지만 말이지? 팀을 제안한 건 말이야, 그게, 너를 파트너로 의지할 수 있을 것 같아서야. 다른 의미는 없는데…… 안 될까?"

절대 이상한 이유는 없다고 힘주어 말했다.

"가지고 있는 프라이빗 포인트는?"

"음, 말하기 좀 창피한데…… 18만 포인트 정도."

재정 상황은 나도 남 말할 처지가 못 되지만, 프라이빗 포인트가 들어온 직후임을 감안하면 절대 많은 액수가 아니었다. 리스크는 적어도, 소중한 1만 프라이빗 포인트를 써가며 참가한 만큼 어느 정도의 각오가 되어 있으리라.

그렇다면 파트너가 되어, 난도 높은 이차원 코드를 찾고 싶다.

"알았어. 사토가 나라도 괜찮다면 팀이 되어볼까. 성과를 낸다는 약속은 못 하지만."

"정말?! 예스!"

기쁜 일을 순수하게 기뻐하니 파트너로서도 기분이 좋다.

우리는 스마트폰을 꺼내, 어플을 통한 팀 신청과 수락을 했다.

정식 팀이 되었으니, 둘 중 누군가의 스마트폰으로 이차원 코드를 스캔하면 함께 보수를 받을 수 있다.

이제 최소 3만 포인트 이상의 보수를 노리기만 하면 된다.

"그나저나 선생님들한테서 이상한 종이를 받았지?"

사토가 주머니에서 구겨진 종이를 꺼냈다.

"앗?"

자기가 구겨 넣었다는 사실을 잊었던 것인지, 꺼낸 종이 상태를 보고 창피해하며 얼른 도로 주머니에 넣었다.

"아, 저, 저기…… 봐도 전혀 알 수 없어서…… 아하하. 아야노코지도 가지고 있지?"

수수께끼를 못 풀 것 같아서 종이를 아무렇게나 구겨 넣어 버렸던 모양이다.

나는 두 번 접은 종이를 꺼내 사토 앞에서 펼쳤다.

"이거, 이차원 코드가 있는 세 곳을 알 수 있다고 했지?"

"그래."

"그럼 이 문제를 풀면 100만 포인트를 얻을 가능성이 있는 거야?"

"아니, 그건 아닐걸."

희망을 깨서 미안하지만 바로 대답했다.

"뭐? 그런 거야?"

100장의 이차원 코드 중 단 세 장만, 문제를 풀면 답을 낼 수 있다.

그러니 문제를 풀어 찾아낸 이차원 코드를 자연스럽게 기대하기 마련이지만…….

"이 세 가지 힌트는 레벨이 다 비슷비슷해. 즉, 무엇을 풀든 받을 수 있는 보수에는 별 차이가 없을 거야. 그래도 아마 10만 포인트는 되겠지……. 5만 포인트일 가능성도 있지만."

"뭐라고? 하지만 힌트가 세 개니까 딱 세 장뿐인 30만 포인트일 수도 있지 않아?"

"물론 30만 포인트가 마침 세 장이니 그렇게 연결 짓기 쉽지만, 그럴 확률은 낮아."

고액의 프라이빗 포인트 보수는 없다고 봐야 하리라.

"뭐? 이렇게 어려운 문제를 풀어도 그것밖에 못 받는다고?"

"이번 보물찾기는 완전히 운을 중심으로 한 보너스 게임이야. 재치 있는 학생 등 문제를 푼 학생이 100만 포인트나 50만 포인트, 또는 사토가 말한 30만 포인트를 가져가면 다른 많은 학생이 받아들이지 못할 가능성이 있어. 사토라면 그렇게 생각 안 하겠어?"

만약 전부 30만 포인트라면 운으로 찾는 게임인데 운이 개입할 요소가 없다. 그래서는 게임이 성립하지 않는다.

어디까지나 이 종이는 구제조치의 일환으로, 그 보수는 적다고 판단해야 한다.

"그, 그런가? 하긴 이게 다 고액의 이차원 코드라면 짜증 날 것 같기도……."

수수께끼를 풀지 못하는 자신이 어떻게 생각할지 상상 해보고는 바로 납득한 듯했다.

"이 힌트를 바탕으로 이차원 코드를 찾는 것도 나쁘지 않지만, 찾아낸 이차원 코드는 스캔해서 프라이빗 포인트 를 받을 때까지 결과를 알 수 없어. 경솔하게 손댔다가는 좋은 기회를 놓치는 사태로 이어지겠지."

이 보물찾기 게임은 몇 시간 동안 진행되지만, 큰 승부 는 최초 한두 시간 정도에서 결정된다.

"그럼 우리는 이걸 무시해도 된다는 거네?"

"만약 이 힌트 종이를 이용한다면 그건 종료 때까지 괜 찮은 이차원 코드를 못 찾았을 때겠지. 종이가 가리키는 장소는 어딘지 알아."

뭐, 나중에 종이를 이용하려고 해도 이미 다른 학생이 회수해버렸을 듯하지만.

"……설마 아야노코지, 이 종이의 힌트를 푼 거야?"

"대충."

"굉장해……!"

각 힌트는 어렵게 만들어지지 않았다. 1학년부터 3학년까지 참가하는 구조인 이상, 정공법이라기보다는 수수께끼 풀이에 가깝다.

그런 이야기를 나누는 사이에도 주위에는 보물찾기에 참여한 학생들이 닥치는 대로 이차원 코드를 찾아다니고 있었다. 이차원 코드가 붙어 있는 구역이 어느 정도 한정되어 있다지만, 200명이 일제히 찾아 나서면 대부분은 바로 발견되겠지.

시작 지점에서 멀리 떨어진 곳에 고액의 이차원 코드가 숨겨져 있을 가능성도 있다.

"일단 아래층을 찾아볼까 싶은데."

"알았어, 어디부터 찾을지는 아야노코지에게 맡길게."

나와 사토는 탐색 범위로 지정된 제일 아래층까지 나란히 걸어 내려갔다.

그리고 5분 정도 둘이서 이차원 코드를 찾아 돌아다녔지만, 노골적으로 붙어 있는 스티커 두 장을 발견하고 그쳤다. 장소 선정이 별로였을까, 아니면 더 찾기 힘든 곳에 숨겨져 있나.

별 수확을 얻지 못한 사이, 주위에는 조금씩 학생들도 늘어나기 시작했다.

"있지, 아야노코지……."

"왜? 찾았어?"

"그, 그게 아니라…… 자, 잠시 화장실 좀 다녀와도 될까? 아침에 너무 많이 마셔서……. 실은 아까 다녀오려고 했는데……."

굉장히 창피해하면서 사토가 그렇게 물었다.

"아, 그 타이밍에 나를 본 거구나?"

얼굴을 붉히며 고개를 끄덕였다.

"미안해, 한시가 급한데……."

화장실에 가지 말라고 말할 생각은 전혀 없다. 나는 흔쾌히 사토를 보냈다.

"빠, 빨리 돌아올게!"

"서두르지 마."

일단 사토를 화장실에 보내고, 나는 혼자서 다시 근처를 탐색했다.

"보물찾기 게임, 아야노코지도 참가했구나?"

소파 밑을 들여다보고 있는데, 등 뒤에서 누가 말을 걸었다.

누가 걸음을 멈추나 싶었는데, 같은 반 마츠시타였다.

오늘은 평소답지 않게 우리 반 애들이 말을 잘 거는군.

그와 동시에 마츠시타와 대화를 나누던 3학년 타타라가 의아한 표정을 지었다.

"……아야노코지?"

"알아요? 아야노코지를?"

마츠시타가 이상하다는 듯 타타라의 얼굴을 들여다보자,

뜨끔하며 시선을 피했다.

마츠시타는 모르는 일이겠지만, 나구모가 3학년 전체에 나에 관한 어떤 전달사항을 내렸음은 분명했다.

"지금은 보물찾기 중이니까 할 얘기 있으면 나중에 해. 시간 아까우니까 빨리 가지?"

"그러는 타타라 선배야말로. 저는 신경 쓰지 말고 다른 애랑 파트너 하지 그래요?"

여기에 등장한 3학년 타타라의 존재는 나구모의 전략을 알아내는 데 좋은 기회가 될지도 모른다.

"선배도 보물찾기에 참여하셨군요."

내가 먼저 말을 거니, 노골적으로 싫은 표정을 지으며 시선을 회피했다.

조용히 혀를 차는 소리를 듣고 마츠시타도 타타라가 이상하다는 사실을 알아차렸다.

"왜 그러시죠? 타타라 선배."

다시 한번 그렇게 말을 거니, 타타라가 이만 자리를 피하려고 했다.

마츠시타에게 어떠한 호의를 품고 있음은 첫인상으로도 느껴졌다.

그런 그녀와 짝이 되고 싶은 마음보다 나와의 접촉을 꺼리는 마음이 더 크다는 건, 경솔하게 말 섞지 말라는 지시 때문이라고 봐도 틀림없으리라.

"마츠시타, 다음에 보자."

"아, 네."

잘 모르는 상태에서도 가볍게 웃더니, 마츠시타가 타타라에게 손을 흔들며 인사했다.

그는 왠지 미련이 남은 듯 마츠시타를 바라보면서도, 나를 노려보고 떠났다.

"후우. 잘은 모르겠지만 덕분에 살았어. 그런데 아야노코지, 타타라 선배랑 무슨 일 있었어?"

나구모의 지령에 대해 모르더라도 저런 태도를 보면 수상하게 느껴지겠지.

"아무 일도. 말해 본 적도 없는데."

"흐음?"

납득은 가지 않는 듯했지만, 어깨의 짐을 내려놓았는지 가슴을 쓸어내렸다.

"있지, 혹시 아야노코지도 혼자? 만약에 혼자면 나랑 팀 안 할래?"

"아아, 그게——."

마츠시타에게 보물찾기 파트너 제안을 받았을 때, 뒤에서 달려오는 소리가 들렸다.

"잠깐, 마츠시타! 아야노코지는 나랑 팀이야!"

화장실에서 돌아온 사토가 무섭게 달려와 마츠시타와 거리를 좁히고는 두 어깨를 붙잡았다.

"앗? 어, 그래?"

이상한 속도와 압박에 놀라면서 마츠시타가 뒤돌아보

았다.

"그보다도 아까 타타라 선배 봤는데, 마츠시타랑 같이 있던 기 아니었어?"

"같이 있었다고 해야 하나 나를 따라다닌 것뿐이라고 해야 하나……."

아무래도 사토 또한 타타라라는 3학년을 잘 아는 눈치였다. 그는 3학년 A반 학생으로, OAA상에서는 전체적으로 B~C가 늘어선, 평균보다 조금 높은 성적을 갖고 있다. 외관은 남자치고는 긴 머리에 특이한 스타일이다.

그걸 무슨 머리라고 해야 하나……. 그런 부분은 잘 모르겠다.

"너무 들이대서 좀 깨. 에둘러 거절했지만."

"아~ 뭔지 알아~."

나는 모른다.

일단 조사 중이던 소파 아래를 다시 살펴보기로 했다.

"아야노코지. 거기에는 없는 것 아니야? 있다고 해도 싼 이차원 코드일 것 같은데."

과연 소파 아래는 이차원 코드를 숨기기 쉬운 전형적인 장소다.

실제로 살짝 각도를 바꿔서 쭈그려 앉으니 소파 바닥에 이차원 코드가 있는 것이 보였다. 물론 이 이차원 코드는 스캔하지 않을 거다.

"중요한 건 학교 측의 패턴이야."

"패턴?"

"보물찾기 게임을 하기로 했을 때, 이차원 코드의 가치를 어떻게 매겼는가가 중요하지."

"그, 게……?"

잘 모르겠다며 사토가 고개를 갸우뚱거렸다.

반면 마츠시타는 별 고민도 없이 대답했다.

"당연히 찾기 힘든 장소에 가치 높은 이차원 코드를 붙이겠지."

"맞아. 그럼 다음은 그『찾기 힘든 장소』라고 판단하는 사람이 누구냐는 거야."

"선생님!"

이번에는 자기가 대답하겠다는 듯 사토가 마츠시타보다 먼저 말했다.

하지만 마츠시타가 말을 보충했다.

"100장의 이차원 코드를 붙이는 건 아주 힘든 일이잖아. 선생님이 붙인 건 틀림없다고 보지만, 한두 명이 했다고 보긴 어려워. 어젯밤에 나눠서 붙였다고 해도 여러 명이 동원됐을 거야……."

"우리가 무인도 시험을 치르는 동안 배 안 어디에 이차원 코드를 붙일지 곰곰이 정한 건지, 아니면 돌발적으로 작업 담당 선생님에게 맡긴 건지. 그 답을 알면 스티커를 어디에 붙였는지 추측하기 쉬워져."

"미안해, 난 무슨 말인지 하나도 모르겠어……."

"통로 구조랑 장식품들은 기본적으로 다 똑같으니까."

"무슨 이야기인지 이해했어? 마츠시타."

"대충."

"굉장해, 아야노코지!"

"착안점은 흥미롭지만, 그냥 보물찾기 게임인데 좀 더 쉽게 해도 되지 않을까?"

"······그렇지."

그렇게 말하니, 나는 더 돌려줄 말이 없었다.

일단 이치를 좀 따져두는 편이 나중에 후회 없다고 생각한 것뿐인데.

"여하튼 좀 아쉽네. 먼저 말한 사람이 있다니."

"아, 아쉬워?"

"나도 좀 더 믿을 만한 파트너를 찾아볼까. 그럼 안녕."

서서 얘기해봐야 우리 모두 기회만 놓칠 뿐이니까.

3

보물찾기가 시작된 지 한 시간이 다 되어갈 때 즈음. 많은 참가자가 뿔뿔이 흩어져서 수십 명씩 모여 있는 장면은 이제 볼 수 없게 되었지만, 그런데도 계속 스쳐 지나가다 보니 같은 곳을 열심히 뒤지는 모습을 발견할 수 있었다.

심리적으로 제일 처음 발견한 이차원 코드를 스캔하기란

어렵다.

　그게 가장 난관으로 보이는 이차원 코드였다고 하더라도, 다른 기준이 없기 때문이다. 우리까지 포함해 50만 포인트, 100만 포인트짜리 이차원 코드를 찾아놓고도 보류하거나 패스하는 학생 역시 아마 일정 비율 있으리라.

　"좋은 아침입니다, 아야노코지 선배."

　"음? 아아, 안녕, 나나세."

　뒤에서 다가오는 기척에 누군가 했는데 나나세였다.

　오늘도 휴일이 시작된 뒤 연속으로 마주치는 기록을 갈 아치웠군.

　"……누구?"

　무슨 이유인지 사토가 노골적으로 경계심을 드러내며 나나세를 노려보았다.

　반면 나나세는 그 시선을 불쾌하게 여기지도 않고 머리 숙여 인사했다.

　"저는 1학년 D반 나나세 츠바사라고 합니다."

　"흐음……. 1학년처럼 보이지 않네."

　어떤 부분을 보고 사토가 내뱉듯 말하자, 나나세가 의아한 듯 고개를 갸우뚱거렸다.

　"그런가요? 나이 많아 보일 정도로 점잖은 편은 아닌데."

　"뭐래? 어디가 그렇다는 거야? 눈을 씻고 봐도 점잖은데!"

　"그런가요? 칭찬이신 거면 기쁘네요. 더 점잖아질 수 있도록 매일 노력하겠습니다."

"거기서 더 점잖아져도 큰일이지. 아니, 그보다도 뭘 어떻게 노력해서 더 점잖아지겠다는 거야?"

자기도 점잖아지고 싶은지 사토가 살짝 몸을 앞으로 내밀며 물었다.

"구체적으로 설명하긴 어려운데요……. 으음, 마음의 성장은 절대 빼놓을 수 없다고 생각합니다."

"마, 마음? 우유를 마시거나 매일 마사지하는 게 아니라?"

"물론 그렇게 신체적 성장을 촉진하는 행위도 점잖음으로 이어진다고는 생각하지만, 저 같은 경우는 역시 마음부터예요."

"호오…… 처음 들어 봐. 왠지 설득력 있는 것 같기도 하네."

감탄하는 건 좋지만 사토, 아무래도 나나세와 말이 통하지 않는 것 같은데…….

"나나세도 보물찾기 중?"

"앗? 아아, 아니요, 저는 아니에요. 그냥 오늘은 쉬고 싶어서."

보물찾기에는 참가하지 않은 모양이었다. 하지만 그렇다면 여기에 왜 온 거지?

"오늘도 아야노코지 선배는 기운이 있어 보여서 다행이네요. 그럼 저는 이만 가볼게요."

나나세와 헤어진 직후 나카이즈미와도 엇갈렸다.

"나카이즈미인가."

"음? 나카이즈미가 왜?"

지난 며칠, 신경 쓰지 않으려고 했는데 역시 우연은 아닌 것 같다.

나나세와 매일 마주치는 건 단순한 우연이 아니다.

우선 첫 번째로, 나나세는 내 동태를 일일이 확인하기 위해 접촉하려 하고 있다.

사흘째에는 갑판에서 점심 식사 중이던 나나세를 내가 먼저 발견했지만, 설령 내가 거기 가지 않았더라도 나나세가 움직이지 않았을까?

그리고 그런 나나세의 뒤를 밟고 있는 나카이즈미.

매번 나나세의 뒤를 쫓고 있는 건 아닐 수도 있지만, 무슨 꿍꿍이가 있음은 확실하겠지. 그리고 나카이즈미의 배후에는 십중팔구 류엔의 그림자가 숨어 있다.

나와 나나세의 관계를 파악하려는 건가 생각해보기도 했지만, 나카이즈미는 나를 의식하는 행동을 조금도 보이지 않았다. 그렇다면 순수하게 나나세를 마크하고 있다고 보는 편이 맞겠지.

나나세를 마크하는 이유를 살짝 추리해 보았다. 류엔은 코미야 무리를 다치게 만든 범인을 찾고 있다. 그것과 관련 있다면 나나세는 완전히 결백하다. 그 부분은 스도와 이케의 증언으로도 확실히 할 수 있겠지. 그렇다면 왜 나나세를 감시하는 것일까. 그날 아마사와를 본 건 나와 그녀와의 공통된 인식이지만, 나나세가 그 이상의 정보를 감추고 있다면 이야기가 달라지겠지. 지금 생각해도 더 알수는 없다. 일단 머릿속에 넣어두자.

"아, 찾았어, 아야노코지! 저기 잘 안 보이는 곳에!"

사토가 기뻐서 소리치며 손가락으로 가리켰다.

시야에 거의 들어오지 않는 스탠드 조명 커버 안쪽.

그곳에 이차원 코드가 몰래 붙어 있었다.

다행히 지금은 우리 말고 아무도 없다.

"하지만 이게 몇 포인트나 될지는 찍어보지 않으면 모르는 거지?"

"어렵다."

제일 매수가 많은 이차원 코드는 아닐 것도 같았지만, 찾아내기 어려운 곳 같기도 하고 아닌 곳 같기도 해서 판단이 잘 서지 않았다.

"어떻게 하지?"

"글세……."

하지만 그냥 버리기에 아까운 이차원 코드인 것은 틀림없다.

나는 스마트폰을 꺼내 카메라 모드를 켜서 이차원 코드에 갖다 댔다.

"앗? 괘, 괜찮아? 스캔해도?"

"아니, 그러지는 않을 거야."

"뭐?"

나는 촬영 버튼을 눌러서, 확대한 이차원 코드를 사진으로 저장했다.

"뭐 하는 거야?"

"받을 수 있는 프라이빗 포인트가 높을 것 같은 이차원 코드는 이런 식으로 사진을 찍어두는 거야. 만약 앞으로 다른 데서 괜찮은 이차원 코드를 못 찾으면, 사토의 스마트폰으로 내가 찍은 이차원 코드를 읽으면 되니까."

"뭐? 그, 그런 거야? 사진에도 반응해?"

"선명하게 찍기만 하면 문제없이 기능해."

과거에 찾은 이차원 코드를 스캔하기 위해 다시 돌아오는 것은 너무 비효율적이다. 다른 라이벌들이 선수 칠 수도 있지만, 여러 장을 찾아서 저장해두면 여차할 때 닥치는 대로 인식시킬 수 있다. 그중 하나라도 걸리면 포인트를 얻게 된다. 한 대라도, 이차원 코드에 카메라를 대서 URL을 뜨게 만드는 것은 가능하다.

하지만 우리가 쓰는 스마트폰으로는 접속하지 않고 그 URL을 복사하는 것이 기능상 불가능하다. 그래서 URL을 저장할 생각이면 나중에 직접 손으로 입력해야 한다. 만에 하나 URL을 잘못 눌러버리면 승인 처리되어 포인트가 들어와 버릴 수 있다.

"학교에서 팀을 짜는 건 이점만 있다고 했었는데, 포인트를 공유하는 것만이 아니야. 스마트폰 두 대를 이용하면 시간을 단축할 수 있는 데다가, 사고 방지에도 유용해."

그렇게 말하긴 했지만, 스타트 대시에 당황한 학생들은

놓치고 있을지도 몰라도 이 정도 잔기술은 다른 많은 학생 역시 실제로 쓰고 있을 터다.

여하튼 이제는 이 이차원 코드가 다른 사람 눈에 띄지 않기를 바랄 뿐이다.

스탠드 조명을 보고 있는 모습을 누군가에게 들킨 즉시 이 장소는 노출된다.

"이동하자."

"응."

우리는 층을 바꿔서 다시 이차원 코드 탐색에 나섰다.

나는 어떤 소파 아래를 손으로 더듬어가며 조사하다가 뭔가 걸리는 게 있음을 알아냈다.

"여기에도 있다."

"알기 쉬운 패턴이네. 똑같이 소파 아래라니."

"사토. 주위 망 좀 봐줄래?"

"응, 그런데 왜?"

나는 소파 앞에 쭈그려 앉아, 고개 숙여 밑을 들여다보았다.

"이런 데 붙은 이차원 코드는 기대할 수 없는 거 아니야?"

"여기는 그렇지."

나는 소파 아래의 바닥이 아니라 소파 밑 부분을 손으로 더듬었다.

보통, 소파 아래의 바닥은 찾아봐도 정작 소파 밑 부분은 보지 않는다.

보지 않는다기보다 보이지 않는다는 표현이 맞겠지만.

하지만 손으로 더듬어보면 감촉이 다르다는 것을 깨닫는다. 소파 밑 부분은 원래 천으로 덮여 있고 편평해야 한다. 그런데 만진 부분에 가로세로 5cm 정도 크기의 뭔가가 걸렸다. 즉, 스티커가 붙어 있다는 뜻.

손에 쥔 스마트폰을 소파 밑에 넣고 촬영했다.

플래시 빛과 함께 암흑 속의 이차원 코드를 사진으로 남겼다.

"앗, 정말이다. 이차원 코드네……! 이건 쉽게 찾을 수 없는 거야!"

만약 단독으로 이 보물찾기 게임에 참가했다면 이 이차원 코드를 스캔하기란 쉽지 않으리라. 플래시 기능을 켜면 촬영 후에 이차원 코드를 찍은 상태로 보존은 가능하나 자기 스마트폰으로 스캔할 방법이 없다.

그렇다고 소파를 뒤집으면 일이 꽤 커져서 눈에 띄기 때문에 다른 학생들에게 들킬 테니, 실질적으로 이런 이차원 코드는 그 자리에서 바로 스캔을 각오해야 한다.

하지만 나는 이 사진을 파트너인 사토가 인식하게 만들면 되기 때문에 수월하게 작업할 수 있다.

"머리 좀 썼네, 학교도."

새 인식 후보를 발견한 후 우리는 계속 움직이기로 했다.

선내가 넓다 해도, 학생이 어디든 자유로이 활보 가능한 것은 아니다. 따라서 필연적으로 노는 장소, 쉬는 장소가 집중되기 때문에 예기치 못한 만남도 종종 일어난다.

어떤 남자는 카페로 가기 위해, 또 어떤 남자는 객실로 돌아가기 위해.

전혀 무관한 곳으로 향하던 두 사람이 복도에서 대면한다.

둘 다 가운데로 걷고 있었는데 길을 비켜주는 모습은 전혀 보이지 않았다. 거의 동시에 서로를 알아차린 두 남자는 1m 정도 남겨두고 걸음을 멈추었다.

"여어, 류엔. 저번에는 여러모로 신세 졌다."

먼저 입을 뗀 사람은 1학년 D반 호우센 카즈오미.

"안 누워 있어도 되냐? 이왕이면 1주일 더 잠이나 처자는 게 어때."

그 말에 류엔 카케루도 응수했다.

"안심해. 이런 데서 네놈을 반쯤 죽이고—— 아니 아예 죽여 버려도 성에 차지 않으니까. 죽일 타깃이 한 놈에서 두 놈으로 늘어나서 바빠질 것 같다."

"똑같은 상대에게 두 번 지면 그 꼴도 참 우습지. 무리하지는 마라."

서로 도발하면서도 절대 주먹을 들지는 않았다.

"핫. 그나저나 네놈, 1학년한테서 편승 카드 효과를 몰래

사들였다며? 나구모인가 하는 3학년한테 걸게 했다던데 꽤 많이 번 거 아니야?"

"크큭. 누가 말했냐? 계약서 써서 입막음해뒀는데."

류엔은 무인도 시험 전, 편승 카드를 가진 1학년에게 접근해 계약을 맺었다. 지정한 그룹이 입상했을 경우 얻은 포인트를 전부 주겠다고 한 것. 상위 50% 이상을 점하면 얻을 수 있는 포인트는 3만뿐. 따라서 그 이상의 대가를 내면 자연스레 권리를 버리는 사람도 나오기 마련이다. 결과적으로 류엔은 나구모를 알아맞혔고, 28만이라는 보수를 계약한 학생 수만큼 얻었다.

이 사실은 류엔과 같은 반 사람들도 대부분 모르고, 실행하는 데 이용했던 동료들만 알았다.

"내 신발이라도 핥으면 조금은 콩고물을 떨어트려 줄 수도 있고? 고릴라."

웃음을 터뜨린 류엔은 단 한 번도 주머니에서 손을 빼지 않고 다시 걷기 시작했다.

호우센은 그대로 막고 서 있을 수도 있었지만, 옆으로 살짝 비켜 길을 터주었다.

이시자키가 호우센을 경계하면서도 허둥지둥 류엔의 뒤를 따랐다.

호우센 역시 뒤돌아보지 않고 혼자 위풍당당하게 복도 가운데를 걸어갔다.

"여전히 무서운 놈이에요. 그래도 겁먹고 길을 열어줬

네요."

"잘도 겁먹었겠다, 저놈이."

"하지만······."

"자기한테 반박했다간 다음에는 네놈이 양보하게 만들어주겠다는 결의를 보인 거지."

뿜어져 나오는 살기와 폭력성을, 스쳐 지나가는 순간 류엔은 똑똑히 느꼈다.

"성가시네요."

"내버려 둬라. 저놈이 성가신 상대라는 건 알지만, 지금은 범인 찾기가 우선이니."

"네. 지금 니시노 녀석이 압박하고 있어요."

스마트폰을 꺼내 확인한 이시자키가, 이제부터 앞장서겠다는 듯 류엔을 안내했다.

그리고 잠시 후, 목적지에 도착한 류엔과 이시자키.

이시자키가 다음 말을 꺼내기도 전에 류엔이 먼저 한 여학생에게 다가갔다.

"나나세 츠바사지?"

"네, 저에게 무슨 일이시죠?"

못 가게 잡혀 있던 나나세가 당황한 기색도 없이 류엔을 쳐다보았다.

왜 자신이 일 년 위 선배에게 찍혔는지 이해하지 못하고 있었다.

"미안하지만 잠시 시간 좀 내야겠다."

원래는 류엔 혼자 또는 이시자키와 둘이면 충분하지만, 이번에는 잡아두기 위해 투입했던 여학생 니시노도 계속 동행시켰다. 남자끼리만 후배 여자애를 에워싼 이 상황이 자신들에게 불리하기만 하지 유리할 일은 없음을 잘 알았기 때문이다.

　"너한테 무인도 시험 일로 물어볼 게 있어."

　"시험, 말인가요?"

　아직 상황 파악을 하지 못한 나나세지만 다음 말에 이해했다.

　"코미야가 다쳤어. 난 그 범인이 누군지 찾고 있고."

　"그런데 왜 저를?"

　"그때 사건 현장에 제일 먼저 달려온 사람은 스도, 아야노코지, 이케, 혼도, 그리고 너까지 다섯 명. 스도와 이케, 혼도 놈이 어떤 단서를 찾아내는 건 무리야."

　"그럼 같은 2학년 아야노코지 선배에게 물어보면 되지 않나요?"

　"물론 상황에 따라서는 그놈한테도 물어볼 거야. 하지만 우선 너부터다. 무인도 시험 때 아야노코지랑 붙어 다녔다던데, 이유가 뭐야?"

　"그 사건이랑은 아무 상관 없는 것 같은데요."

　"사건과 상관있는지 없는지 판단하는 건 이야기를 듣고 나서다."

　고압적인 태도의 류엔에게 추궁당하면 대부분은 전부

자백하고 만다.

"죄송하지만 저는 드릴 말씀이 하나도 없어요."

하지만 나나세는 허둥대기는커녕 냉정하게 거절했다.

그리고 머리 숙여 인사한 다음 가려고 하자, 류엔이 다리를 들어 벽을 박찼다.

"너한테 말하고 말고를 결정할 권리는 없어."

"많이 난폭하시네요. 이런 상황을 누가 봤다간 문제가 생길 것 같은데 말이죠."

"걱정하지 마. 그렇게 되지 않도록, 몇 명이 망을 보고 있으니까."

"코미야 선배가 류엔 선배와 같은 반이라는 사실은 잘 알았습니다. 하지만 저는 별로 도움이 되지 않을 거예요. 아무런 단서도 갖고 있지 않거든요."

"그래? 그런 것치고는 요 며칠 잘도 돌아다니던데?"

"무슨 말씀이신지."

똑바로 바라보며 모르겠다고 대답했지만, 류엔에게는 빈틈을 파고들 기회였다.

"다른 애들은 논다고 정신없는데, 넌 종일 1학년 C반 쿠라치를 감시했잖아?"

"앗……."

이때 처음으로 나나세가 눈을 크게 뜨며 동요했다.

"코미야한테 사정을 들었을 때, 너 그리고 혹시 몰라서 스도와 이케, 혼도한테도 감시를 붙였지. 다른 세 명은 멍

청이같이 놀러만 다녔는데, 이 배 위에서는 그게 정상적인 행동이야. 하지만 넌 전혀 놀지 않고 특정 1학년만 따라다녔어. 이상하잖아."

"단순한 우연입니다."

"우연? 오늘은 보물찾기다 뭐다 하면서 많은 애들이 게임을 즐기고 있어. 쿠라치 놈도 참가했는데 너는 안 했지. 그런데도 넌 니시노한테 잡힐 때까지 계속 쿠라치의 뒤를 따라다녔잖아. 오늘의 그 행동도 우연인가?"

게임에 참가하면 이차원 코드를 찾는 척해야만 한다.

하지만 불참하면 그런 수고를 생략할 수 있다.

쿠라치를 감시하는 것에 집중한 나나세는 자신을 감시하는 존재를 미처 알아차리지 못했다.

"저도 미숙하네요. 연일 뒤를 밟혔는데 눈치도 못 채고. 놀랐습니다."

"너한테 먼저 온 걸 고맙게 생각해라."

"훌륭하시네요, 류엔 선배. 하지만 코미야 선배의 일과 쿠라치 군의 일은 무관합니다."

"그래? 그럼 쿠라치한테 직접 물어볼까?"

"그건 곤란합니다."

"그럼 네가 아는 걸 말해. 아니면 『누군가』의 지시 없이는 아무것도 말할 수 없나?"

"그렇지 않습니다. 하지만 무관한 건 무관한 거라."

"같은 말 반복하게 하지 마. 그걸 판단하는 사람은 네가 아니다. 바로 나지."

지금까지 미소를 무너뜨리지 않았고 지금도 여전히 웃고 있는 류엔이었지만 풍기는 분위기가 달라졌다.

옆에서 지키던 이시자키는 지금껏 몇 번이나 류엔의 위압을 느꼈음에도 여전히 익숙해지지 않는 모양이었다. 자기가 추궁당하는 게 아닌데도 굴복당할 것만 같았다.

"아닙니다. 류엔 선배에게 그 판단을 할 권한은 없어요."

하지만 나나세는 조금도 동요하지 않고 류엔의 눈을 똑바로 바라보았다.

"뭘 망설이는 거야. 그냥 빨리 행동하면 그만이잖아."

과연, 나나세 츠바사는 망설이고 있었다. 그 고민의 씨앗이 싹트기 시작한 것은 무인도 시험 중반. 쏟을 곳 없는 분노를 아야노코지에게 터트려버리고 만 날, 흉기를 가지고 있던 아마사와가 나나세 앞에 나타난 날로 거슬러 올라간다.

아야노코지에 의해 아마사와의 뒤에 어떤 인물이 있음을 짐작했을 때의 일.

그때 아야노코지는 GPS 검색을 거절했지만, 나나세는 텐트를 치자마자 안에서 몰래 GPS를 검색했었다.

하지만 자세히 보지는 않고 아야노코지의 텐트에 숨어들었다. 만약 경솔하게 조사했다가 뭔가를 알게 되면, 그 놀라움과 동요를 들킬 게 뻔했기 때문이다. 그런 내밀한 GPS 검색 결과, 나나세와 아야노코지에게 접근한 인물은 아마사와를 제외하고 두 사람. 2학년 쿠시다 키쿄와 1학년 쿠라치 나오히로. 원래라면 둘 다 조사해야 하지만, 2학년 쿠시다는 아야노코지와 같은 반이기도 해서 뒤로 미루었다.

그리고 그 건과 별개로 아야노코지에게 이변이 일어나지 않았는지 확인하기 위해, 그리고 때에 따라서는 그를 지키기 위해 정기적으로 접촉을 도모했는데 그 부분은 아직 눈치채지 못한 듯했다.

"시간 아깝네. 물어보러 가야겠군."

단념한 듯 고개를 푹 숙이고 있던 나나세가 바로 고개를 들었다.

"죄송하지만, 그가 이차원 코드를 찾아 어디로 갔는지 저는 몰라요."

류엔이 살짝 웃은 후 스마트폰을 꺼냈다.

"쿠라치 어디 있어? 4층 객실 플로어? 어, 바로 갈게."

이렇게 될 것까지 전부 예측한 류엔은 짧은 통화를 마치고 스마트폰을 주머니에 넣었다.

"저를 떼어놓은 후 쿠라치 군을 감시했나 보군요."

"너와 달리 나에게는 손발과 눈, 귀가 되어줄 놈들이 많아서."

"정말로 무관할지도 몰라요, 쿠라치 군은."

"너한테 그런 말을 들을 필요 없어. 하나씩 지워나가면 되는 것뿐이니."

나나세도 류엔도, 지금 쫓아야 할 단서는 쿠라치밖에 없었다.

"같이 갈지 말지 빨리 판단해."

여기서 나나세가 거부하면 류엔은 단독으로 쿠라치를 추궁하리라는 것은 굳이 상상할 필요도 없다.

나나세는 고개를 한 번 끄덕인 후, 류엔과 함께 쿠라치에게 가기로 했다.

그리고 잠시 후, 이차원 코드를 찾고 있는 쿠라치와 그의 파트너로 보이는 타구리를 찾아냈다.

"우선은 저와 쿠라치 군 둘이서만 얘기하게 해주세요."

"뭐?"

"정보를 잘 끌어내 볼게요."

"네가 나에게 그 정보를 공유한다는 보장이 없잖아."

"저를 믿어보시는 수밖에요."

"미안하지만 못 믿겠는데."

"그래도 믿는 수밖에 없습니다. 반드시 전부 보고할게요."

"뭐, 좋아. 하지만 허튼 수 부렸다간 여자라도 안 봐준다."

"알아요."

류엔은 니시노와 이시자키에게 턱으로 지시해 타구리를 쿠라치에게서 떨어지게 했다.

2학년, 그것도 이시자키 무리가 부르니 얌전히 따를 수밖에 없다.

"잠시 얘기 좀 할 수 있을까요, 쿠라치 군."

"앗? 너는 D반의 나나세…… 맞지?"

타구리가 선배에게 불려가서 동요한 쿠라치는 초조해 보였다.

"물어보고 싶은 게 있어요."

"미안한데, 난 지금 보물찾기 중이어서 시간이——."

"쿠라치 군이 무인도 시험 때 아야노코지 선배를 노렸던 이유가 뭔지 알려주세요."

"뭐? 무, 무슨 소리야."

여유롭게 굴었다가는 언제 류엔이 올지 모른다.

둘만 있을 때 이야기를 들을 필요가 있었다.

"감춰도 소용없어요. 시험 7일째, 폭우가 쏟아졌던 날 저는 GPS 검색으로 주위에 누가 있었는지 알아냈습니다. 주위에는 아마사와 씨 그리고 당신뿐이었어요. 현장 근처에는 흉기도 있었죠. 발뺌할 생각 말아요."

"도통 무슨 말인지 모르겠어!"

소리를 지르며 부정한 쿠라치가 달아나려고 하자, 나나세가 팔을 붙잡았다.

"뒤에 2학년 선배 보이죠? 저 선배는 아야노코지 선배를 공격하려 한 범인을 찾느라 필사적이에요. 상황에 따라서는 주먹질도 서슴지 않겠지요."

"뭐, 뭐라고? 우, 웃기지 마!"

"쉿. 너무 크게 소리쳐서 반감을 사지 않는 게 신상에 좋아요."

"윽! 하, 하지만 나는……나는 그냥……!"

"그냥?"

"······아야노코지 선배를 공격하면 돈을 주겠다고······ 그래서······."

"공격하면 돈을, 주겠다고요?"

"평소 같으면 안 받아들였을 거야. 하지만 나, 프라이빗 포인트를 써버려서, 게다가······."

"게다가?"

"공격하는 『척』만 해도 된다고, 큰일은 없을 거라고 했단 말이야. 나 별로 잘못을 저지르지도 않았어. 알잖아?"

하긴 공격하는 척만이라면 농담의 범주에서 끝낼 수도 있다.

"쿠라치 군에게 돈을 줄 테니 공격하는 척하라고 명령한 사람이 누구죠? 그리고 언제?"

"그게······ 무인도 시험 전이야······."

"시, 시험 전이라고요?"

예상치 못한 시기여서 나나세도 깜짝 놀랐다.

"그러니까 처음부터 다 계획되어 있었다는······ 거군요."

"그리고 누군지는 나도 몰라. 프라이빗 포인트가 그냥 들어와 있었어."

"──거짓말."

"앗?! 거, 거짓말 아니야."

"분명 뭔가를 알면서 감추고 있는 것처럼 보여요."

"난 아무것도······!"

"쿠라치 군은 자세히 알고 있다고 생각하는데요. 그때 쿠라치 군이 한 그 행동 때문에 류엔 선배와는 별개로 호우센 군의 계획에도 변경이 생기고 말았습니다."

갑자기 다른 이야기를 꺼내자 쿠라치가 인상을 찌푸렸다.

"지금 그는 필사적으로 범인을 찾고 있어요. 만약 제가 이 사실을 알리면 어떻게 될까요? 분명 호우센 군은 앞뒤 가리지 않고 쿠라치 군에게 주먹을 휘두르지 않을까요?"

2학년 류엔에 1학년 호우센까지. 싸움꾼 둘이 노리고 있다고 위협했다.

"자자자, 잠깐, 잠깐만! 알았어, 말하면 되잖아! 말할 테니까 그건 좀 봐주라고!"

목소리는 작았지만, 필사적으로 호소했다.

1학년 중에 가장 꺼리고 두려워하는 호우센.

그 이름의 효력은, 시험 삼아 써 본 나나세도 상상 이상의 효과를 실감하게 했다.

"……같은 반 우토미야야."

"우토미야 군이라고요?"

"그래. 특별시험이 끝나면 돈을 줄 테니까 아야노코지 선배를 공격해줬으면 좋겠다고 했어."

"정말이에요?"

"진짜 진짜 정말이라고!"

쿠라치의 눈을 본 나나세가 고개를 끄덕였다.

"믿을게요, 쿠라치 군. 마지막으로 하나만 더 물어보겠습니다. 코미야 선배 일행이 다친 건에 대해서는 뭔가 아는 게 없나요?"

"코미야 선배? 무슨 소리인지 모르겠어. 아니, 정말로 모른다니까. 어쨌든 내가 관련되어 있다고 절대로 호우센한테 말하면 안 돼. 알겠지?"

"알겠습니다, 약속할게요."

쿠라치에게 가라고 말한 후 동시에 타구리도 놓아주었다.

바로 다가온 류엔이 나나세에게 정보를 요구했다. 쿠라치는 코미야 사건에 관해 하나도 모르는 듯했지만, 그 사실을 그대로 전해도 류엔은 믿지 않을 것이다. 멀리서 보였다지만 뭔가 알고 있는 정보를 나나세에게 말했다는 것은 느껴졌을 테니까.

"그가 말하기로…… 우토미야 군이 뭔가 알지도 모른다고 합니다."

"우토미야?"

"쿠라치 군과 같은 1학년 C반의 우토미야 리쿠 군입니다."

류엔은 곧바로 스마트폰을 꺼내 OAA로 우토미야의 얼굴과 능력을 확인했다.

"처음 보는 놈이군. 신체 능력이 A라."

"우토미야 군이라면 코미야 군 모르게 뒤에서 밀 수 있지만, 아직 확정 지을 수는 없어요."

"보이는 게 있네, 여러 가지로."

"……어쩌실 셈입니까?"

"뻔한 거 아냐? 우토미야라는 놈을 잡아 족쳐서 입을 열게 만들어야지."

"기다리세요. 그건 찬성할 수 없습니다."

만약 우토미야가 화이트 룸생이라면 천하의 류엔이라도 상대하기 어렵다.

무엇보다 아야노코지에게 허락을 구하지 않고 여기까지 온 것도 칭찬받을 일이 아니다.

"결정적 증거가 없는 사건…… 아니, 사안입니다. 만약 우토미야 군이 범인이라고 해도 결백을 주장한다면 그것으로 끝 아닌가요?"

"지금 쿠라치가 토해냈듯이 어떻게 협박하느냐에 달렸잖아?"

"쿠라치 군이야 지난 며칠 동안 그를 따라다녔고 미리 조사가 되어 있었기 때문에 가능했어요. 성격을 고려해도 밀어붙이면 넘어온다고 판단했어요. 하지만 우토미야 군은 아직 미지수입니다."

"그래서 나더러 어쩌라고?"

"저에게 시간을 주세요. 물론 그냥 달라는 말은 아닙니다."

"호오? 계속 말해봐."

"쭉 말하지 않고 있었지만, 코미야 선배의 사건에 류엔 선배가 모르는 목격자가 있어요. 그게 누구인지 알려드릴 수 있습니다."

"누군데."

"지금은 말씀드릴 수 없어요. 우토미야 군에게 접촉하지 않으시면 알려드리죠."

"나를 상대로 강하게 교섭하시겠다? 뭐 좋아, 그 조건 받아들이지."

"감사합니다. 자세한 이야기는 나중에 다시 연락드려서 말씀드리겠습니다."

"단, 거짓말이면 그때는 그에 따른 각오를 해야 할 거야."

"거짓말 아닙니다."

"크큭, 그러시겠지. 내 인내심이 바닥나기 전에 연락해라."

작게 대답한 나나세는 고개를 끄덕인 후 그 자리를 떠났다.

5

이차원 코드를 몇 장 더 찾았지만, 포인트가 많아 보이는 것은 아직 한 장뿐.

눈에 들어오는 범위만 해도 몇몇 학생들이 코드를 찾아다니는 모습이 보였으니, 경쟁률은 절대 낮지 않으리라.

참가자 이외의 인해전술은 금지된 만큼 대놓고 부정을 저지르는 학생은 없겠지만, 그래도 참가자가 200명이 넘으니 이렇게 되는 것은 피할 수 없다.

문득 사토가 멈춰 선 것을 알아차리고 뒤돌아보았다.

"난 어떤 걸 열심히 하면 될까. 뭘 노력하면 반에 민폐 끼치지 않을 수 있어?"

"왜 그래, 갑자기."

"미안, 이상한 걸 물어봐서. 하지만 갑자기 생각한 건 아니야. 무인도 시험 전부터 생각했어. 나는 우리 반에 도움이 되는 존재일까 하고."

그렇게 말한 사토가 자신의 두 손바닥을 바라보았다.

"적당히 재미있게 고등학교 생활을 보내고, 어디든 취직할 수 있다고 붕 떠 있던 입학 전의 나에게 알려주고 싶어. 여기는 평범한 고등학교가 아니라 정말 말도 안 되는 곳이라고."

조금 나쁘게 표현하자면 사토는 일반 고등학생보다도 전체적으로 능력이 떨어진다.

다만, 카스트는 상위에 있고 발언력도 나름대로 있다.

학력과 신체 능력, 소통 능력은 각각 난도가 다르지만, 대부분은 어느 정도 노력하면 향상될 수 있다.

이해하기 쉬운 예로 스도의 이름을 제일 먼저 들 수 있겠다.

학년 최하위의 학력이었던 스도는 눈부신 활약을 보이며 단숨에 학력을 끌어올렸다.

거기서도 엿볼 수 있듯, 중요한 것은 발전 가능성이다.

"반을 위해 노력하려면 역시 공부를 빼놓을 수 없지."

"윽…… 그렇지."

알겠습니다. 하고 사토가 고개를 푹 숙이며 볼을 긁적였다.

"아, 아야노코지가 공부 가르쳐주거나…… 하진 않겠지?"

"내가?"

그렇게 되물은 직후, 사토가 당황하며 양손을 눈앞으로 내밀고 마구 흔들었다.

"미안, 미안! 방금 한 말은 잊어줘! 카루이자와한테 혼나……!"

"호리키타한테 배우면 되지 않을까?"

"호리키타한테? 하지만 나 별로 안 친한데?"

별로, 라는 표현도 상당히 부드럽게 포장한 것이리라.

거의 1년 반 동안 사토는 호리키타와 친구라고 말할 만한 행동을 하지 않았다.

"친해질 필요가 있는지는 차치하고, 공부 잘 가르치는 걸로는 정평이 나 있다고 생각하는데. 왜, 천하의 스도도 그 정도로 만들었잖아."

호리키타의 인간성과 가르치는 방법까지 자세히 말해줄 필요는 전혀 없다.

학년 최고의 문제아 스도를 그만큼 키워내지 않았는가.

"어느새 스도한테 밀리긴 했어……. 하긴."

"반 최하위, 학년 최하위라는 불명예스러운 칭호를 떼고 싶지 않아?"

"바, 반드시."

사토는 그 최하위 후보 중 하나이기도 했기 때문에, 그 점에서 위기감이 몹시 컸다.

"그럼 아야노코지한테 주선 좀 부탁해도 될까?"

"그 정도로 된다면 나야 기꺼이."

반의 학력 향상이 기대되는 일이라면 호리키타도 거절하지 않겠지. 그리고 호리키타의 주위에 동성이든 이성이든 사람이 늘어나면 지금보다 복잡해지겠지만 스도도 싫다고는 하지 않으리라.

6

"호리키타 선배, 교대 시간입니다. 쉬세요."

보물찾기 게임이 시작되고 두 시간 정도 지나 정오가 되었을 때, 다음 보수 확인을 할 야가미가 다가와 말했다. 나는 1학년 명부를 덮고 천천히 고개를 들었다.

"별로 피곤하지도 않고, 이대로 계속 내가 확인해도 괜찮아."

지금 이렇게 사람이 별로 없을 때 자유롭게 명부를 볼 수 있는 시간을 소중히 여기고 싶다.

"그렇게는 안 되죠. 저에게는 제가 해야 할 일이 있어요. 그걸 호리키타 선배께 맡긴다면 학생회 멤버라고 할 수 없습니다."

"……그렇구나. 네 말이 맞아."

편할 수 있다면 편하게 있고 싶다. 그렇게 생각하는 사람이 학생회에 들어올 리 없다.

나는 고집부리지 않고 의자를 뒤로 밀었다.

"고마워. 그럼 사양하지 않고 쉴게."

"당연하죠."

그럼 이제 2시부터 다시 보수 확인을 돕고 나면 내 역할은 끝.

일하는 시간으로 보면 그리 큰 부담이 아닌데…….

"호리키타 선배. 현재까지 보수를 받은 사람이 얼마나 됩니까?"

명부를 보면서 야가미가 물었다.

"팀까지 합해 총 50명 정도? 50만 포인트를 얻은 학생도 있지만, 다들 의외로 잘못 스캔해서 5,000포인트에서 그친 학생이 많은 것 같아."

"자기만 찾았을 것 같은 이차원 코드는 다른 사람에게 뺏기고 싶지 않을 테니, 무심코 성급하게 스캔해버리는 거겠죠. 왠지 이해됩니다."

그 이차원 코드를 놓치면 다음에 또 찾을 수 있다는 보장도 없으니까.

그보다도 마음에 걸리는 건 야가미와 함께 이곳에 찾아온 또 한 사람의 존재였다.

야가미가 그 사람 쪽으로 몸을 돌리며 환하게 웃었다.

"그럼 쿠시다 선배, 또 봐요."

두 사람이 중학교 시절에 가까웠다는 이야기는 들었는데, 그 관계가 이 학교에서도 이어지고 있는 모양이다.

"응, 다음에 봐, 야가미."

친하게 그를 보내는 그녀의 모습은 단순한 친구를 넘어선 것처럼 보이기도 했다. 친구 이상 연인 미만이라는 단어에 해당하는 듯한 관계라고 할 수 있을까.

"혹시 무슨 일 생기면 연락해, 바로 달려갈 테니까."

"알겠습니다. 감사합니다."

야가미는 아직 학생회 일을 조금밖에 거들지 않았지만, 일을 적절히 처리할 줄 알고 높은 소통 능력을 갖추고 있다.

믿고 다음 일을 맡길 수 있다는 의미에서도 믿음이 가는 후배로, 같은 시기에 학생회에 들어온 두 1학년보다 훨씬 유능한 것은 틀림없었다.

아직 먼 이야기이기는 하지만, 우리 다음 세대 중에서 학생회장 후보 1순위라고 할까.

내가 맡은 구역에서 벗어나자 쿠시다도 야가미 옆에 있지 않고 자리를 떠났다.

일을 방해하면 안 되니 당연하다면 당연하지만.

나와 나란히 걷기 시작한 데에는 어떤 의미가 있다고밖에 생각되지 않는다.

"야가미랑 같이 있었나 보네. 그런데 쿠시다는 보물찾기에 왜 참여 안 했어?"

"으음. 그냥 게임이 별로 내키지 않아서. 그런 애들도 꽤 있을걸?"

"하긴 2학년과 3학년의 참가율이 생각보다 높지 않았어."

고액의 프라이빗 포인트를 얻을 기회보다 휴일을 우선했다는 것.

단순한 휴일이면 모를까, 이 배에서 지내는 시간은 소중하니까.

"호리키타는 이제부터 쉴 거지? 괜찮으면 같이 점심이라도 먹지 않을래?"

"나랑?"

웬일로 쿠시다가 먼저 말해서 나는 의아함을 감출 수 없었다.

"내가 밥 먹자고 해서 이상해? 하긴, 이상하긴 하겠다."

재미있다는 듯 웃으면서, 누구에게나 보여주는 형식적 미소를 무너뜨리지는 않았다.

지금은 고민할 필요 없다.

"좋아, 학생회 일도 남아 있고 뭐라도 먹어두면 좋겠다고 생각했어. 그런데 갑자기 호출할지도 몰라서. 매점에서 사 먹어도 될까?"

"물론이야."

이런 식으로 쿠시다가 먼저 제안할 기회는 분명 그리 많지 않을 것이다.

내 안에 풀리지 않고 남아 있는 의문을 풀기에 좋은 기회일지도 모른다.

"소박한 의문이 있는데 물어봐도 될까?"

시간을 아끼기 위해 나는 걸으면서 말했다.

"호리키타한테 밥 먹자고 한 이유?"

"그것도 있지만——."

"내가 야가미랑 친하게 지내는 이유?"

내가 느낀 의문을 쿠시다는 당연하다는 듯 알고 있었던 것 같다.

"안 궁금한 게 이상하지."

그녀가 평소 같으면 이해하기 힘들 행동을 하는 게 줄곧 마음에 걸렸다.

"넌 중학교 때의 과거를 감추려 하고 있어. 그래서 같은 중학교 출신인 나 그리고 과거를 알아버린 아야노코지를 눈엣가시로 여기고 있지……. 이건 앞뒤가 맞아."

쿠시다는 앞을 본 채 귀만 기울이고 있었다.

"만약 야가미가 아무것도 모른다고 해도 넌 특정 남자하고만 친하게 지내는 걸 피하는 인상이 강했어. 표현을 조금 나쁘게 하자면 누구에게나 친절한 가식적인 사람, 좋게 말하면 누구에게나 차별 없이 대하는 사람이라고 생각했어."

"그거, 굳이 나쁘게 표현할 필요는 없는 거 아니야?"

"……그러네. 기분 상했으면 미안해."

"아하하, 화난 거 아니니까 안심해."

의도적으로 나쁘게 말하려던 것은 아니었는데, 개인적

으로 느낀 인상을 내뱉고 말았다. 경솔했다고 생각했지만, 이미 뱉어버린 말은 도로 주워 담을 수 없다.

"왜 야가미랑 친하게 지내는 것 같아?"

오히려 문제가 되어 내게 돌아왔다.

"혹시—— 야가미랑 그런 사이라거나?"

직접적으로 표현하기 망설여져서 조금 모호하게 말해보았다.

"그런 사이라니? 사귄다고?"

"……응."

"유감이지만 아무 사이도 아니야. 나, 학교 다니는 동안은 누구와 사귈 마음이 없거든."

그것 또한 모두에게 친절한 캐릭터를 유지하기 위해서 겠지.

남자들 사이에서 쿠시다가 높은 인기를 자랑하는 것은 평소 그런 쪽으로 관심 없는 나라도 잘 아는 일. 그런데 후배든 누구든 간에, 남자친구를 만들게 되면 그 인기에 그늘이 지는 것을 피할 수 없다.

누구보다도 남들에게 잘 보이고 싶어 하는 쿠시다답지 않은 행동이겠지.

"그럼 야가미랑 이렇게 친하게 지내는 이유가 뭐야?"

"그야 뻔한 것 아냐?"

이상한 걸 묻네, 하며 손으로 입을 가리고 웃는 쿠시다.

"방해꾼을 없애려면 일단 좋은 쪽으로 인연을 맺어두는

게 제일이니까."

"⋯⋯그렇구나."

짐작하긴 했지만, 설마 했던 짐작 그대로의 대답과 미소에 기가 눌렸다.

요컨대 나와 아야노코지처럼 야가미도 배제 대상이라는 것.

하지만 그건 그거고, 의문이 전부 해소된 것은 아니다.

"그 애가 네 과거를 알고 있을 가능성은? 절대라고 단언할 순 없잖아?"

"그렇지. 꼭 알고 있다는 보장은 없지."

"그럼⋯⋯."

"하지만 절대 모른다는 보장도 없잖아?"

계속 미소를 유지한 채 쿠시다가 말을 이었다.

"야가미는 나에게 선후배 이상의 감정을 품고 있는 것 같으니까 옆에 붙어 있기가 생각보다 훨씬 쉬워. 그래서 빈틈을 보일 때까지 옆에서 기다리는 중이야."

1%든 2%든, 0%가 아닌 이상 배제한다. 그것이 쿠시다의 기본 방침.

후배인 야가미도 예외가 아니라는 말이네⋯⋯.

"너한테는 눈엣가시가 하나 더 늘어난 것뿐이구나. 나와 아야노코지도 아직 퇴학 못 시켰는데 적을 더 늘릴 셈이니?"

"바보 같다고 생각하지? 호리키타는."

적어도 현명한 행동이라고는 생각하지 않는다.

"애초에 우리는 서로 적대할 필요가 없다고 생각해. 다른 입 가벼운 애라면 모를까, 나와 아야노코지는 입이 무거운데."

왜 이 부분을 받아들이지 못하는지, 지금껏 다룬 것 같으면서도 다루지 못한 영역으로 한 발 깊이 들어갔다.

"그렇다는 보장은? 100%라고 단언할 수 있어?"

"한없이 100%에 가깝다고는 말할 수 있지만…… 그걸로는 납득이 안 되니?"

"내가 지켜야 할 과거를 알고 있다는 것. 그것만으로도 이미 무방비하게 심장을 드러낸 거나 다름없어. 언젠가 그 심장을 호리키타가 움켜쥐려고 들 게 틀림없고."

"이해가 안 돼, 우리는 그런 짓을 할 필요가 없는데."

"필요가 없어서 하지 않는다? 그럼 필요성이 생기면?"

"……그게 무슨 뜻이야?"

"만약에 내가 반의 비밀을 다른 반에 누설하려고 한다면? 배신하고 다른 반으로 이동하려고 한다면? 그때 너희가 『과거 들키고 싶지 않으면 배신하지 마』 하고 못 박을 일은 절대 없다고 단언할 수 있어?"

"그건——."

하긴, 막아야만 하는 상황이 찾아왔을 때 쿠시다의 과거를 건들지 않는다는 보장은 할 수 없다. 반을 지키기 위해 꼭 그렇게 해야만 한다면 마지막 수단을 쓸 가능성이…… 있겠지.

물론 쿠시다는 분명 『날조』라고 둘러대며 달아나려고 할 터.

 하지만 쿠시다의 신용은 금이 살짝 가 있다.

 반 내부 투표 때의 전략 실수가 도리어 눈에 띄는 결과가 되었다.

 "나는 말이지? 이런 이야기를 해야만 하는 상황에 심리적 불안감을 강하게 느끼고 있어. 지금도 속이 울렁거릴 정도로, 사실은 너무 괴롭단 말이야."

 그 말과는 반대로, 웃는 얼굴에 목소리 톤도 여전히 밝았다.

 그녀는 대부분의 분노를 컨트롤하면서 표면상으로 감추고 있다.

 "하고 싶은 말이 뭔지는 대충 알겠는데…… 아무리 그래도 그건 지나친 생각이야. 난 네가 걱정스러워."

 "호오, 그렇구나? 나를 걱정해주고 있구나?"

 "네 정신적인 부담을, 가능하면 덜어주고 싶어."

 "아하하, 걱정 안 해도 돼, 호리키타. 난 괜찮아."

 "괜찮다고?"

 "나도 슬슬, 이 성가신 문제를 끝내고 싶으니까."

 "그 말은……."

 "나 나름대로 그 부담인지 뭔지를 없앨 방법을 고민하고 있다는 말이야."

 그럼 쿠시다가 어떤 해결책을 가지고 나에게 접근했다는

뜻일까?

"생각 많이 했어. 이대로 문제를 점점 끌어봐야 쓸데없는 걸 알게 되는 사람만 늘어날 뿐이라고. 그러니까…… 우선 은 호리키타, 네가 퇴학당해주지 않을래?"

당연히 그녀의 정신적 부담을 덜어내는 가장 합리적인 방법은 나의 퇴학.

물론 받아들일 수는 없다. 무엇보다, 그렇게 한다고 모 든 것이 해결되는 게 아니다.

"이야기가 이어지는 것 같지 않네. 아야노코지는 어떻게 하고? 야가미는? 만약 내가 퇴학당한다고 해도 너에 대해 아는 사람은 남아 있어."

아무리 생각해도 그것으로 정신적 부담이 사라진다고 볼 수 없다.

"아야노코지가 방심할 수 없는 상대라는 건 잘 알아. 하 지만 그거 알아? 아야노코지가 나에게 프라이빗 포인트를 바치고 있다는 거."

"바쳐……?"

이전에 아야노코지에게서 들은 적 있는 이야기였다.

하지만 지금은 모르는 척 되물었다.

"퇴학당하지 않을 방어책이랬나? 즉 나를 적으로 인식 했다는 증거이자, 나를 두려워하고 있다는 거지. 여기서 내가 호리키타를 제거하면 아무리 아야노코지라도 입 다 물고 있을 수밖에 없겠지? 경솔하게 굴었다간 자기도 퇴학당하게 될 테니."

꺼림칙한 미소를 보이면서 얼굴을 살짝 내게 가까이 가져왔다.

"어쨌든 호리키타 이외에는 꼭 빨리 퇴학시키지 않아도 어느 정도 안전해. 그 사이에 아야노코지를 제거할 방법을 또 생각해내면 되고. 야가미는 언제든 손쓸 수 있을 것 같고. 걔는 나를 좋아할 뿐인 성실한 애니까."

그녀의 커다란 눈동자는 색채를 띠는 것 같으면서도 띠지 않았다.

사람은 눈으로 감정을 파악할 수 있는 법인데 쿠시다만은 틀림없이 예외인 듯하다.

반드시 퇴학시키겠다는 강한 의지는 조금도 흔들리지 않았다.

"역시 호리키타를 제일 먼저 제거하고 싶은 이유는 나와 같은 중학교 출신이어서야. 조사하면 그 사실을 알아낼 사람은 얼마든지 있을지도 모르지. 하지만 아야노코지는 고등학교에서 만났으니까, 설령 나에 대해 폭로한다고 해도 거짓말이라고 얼마든지 둘러댈 수 있지 않겠어?"

하긴 쿠시다의 말이 옳다.

만약 나나 아야노코지, 둘 중 누구에게 과거를 폭로당하면 곤란하냐고 묻는다면 같은 중학교 출신인 나일 게 뻔하니까 말이다. 그것도 압도적인 차이로.

"말로는 제거한다고 해도 퇴학시키기가 쉽지 않다고 생

각하지? 그렇게 생각하는 거지? 지난 1년 반 동안 호리키타에게 아무 짓도 못 했으니. 그래, 그건 사실이야. 그러니까 앞으로도 퇴학시킬 수 없다…… 정말 그럴까?"

"우리가 반까지 다른 적이라면 성공할 수 있을지 모르지. 하지만 아니잖아. 같은 반을 퇴학시키는 건 쉬운 일이 아니야."

"반드시 해내 보이겠어."

"서로를 이해할 수는 없을까? 난 쿠시다까지 포함해서 우리 반 모두와 함께 A반으로 졸업하는 게 목표야. 그리고 그러려면 너의 힘이 필요해."

"멍청~이."

말끝을 거의 들리지 않을 정도로 작게 말하면서 나를 놀렸다.

"너한테 협력할 리 없잖아. 토 나오는 말 좀 하지 마."

"쿠시다……."

"2학기가 기대되네. 분명 즐거운 시간을 공유할 수 있을 거야."

가까웠던 얼굴이 천천히 멀어졌고, 그녀의 표정에서 사악함이 희미해졌다.

그래도 웃음의 이면에는 증오와 분노가 섞여 있는 것이 분명했다.

"도저히 무리인 거니……."

그녀는 이제 할 말을 충분히 다 했는지 내게서 멀어졌다.

"하지만 난 믿어…… 분명, 너도 언젠가 나를 이해할 거라는 거."

그 말이 분명 귀에 들렸을 테지만, 그녀는 걸음을 멈추지 않았다.

7

오후 2시가 지난 시각. 보물찾기 게임이 끝나려면 아직 많이 남았지만, 대충 다 돌아봤다고 판단해도 되리라. 사진으로 남긴 이차원 코드는 총 여섯 장. 그중 객관적으로 발견 난이도를 다섯 단계로 나누었을 때 4라고 판단한 것은 세 장. 우선은 이 중에서 골라 스캔하는 게 좋겠지.

"카메라 켜줘."

"어떤 걸 스캔할 거야?"

"사토가 딱 보고 좋은 걸 고르면 돼."

"뭐, 뭐어어? 나더러 고르라고? 어, 어떡해, 골랐는데 꽝이면."

"어차피 엄선한 이차원 코드밖에 안 남겼잖아. 그리고 전부 이미 스캔하고 남은 게 없을지도 모르고."

천천히 고민하기보다 빨리 결정하는 게 기회는 더 많겠지.

"아, 알았어."

사토는 스마트폰을 꺼낸 다음 내가 찍은 사진을 넘겼다.

몇 초 고민하는 것 같더니, 결심하고 한 장의 사진에 자신의 스마트폰 카메라를 댔다.

그건 내가 소파 밑으로 카메라를 넣어서 발견한 이차원 코드였다.

그런데——.

"아악, 이거 아닌가 봐. 이미 스캔이 끝났다고 나왔어."

상당히 난도 높은 것이었는데 우리 이외에도 찾아낸 학생이 있었던 모양이다.

"너무 개의치 말고 다음 이차원 코드를 스캔해보자."

사토는 고개를 끄덕인 다음 이번에는 망설임 없이 옆으로 민 이차원 코드를 읽었다.

하지만 두 번째 것도 이미 누가 스캔했는지, 사토가 분하다는 듯 발을 동동 굴렀다.

"어떻게 찾은 건데! 열받네!"

세 번째 이차원 코드를 서둘러 스캔했다.

그리고 잠시 화면을 바라보던 사토가 갑자기 팔짝팔짝 뛰었다.

"됐어! 봐봐! 뭔가 보물 상자 같은 게 떴어!"

간단한 그림으로, 보물 상자와 TAP라는 글자가 있었다.

"몇 포인트나 받을 수 있을까……."

검지로 보물 상자를 탭 하려던 사토였는데, 닿기 직전에 손가락을 멈추었다.

"아, 아야노코지가 눌러!"

아무래도 결과를 보는 것이 두려웠는지 스마트폰을 내게 넘겼다.

사토 입장에서는 귀중한 1만 포인트를 써가며 한 참가. 결과를 보는 게 두려운 모양이었다.

나는 사토에게서 스마트폰을 받아 화면에 뜬 보물 상자를 눌렀다.

"와, 아야노코지, 대담하다!"

그런 말까지 들을 정도로 뭘 하지는 않았는데.

보물 상자가 심플하게 빛나더니 상자 안에서 푸른빛이 뿜어져 나왔다.

그리고——.

"아! ……아~."

순간 강렬함에 놀란 사토는 곧 진실을 알자 용두사미처럼 식어버렸다.

왜냐하면 보물 상자 안에서 나온 것은 100만 포인트…… 가 아니라, 10만 포인트였기 때문이다. 30만이나 50만, 아니면 100만 포인트라는 꿈을 품고 있었는데 허탕 친 건가.

"아무래도 생각보다 힘들게 이차원 코드를 찾은 편이 아니었나 봐."

"그런가……. 아쉽다. 하지만 참가비를 빼도 9만 포인트가 플러스니까 이걸로 충분해!"

확인받을 것도 없이 참가하길 잘했다고 거리낌 없이 말할 수 있을 성과다.

"고마워, 아야노코지."

"감사 인사할 사람은 오히려 나야. 승인되지 않은 이 이차원 코드를 찾아낸 건 사토니까."

"······에헤헤."

기쁜 것 같기도 수줍은 것 같기도 한 표정으로 사토가 볼을 붉혔다.

8

보물찾기에서 이차원 코드를 스캔한 학생은 학교 측에 보고할 의무가 있다.

나와 사토는 시작 지점으로 돌아가, 접수처에서 기다리고 있는 호리키타에게 다가갔다.

"수고 많았어, 이걸로 수속은 끝났어."

그 보고에 사토는 솔직하게 기쁨을 드러냈다.

"아야노코지, 오늘 고마웠어. 다음에 같이 놀자."

그렇게 말하고는 손을 흔들며 신나게 걸어갔다.

임시 수입도 생겼고, 다소 호사스러운 시간을 보내는 것도 나쁘지 않겠군.

"참가비를 제외하고 둘이서 총 18만 포인트라. 잘했네."

"그러게."

이 시간이면 참가자 대부분이 이미 결정 났을 때여서인

지, 찾아오는 사람은 별로 없었다.

"너도 힘들겠다. 좀 쉬었어?"

"응, 한 시간 정도. 하지만 불평할 수 없어. 부정 방지 관점에서, 스스로 생각해서 학교 측에 직접 말한 거라."

"직접 말했다고? 사소한 거지만 학생회장으로 가는 한 걸음인 건가."

이런 것으로 좋은 인상을 남겨 두면 학생회에도 학교 측에도 긍정적으로 평가받을 수 있다.

"그런 거 아니야. 내가 말 안 했어도 별로 부정행위는 없었겠지. 다만…… 뭐, 그냥 조금이나마 도움이 되면 좋겠다고 생각했을 뿐이야."

잘은 모르겠는데, 호리키타가 먼 곳을 응시했다.

"그런데 반에서 제일 높은 프라이빗 포인트를 획득한 사람이 누군데?"

"누구일 것 같아?"

내가 물어봤는데 오히려 질문이 돌아왔다.

"내가 아니라는 건 알겠어."

"좋겠다, 정답이야. 50만 프라이빗 포인트를 획득한 팀이 있어. 왕이랑 코엔지."

"코엔지? 게임 자체에 참가한 것도 그렇지만, 누군가와 팀이 되다니 의외도 무슨 이런 의외가."

설명회 때는 많은 사람이 모여 있었기 때문에 코엔지가 있는지 몰랐다.

"같은 의견이야. 어떤 경위로 참가하고 팀까지 짰는지는 모르겠지만, 그 애는 지난 이 주 동안 꽤 많은 돈을 번 게 되네."

"뭘 하든 규격에서 벗어난다니까, 코엔지는."

경이로운 신체 능력도 모자라 운까지 따른다니.

아니면 파트너가 찾은 이차원 코드였을지도 모르지만.

"앞으로 그런 코엔지를 써먹을 수 없다는 건 우리 반에 있어 큰 마이너스야."

"원래 움직이는 놈도 아니었잖아, 이번에 1위를 한 것만으로는 부족한가?"

"만족할 수 있을 리가 없잖아? A반으로 올라가기 위해 그 애의 실력을 활용 못 한다니 너무 아까워. 너한테 무슨 좋은 생각 없니?"

코엔지를 잘 이용하는 방법? 이제는 생각하는 것조차 시간 낭비다.

"없어."

"바로 대답하네."

어느 정도의 상대라면 나도 잘 컨트롤할 자신이 있다. 하지만 그중에서 유일한 예외라고 말해도 좋은 사람이 바로 코엔지다.

반 모두를 대상으로, 나는 몇 번인가 컨트롤하기 위한 시뮬레이션을 해보았다. 거기서 코엔지만 유일하게 몇 번을 돌려도 실패했다.

"네가 포기해도 난 포기하지 않아. 앞으로도 그 애의 능력이 필요하니까."

제어 불가능한 것을 제어하려 하고 있다. 그건 단순한 모순이다.

"시간 낭비일 뿐이라도?"

"넌 코엔지가 필요 없다는 말이니?"

"해가 되지 않는다면 방치가 최선이라고 생각해. 코엔지에게 프로텍트 포인트도 준 만큼, 방치하기도 더 쉬워졌고."

"물론 그게 합리적인 생각이겠지만……."

"코엔지 없이는 이길 수 없는 상대라면 그야 기를 쓰고 싶겠지. 하지만 네가 이끄는 우리 반은 이미 다른 반과도 얼마든지 경쟁할 수 있을 만큼 전력을 끌어올렸어. 그리고 앞으로도 계속 성장할 테지."

"그렇지, 네 말대로 1년 전에 비하면 많이 탄탄해졌지."

하지만——하고 호리키타가 말을 이었다.

"A반을 노리는 것이 최우선이자 최종 목표이긴 하지만, 난 우리 반을 하나로 똘똘 뭉치게 만들고 싶어. 모두 힘을 합할 수 있도록 이끌고 싶어."

끝내 코엔지를 포기하지 않겠다는 건가.

나를 바라보는 호리키타의 눈동자가 너무나 올곧아서 나는 무심코 말문이 막혔다.

만약 코엔지라는 남자를 호리키타가 끌어들이는 데 성공한다면 그는 무엇과도 바꾸기 힘든 든든한 우리 편이 되리라.

하지만 그건 A반을 노리기보다 어려울 거다.

예전 같으면 나는 이 발언을 진심으로 받아들이지 않았을 것이다.

단순한 푸념, 능력에 어울리지 않는 발언. 그 정도로만 정리했으리라.

호리키타는 비록 속도는 느리나 분명히 조금씩 성장하고 있다.

뭐…… 그래도 너라면 언젠가 코엔지까지 움직이게 만들 수 있을지도 모른다는 말은 못 하겠지만.

정말로 코엔지라는 남자만큼은 계산이 통하지 않는다.

"왜 그래?"

"뭐가."

"생각에 빠진 것 같아서."

"아니, 얻은 프라이빗 포인트로 뭘 할까 고민 중이었어."

"……그래. 넌 쿠시다에게 돈을 절반은 주고 있으니, 오늘 얻은 프라이빗 포인트는 소중히 하고 허튼 데 쓰지 마."

"그래. 그래야지."

더 이상 오래 머물러 봐야 운영하는 데 방해만 될 뿐이어서 이만 자리를 뜨기로 했다.

9

오후 다섯 시 반이 넘은 시각. 여섯 시부터 시작될 저녁 식사 전에 어떤 인물과 만나기로 약속되어 있었다.

　객실을 나와 5층 갑판으로 향하던 중, 두 개 옆 객실을 쓰고 있는 스도와 맞닥뜨렸다.

　"이제 곧 밥 먹을 시간인데 어디 가냐?"

　스도는 객실로 돌아오던 참이었는지 그렇게 물었다.

　"식사 전에 잠깐 산책."

　"영감탱이같이 말하네. 그럼 레스토랑에서 보자."

　가벼운 몇 마디를 나누고 헤어지려는데, 갑자기 뭔가 생각났는지 스도가 목소리를 높였다.

　"아, 미안, 미안. 그러고 보니 실은 좀 놀란 일이 있었어!"

　"이케랑 시노하라가 사귀는 거?"

　"뭐, 뭐야, 알고 있었냐!"

　"우연히 들었을 뿐이야."

　"아니, 물론 그것도 놀랄 일이긴 하지, 나보다 먼저여서……. 그것보다도 그 녀석, 나랑 같이 공부하고 싶다는 거야. 스즈네의 스터디에 끼워달라면서."

　그것참 의외, 라기보다도 생각보다 빨리 움직였네.

　"학력이 낮은 건 이 학교에서는 치명적이니까."

　퇴학 위기에 처할 일이 많은 것은 아무래도 학생의 본분인 학업과 관련된 부분이다.

　"나야 스즈네랑 단둘이 있을 수 있는 귀한 시간이 줄어드는 꼴이지만, 그 녀석이 의욕을 내는데 응원할 수밖에 없잖아? 그래서 하기 스터디 때부터 칸지도 열공할 예정이다."

하기 스터디라, 아무래도 이번 여행이 끝나면 바로 공부를 시작할 계획인 듯했다.

곧바로 성과가 나올지는 이케의 노력 여하에 달렸지만 2학기 시작하자마자 성장하는 모습을 볼 수 있을지도 모르겠군.

"그런데 멤버가 더 늘어날지도 몰라."

"뭐? 진짜로?"

"호리키타한테 배우기를 원하는 애가 이케뿐만이 아니라는 거겠지."

"설마 남자는 아니겠지?"

진지한 얼굴로 나를 추궁하며 어깨를 붙잡았다.

"아니…… 아니야. 사토야, 사토."

이름까지 알려줄 생각은 없었는데, 다짜고짜 압박해서 말해버리고 말았다.

"여자냐. 뭐 그렇다면…… 그런데 사토라고? 나만 있는 게 아니라 이케도 있다고 하면 스터디 안 하려고 하는 것 아니야?"

"그런 일도 생길 수 있다고 어느 정도는 예상하지 않을까? 단단히 각오하는 것처럼 보였어."

"흐음. 뭐, 그럼 상관없고. 누가 오든 난 질 생각 없거든."

코웃음 치는 모습에서, 공부에 대한 강한 의욕이 유지되고 있음이 느껴졌다.

"동아리랑 병행해서 힘들지는 않아?"

"힘들긴 하지. 그래도 원래 체력은 자랑할 만하니까. 머리 쓰는 일을 해서 처음에는 일 분 만에 졸렸지만, 지금은 전혀…… 아니, 한 시간 정도는 집중할 수 있어."

그만큼 집중해서 공부할 수 있다면 문제없다.

한 시간 공부, 휴식, 또 한 시간 공부의 반복이라니 충분하다 못해 넘칠 정도다.

"그나저나 말이야…… 젠장, 칸지 놈이 나보다 먼저 여친 만든 것만은 납득 못 하겠다고."

웃으면서도 정말 분하다는 듯 스도가 푸념했다.

"고로 원망하는 마음을 담아 철저히 단련시켜 주겠어. 농구부의 스파르타 교육으로다가."

얄미운 친구에 대한 애정과 애증을 섞어 귀여워해 줄 모양이다.

"너무 심하게는 하지 말고. 싫어하는 공부에 재미 붙이도록 만드는 건 쉬운 일이 아니니까."

"알아. 나도 얼마나 싫어했는데."

그렇게 말하며 쓴 것이라도 씹었다는 듯 혀를 내밀었다.

스도와 헤어진 후, 목적지에 가까워진 나. 쿠시다의 모습을 갑판 앞쪽에서 발견하고 일단 몸을 숨겼다. 약속한 시각에서 이미 5분 정도 지났기 때문에 당연히 나를 기다리는 상황이었다.

스마트폰을 꺼내 쿠시다에게 전화를 걸었다. 벨이 두 번 정도 울린 후 전화를 받은 쿠시다.

"여보세요?"

그 목소리를 확인하고 나서 나는 쿠시다가 있는 갑판으로 걸어 나갔다.

휴대전화는 그 성질상 『통화』를 우선으로 한다.

가령 녹화 모드를 켜둔 상태라고 해도 통화가 시작되면 자동으로 꺼진다.

즉, 앞으로 나눌 대화는 나와 쿠시다만 알 수 있다는 뜻이다.

"미안, 쿠시다, 늦었어. 지금 가고 있는데 아직 기다리는 중이야?"

"응, 음──아, 여기야!"

쿠시다가 좌우를 확인하다가 곧 나를 발견하고 손을 흔들었다.

나는 전화를 끊지 않고 그대로 잰걸음으로 쿠시다에게 다가갔다.

그와 거의 동시에 전화를 끊었다.

"기다리게 해서 미안. 길을 좀 헤매는 바람에."

"아야노코지도 실수할 때가 다 있네. 그런데 무슨 일이야? 할 얘기 있다며."

"어떻게 할지 몇 시간 동안 망설였는데, 역시 솔직하게 말하는 게 좋겠다는 생각에."

"응? 솔직하게 말해? 뭘?"

"보물찾기 게임에 내가 참가한 건 알지?"

"응. 사토랑 팀이었다며?"

그게 왜? 하고 이야기의 흐름을 이해하지 못해 어리둥절한 표정을 지었다.

"이번 보물찾기에서 내가 인식시킨 이차원 코드의 보수는 10만 포인트였어. 그러니까 참가비를 빼면 9만 포인트. 그걸 2로 나누면 45,000포인트야. 쿠시다한테 그 절반을 주는 게 옳다고 생각해서."

그렇게 말한 나는 스마트폰을 꺼내 내 입출금 이력을 보여주었다.

조금 전 10만 포인트가 입금된 기록이 정말로 표시되어 있었다.

"뭐? 하지만 그건 게임이고, 그렇게까지 할 필요는 없어~."

생각지도 못했던 이야기에 깜짝 놀란 쿠시다가 두 손바닥을 쫙 펴며 사양했다.

"솔직히 나도 처음에는 그렇게 생각했어. 아니, 정확하게 말하면 그렇게 생각하려고 했어. 하지만 아무리 해도 옳지 않고 치사한 것 같아서. 필요 없다고 말할 가능성도 있지만, 그냥 말 안 하고 넘어갔다가 쿠시다에게 들키는 게 아닌가 하고. 그런 내 생각이 창피하니까 주는 게 맞아."

"하지만——."

어떤 이유를 갖다 붙여도 쿠시다의 입장에서는 받기 힘든 포인트겠지.

"솔직히 말하면…… 내 성의라고 생각하고 받아줬으면 좋겠어."

"성의……?"

"내가 프라이빗 포인트의 절반을 주면서 쿠시다로부터 안전을 사고 있잖아. 거기에 내가 성의를 보이면 쿠시다도 성의를 보여주지 않을까 생각했어."

아니야? 하고 눈빛으로 호소했다.

"프라이빗 포인트를 조금이라도 더 많이 가지고 있어서 손해 볼 건 없어. 안 그래?"

"그거야 그렇지만, 아야코노지도 많이 힘든 거 아니야?"

"난 괜찮아. 쿠시다와 다투는 것에 비하면 별거 아니니까."

"뭔가…… 오히려 좀 무서워지는데."

"무슨 말이야?"

"아야노코지는 그러니까, 지금 여러 가지로 굉장한 애라는 이야기도 나오고 있고. 정말 나와 휴전하고 싶어서 프라이빗 포인트를 절반이나 주는 거니?"

"나로서는 특별시험에서 대결하는 사카야나기와 류엔 같은 학생보다 사생활까지 연관된 쿠시다를 적으로 돌리는 게 더 위험하다고 판단하고 있어."

약간 경계하면서도, 쿠시다는 일단 납득한 듯 고개를 끄덕였다.

"알았어. 그럼 정말로 괜찮은 거지?"

"물론이야."

나는 스마트폰을 통해 쿠시다의 계좌에 이번에도 프라이빗 포인트를 보냈다.

"줘놓고 이런 말 하는 것도 좀 웃기지만, 혹시나 돈 문제로 힘든 일이 생기면 도와달라고 부탁할지도 몰라."

"뭐어~? 그럼 꼴이 좀 우스워질 텐데, 아야노코지."

나의 한심한 소리가 재미있었는지 쿠시다가 살짝 웃었다.

"하지만 호리키타보다는 훨씬 훨씬 현명한 방식이라고 생각해. 싫지 않아, 그런 점."

"그래?"

"나도 아야노코지만은 적으로 돌리고 싶지 않으니, 앞으로도 잘 부탁해."

"그래. 서로 상부상조할 수 있게 잘 부탁한다."

그렇게 말하고 나와 쿠시다는 아무 일도 없었다는 듯 헤어졌다.

○인연의 과거

밤, 룸메이트들은 밑도 끝도 없는 이야기로 열을 올리고 있었다.

컨디션이 걱정이었던 아키토는 하루 만에 열도 내리고 회복세로 접어들어, 누운 채 떠들기에는 문제없어 보였다. 나는 때때로 맞장구를 치거나 잔잔한 화젯거리를 하나씩 던지면서도 기본적으로는 그냥 지켜보면서 스마트폰을 보며 밤을 보내고 있었다.

점점 감겨오는 눈으로 웹서핑을 하고 있는데 채팅 하나가 떴다.

『지금 전화 좀 하고 싶은데, 괜찮아?』

케이의 메시지였다.

채팅이 허용된 지 조금 지났는데, 대체로 하루에 한 번 정도는 대화를 나누고 있다.

오늘은 이모티콘이라든지 스탬프가 없어서, 진지한 이야기임을 짐작할 수 있었다.

『지금 방에 있으니까 3분만 기다려줘』

아직 통금 시간은 아니었기 때문에 객실을 빠져나오기란 그리 어렵지 않았다.

답장을 보낸 나는 침대에서 재빨리 빠져나왔다.

"마실 것 좀 사 올게."

어떤 타이밍에서든 써먹을 수 있는 편리한 말을 사용해 복도로 나왔다.

밤 9시이기도 해서, 지나가는 학생은 보이지 않았다.

나는 한밤의 갑판으로 나가, 일단 주위를 확인했다.

아무도 없는 것을 본 다음 케이에게 전화를 걸었다.

"여보세요?"

"갑자기 미안. 하지만 꼭 오늘 통화하고 싶어서."

그녀답게 귀여운 말이었다.

이 말은 『그냥 목소리 듣고 싶어서』라는 연인의 요구인 걸까.

"있지……."

잠시 머뭇거린 후, 케이가 말을 꺼냈다.

"너에 대한 안 좋은 소문을 들었는데. 자세히 설명 좀 해 줄래?"

"안 좋은 소문?"

어라? 예상하던 말이 나오기는커녕, 어딘가 케이의 심기가 불편한 것처럼 느껴졌다.

침묵이 이어졌고 대답이 바로 돌아오지 않았다.

"안 좋은 소문?"

참지 못하고 다시 한번 물었는데도, 화난 느낌만 풍길 뿐 대답하려고 하지 않았다.

오히려 똑같이 되물은 것을 의심스럽게 여긴 눈치였다.

"짚이는 데라도 있어?"

"짚이는 데는 없는데."

그렇게 주저 없이 대답했지만, 사실 짐작 가는 것은 몇 가지 있다.

우선 가장 유력한 것은 역시 이치노세와의 일이다.

나구모는 나와 이치노세의 만남이 예사롭지 않음을 알아차렸다.

그리고 케이와 콤비임을 안 이상, 그 말을 떠들고 다녔어도 이상하지 않다. 그것 이외에도 나에게 한 번 고백한 적 있었던 사토와 팀이 된 것이나, 마츠시타와 잡담을 나누었던 일들이 뇌리를 스치고 지나갔다.

"정말로 짚이는 데가 없단 말이야?"

잠시 뜸 들였다가, 심판을 내리기 위해 최종 확인을 하는 듯한 태도.

"없는데."

그래도 나는 계속 모르는 척했다. 만약 케이가 말하는 『짚이는 데』가 확실하게 알고 있는 일이면 이치노세가 되었든 사토가 되었든 자백할 생각이다. 하지만 아직 특정할 수 없는 이상, 경솔하게 대충 둘러댔다가는 상처가 더 벌어질지도 모른다. 살을 도려내려다가 뼈를 부러뜨리는 격이랄까.

……그나저나, 달콤한 통화는커녕 일이 왜 이렇게 되고 말았을까?

"케이?"

이름을 불러 재촉하니, 입술을 떨며 말하기 시작했다.

"네가, 그, 후배를 꼬시고 있다는 소문이야!"

"……으응?"

소문의 내용을 듣고 나서도 이해되지 않아 머리를 갸우뚱거렸다.

내 짐작이 빗나갔나.

역시 경솔하게 말하지 않은 게 정답이었군.

"그 소문은 어디서 어떤 식으로 들었는데?"

"몰라! 하지만 1학년 여자애랑 반복적으로 만나는 모습을 목격했다고 들었는데?!"

1학년 여자애. 퍼뜩 떠오르는 인물이 있다면 나나세 정도인데…….

하긴 이번 연휴에 나나세와 대화를 나눈 적이 많았다.

몰래 만난 것도 아니므로 목격자는 여기저기 있었을 테지.

상황을 파악했으니 이제 이야기는 빠르다.

"그냥 후배야."

"그건 나도 알아! 아니, 그냥 후배가 아니면 아웃이지!"

하긴.

"그리고! 보물찾기 때 사토랑 팀이었다니 금시초문인데?!"

아무래도 내가 짐작하던 부분도 케이는 알고 있었던 듯하다.

"그야 보고는 안 했지만, 케이니까 어차피 바로 알지 않았어?"

보물찾기 때 사토와 계속 같이 다녔기 때문에 목격자도 많고, 마츠시타도 알았을 터다.

"그, 그야 바로 알았지만…… 알았지만."

불만스럽게, 잘 들리지 않는 목소리로 투덜거리며 뭔가를 말하려고 했다.

"사실은 내가 키요타카랑 팀 하고 싶었는데."

"마음은 알겠지만, 순서가 반대잖아?"

"치이……."

"참고로 모리랑 파트너 했던 결과는 어땠어?"

"……그걸 물어보니, 지금?"

"아니, 됐어."

분위기가 더 나빠졌으니, 깊이 파고드는 것은 그만두자. 이대로 계속 불평을 들어줘도 되지만, 모처럼 사토에 관한 화제가 나왔으니 내가 먼저 언급해 보기로 했다.

"앞으로 우리가 어떻게 할지, 사토한테 미리 말했던데."

"응? 아, 으응. 아무래도 사토한테만은 제일 먼저 말해 주고 싶어서."

"뭐, 그편이 무난하겠지. 참고로 그 이야기는 전화나 채팅으로 했어?"

"설마. 이런 이야기는 직접 얼굴 보고 얘기해야지. 카페에서 했어."

"카페? 누군가가 들은 것 같지는 않고?"

"나도 그 정도는 눈치챌 수 있어. 적어도 2학년 중에는 없으니 안심해."

하긴 케이가 최대한 조심해야 할 사람은 2학년이다.

1학년도 3학년도 기본적으로는 다른 학년의 연애사에는 별로 관심이 없다.

특히 그 대상이 나라면 더욱.

하지만 3학년은 이번에 예외로, 나에 대한 화제만으로도 집요하게 달라붙어도 이상하지 않다.

"아~ 그런데 옆 테이블에 3학년 여학생들이 와서 말하기 좀 힘들었어."

정답 맞히기라도 하듯 케이가 사토와 만났을 때의 일을 떠올렸다.

모든 사정을 모르는 케이의 입장에서는 3학년을 마크하는 것을 생각했을 리가 없다.

"이해해줬으니 다행이다."

"응. 하지만 정말 괜찮은 거지? 우리가 사귄다는 사실을 오픈해도."

"물론이지."

오히려 늦든 빠르든 필요한 행동이라는 걸 잘 알고 있다.

뒤로 미루면 미룰수록 다른 일을 처리하기도 성가시기만 할 뿐이다.

"뭐, 반 애들 앞에서 선언하는 게 아니잖아. 네 친구들 사이에 자연스럽게 퍼지면서 시간이 흐를수록 점점 사람들이 알게 되는 것뿐이지."

후에 저마다 반응은 하겠지만, 그리 큰 문제는 없을 것이다.

"하지만…… 키요타카는 인기가 많아서."

"그런가?"

"우와, 그 아무것도 모른다는 식의 태도, 엄청 열받거든."

"그럼 그 이야기를 안 하면 되잖아."

"윽, 그건 그렇지만, 알면서도 걱정되니까 물어보게 된다고!"

하고 싶은 말이 뭔지는 알겠지만, 모순점도 있다.

"쓸데없이 다른 사람 꼬이지 않게 하기 위한 선언 아닌가?"

좋아하는 사람에게 남자친구 또는 여자친구가 없다고 생각하면 저돌적으로 대시할지도 모른다. 그런 일을 피하고자 사귀는 사람이 있다고 만천하에 알리는 것이다.

그렇게 하면 대부분은 포기하고 대시하지 않겠지.

물론 소수의 예외가 있다는 것도 잘 알지만…….

"걱정된다니……."

그 소수의 예외, 아직 보지도 못한 적을 케이가 겁내고 있다는 뜻이다.

"넌 아직 모를 수도 있겠지만, 여자친구가 있다는 사실을 알게 된 남자를 좋아하게 되거나, 빼앗는 데 열정을 불태우는 애도 있단 말이야."

"그렇군."

"잘 들어. 바람피우면 절대 용서 안 할 거야."

의존형인 케이의 입장에서는 남자친구의 바람 따위 절대 용납 못 할 것이다.

그건 사귀기 전부터 잘 알았던 사실이다.

"안심해, 그런 짓 안 하니까."

"정말로?"

"정말로."

"정말 정말로?"

"정말로."

계속 발전 없는 대화를 반복했다.

하지만 이렇게 무의미해 보이는 행동이야말로 연애의 과정에서 일어나는 애정 표현 중 하나이기도 하다.

"나…… 좋아해?"

나는 혹시 몰라 일단 주위를 둘러보았다.

물론 이런 시간에 자기 발로 어두컴컴한 갑판에 나올 학생도 없겠지.

"그래, 좋아해."

아무도 없음을 확인하고 나서야 주저 없이 말할 수 있다.

"……으흐흐."

"뭐야, 그 음침한 웃음소리는."

뛸 듯이 기뻐하거나 똑같이 말할 줄 알았는데, 설마 그렇게 웃을 줄이야.

"왠지 키요타카가 주위를 두리번거리면서 조심조심 말하는 모습을 상상하니까 재미있어서."

아무래도 케이의 눈에는 내 행동이 다 보인 모양이다.

"이만 끊는다."

"아아, 잠깐 잠깐. 한 번만 더 말해줘."

"음."

좋아한다는 말을 다시 해달라고 하니, 말이 목구멍에 걸렸다.

"마실 거 사 온다고 둘러대고 나와서 이만 돌아가야 해."

"잠깐! 좋아한다고 말하란 말이야!"

"방금 말했잖아."

"한 번 더 듣고 싶어!"

너무 자기 마음대로네. 아니, 그나저나 같은 말인데 이렇게 무게감이 다를 수 있을까.

"……좋아해."

"…………푸풉."

"야."

웃음을 참으려던 케이가 결국 참지 못하고 소리를 흘렸다.

"응, 역시 넌 최고야. ……절대 아무한테도 안 줄 거야."

지금은 그럴 걱정이 없다고 말했는데도 여전히 불안한 모양이다.

"그런데 나한테는 안 시켜?"

"부탁하면 말해줄 거야?"

"글쎄 어떨까~?"

"그럼 내일 보자."

"자, 잠깐! 이럴 때는 부탁해야지!"

뭐랄까, 아까부터 나에게 선택지가 있는 것 같으면서 없는 느낌이다.

"그럼 말해줘."

"대충이네! 아무래도 상관없어 보이잖아! 마음에 안 들어~!"

"……말해주세요."

"응~? 어떻게 할까~."

나는 말대꾸하고 싶은 것을 꾹 참고 케이의 대답을 기다렸다.

"……좋아해."

짧게, 살짝 웃으면서 아니, 수줍어하면서 케이가 그렇게 말했다.

"그럼 잘 자, 키요타카."

"그래, 잘 자."

전화를 끊은 내 귓속에 케이의 좋아한다는 말이 계속 메아리쳤다.

"나쁘지 않네."

연애라는 것은 정말 흥미롭다.

그런 생각이 드는 밤이었다.

1

8월 9일이 되고 얼마 지나지 않은 여객선 안.

이미 학생 대부분이 깊이 잠들었을 새벽 1시가 지난 무렵.

성인만 이용 가능한 바 라운지에서 세 사람이 만났다.

"으, 피곤해. 왜 우리 교사들이 이렇게 매일 밤늦도록 일해야 하는데? 피부 상하잖아. 우리도 여름방학을 원한 다고~."

바 카운터에 엎드린 호시노미야가 불만을 토로했다.

"휴일은 충분했잖아. 5일과 6일에 종일 푹 쉬었을 텐데."

"고작 이틀뿐이잖아~? 어제도 오늘도 바빴고~. 뭐가 보물찾기 보너스 게임이야, 보너스가 필요한 건 나라고~."

"마음은 알겠지만 우린 사회인이야, 치에. 애들처럼 긴 여름방학 같은 건 없어."

호시노미야의 오른쪽에 앉은 차바시라가 그렇게 설득했다.

"학생들이 2주 동안 무인도에서 노력한 걸 생각하면 별 것도 아니지."

이번에는 호시노미야의 왼쪽에 앉은 마시마가 참으라고 말했다.

"현실을 들이밀지 마……. 듣고 싶지 않아, 듣고 싶지 않다고!"

두 손으로 귀를 막고, 싫다며 머리를 마구 흔들었다.

"그럼 적어도 배 위에서만큼은 바캉스를 즐기게 해달란

말이야. 수영장이고 영화관이고, 뭐든 학생들만 쓸 수 있고 우리는 못 즐기는 건 불공평하잖아~?"

매일 눈앞에서 손가락을 깨물면서 봐야 하는 상황을 호시노미야는 받아들일 수 없었다.

"그게 우리의 일이야."

"사회인이 되면 원래 다 그런 거야, 치에."

"아, 싫어, 싫어, 일벌레들!"

더욱 강하게 두 귀를 손으로 막았다.

하지만 이내 두 손을 떼고는 오른손을 들며 소리쳤다.

"현실 도피 좀 하게, 센 술로 주세요. 마스터가 알아서!"

그리고 왼손으로 카운터 테이블을 탁탁 때리며 술을 주문했다.

"정말…… 넌 변하질 않네."

차바시라가 그런 호시노미야를 보며 어이없다는 듯 한숨을 내쉬었다.

"영원히 아름답고 젊은 나로 있는 게 목표거든?"

"그런 말이 아닌데."

"그럼 무슨 말인데~?"

"……아니야, 됐다. 설명해봐야 소용없지."

뒤늦게 마시마와 차바시라도 맥주를 주문했고, 술이 다 나오자 술잔을 기울여 건배했다.

"그런데 이번 특별시험, 묘하게 험악한 전개가 계속되었던 것 같아. 예상을 빗나간 게 너무 많아."

"학생이 크게 다치기도 했고, 학생들이 대놓고 마음대로 굴면서 손목시계도 고장 나고. 게다가 3학년만 퇴학당하는 뜻밖의 일도 일어났고."

나온 칵테일을 한 번에 들이킨 호시노미야가 숨을 내쉬었다.

"역시 학생들한테 지나치게 자유를 준 게 문제야. 보고에는 올라오진 않았지만 분명 안 보이는 데서 남녀 사이에 그렇고 그런 일도 생기지 않았을까?"

"최소한 그 선은 넘지 않았다고 생각하고 싶다."

"안일하다니까, 마시마 군은. 이래저래 에둘러 말해도 젊은 혈기는 못 막는다고."

"그건 너한테나 그렇지."

정곡을 찔리자마자 호시노미야가 술을 추가 주문했다.

"여름방학이 끝나면 또 바빠지겠네."

"우웩, 싫다. 싼 월급에 막 부려 먹는 교사라니. 소모품이야, 소모품."

"아까부터 불평만 하네."

"그야 당연하잖아. 불평하려고 이 자리를 만든 건데."

기죽지 않고 그렇게 말한 호시노미야가 두 잔째 술을 입에 댔다.

"일관적이라니까, 치에는. 그게 장점이기도 하지만."

차바시라가 가벼운 안주로 땅콩을 시켰다.

"아무튼 이번 무인도 시험은 안심했어. 2학년이 안 져서."

"3학년만 이상하게 퇴학자가 나와서 좀 찜찜했지만."

호시노미야와 차바시라의 사이에서 마시마는 조용히 경청했다.

하지만 화제를 바꾸려고 했을 때, 반쯤 남은 맥주를 테이블에 살짝 강하게 내려놓았다.

"2학년은 잘하고 있어. 하지만 그게 오히려 곤란한 상황을 초래할 수도 있겠지."

"그게 무슨 말이야. 열심히 하는 게 좋지 않다는 뜻이야?"

"학교 측도 퇴학자가 나오길 원하는 건 아니겠지만, 역시 우리가 맡은 2학년은 사실상 지금까지 치른 특별시험에서 퇴학자가 한 번도 나오지 않았어."

"사실상, 이라. 학교 측에서 반강제적으로 퇴학자를 고른 것처럼 되긴 했지만, 어쨌든 퇴학자는 퇴학자잖아?"

세 사람 모두 반 내부 투표의 일은 지금도 똑똑히 기억하고 있었다.

"그런, 도망갈 데 없는 특별시험은 이제 더는 없다고 믿고 싶다."

평소에는 냉정하게 반 아이들을 대하는 차바시라지만 마음이 아프지 않은 것은 아니었다. 실수한 것도 아닌 학생을 억지로 궁지에 내모는 짓은 찬성할 수 없는 입장이었다.

그건 호시노미야도 같은 생각이었다. 하지만 마시마의 표정은 여전히 험했다.

그 얼굴을 본 차바시라가 살피듯 마시마의 눈을 응시했다.

"설마, 또 강제로 퇴학자를 만드는 특별시험이 있는 거야?"

"작년에 있었던 반 내부 투표 같은 전개는 학교 측도 그리 쉽게 할 수 없겠지."

"그럼 문제 될 것 없잖아. 강제 퇴학 조치가 있는 게 아니라면 우리 반은 이겨낼 수 있어."

"어머머? 그런 말도 할 수 있게 되었네, 사에 짱?"

마시마의 등 너머에서 호시노미야가 차바시라의 옆구리를 찔렀다.

"하지 마."

차바시라가 살짝 화내며 손을 붙잡자, 호시노미야가 날카로운 눈동자로 쳐다보았다.

"A반으로 올라갈 수 있다고 생각하는 건 아니지?"

"……아무도 그런 말은 안 했어. 다만 예년 반보다 우수하다고 말하고 싶은 것뿐이야."

"흐음?"

팽팽한 공기가 흐르는 가운데, 마시마는 남은 절반의 맥주를 들이켰다.

"물론 강제 퇴학은 없어. 하지만……."

마시마가 말을 머뭇거리자, 차바시라와 더불어 호시노미야도 시선을 던졌다.

"다음 특별시험에 관한 개요가 얼마 전에 발표되었어. 이게 실시되는 건 11년 만이야."

"11년 만이라니…… 우리가 올해 스물아홉이니까…… 고등학교 3학년 때 이래라는 말이야? 웬일이래, 그렇게 오래된 특별시험이 채택되다니."

고등학교 시절의 기억, 그 대부분은 머릿속에서 녹아 사라졌다.

어떤 대화를 나누었고, 어떤 특별시험을 치렀던가.

그 모든 것을 당장 떠올리라고 해도 대답하긴 힘들겠지.

"학교는 특별시험을 1년 계획으로 짜고 있어. 더 자세히 말하자면 4년 로테이션을 기본으로 하지. 여기까지는 이해했지?"

"재학 중에 다른 아이들에게 특별시험 내용이 새어나가지 않게 하기 위해서지?"

고도 육성 고등학교는 그 역사 속에서 수많은 특별시험을 실시해 왔다. 한 번밖에 하지 않은 것, 범용성이 높아 4년에 한 번꼴로 치르는 것까지 시험은 다양했다.

"물론 의도적으로 짧은 기간에 같은 특별시험을 반복해서 정보 공유를 목적으로 한 특별시험을 치르기도 하지만, 기본적으로는 미리 정해진 로테이션이 있어. 하지만 그 해의 흐름에 따라 4년보다 더 오래된 특별시험을 가져오기도 해."

"옛날 특별시험이 채용되는 것은 그리 드문 일이 아니라는 거지?"

"맞아. 웬만큼 『문제』 있는 특별시험이 아닌 이상에는 말이야."

의미심장하게 말하는 마시마였지만, 두 사람은 별로 깊이 생각하지 않았다.

오히려 특별시험이 새로 시작된다는 사실에 의욕을 보였다.

"나랑 사에 짱네 반이 경쟁하게 될지도 모르겠네~."

"그렇게 되기를 기대하나 보지? 우리랑 붙으면 이길 것 같아서?"

"그렇지 않아. 하지만 류엔 군이나 사카야나기 반이랑 싸우는 것보다는 낫다는 느낌?"

호시노미야가 생글거리며 입에서 술 냄새를 토해냈다.

"우리 반도 많이 성장했어. 쉽게 생각하지 말란 소리야."

"호오~. 사에 짱이 그런 말을 하다니. 역시 아야노코지라는 특별한 아이가 있어서 세게 나올 수 있는 건가?"

"물론 아야노코지도 뛰어나지. 하지만 우리 반에는 가능성을 느끼게 하는 학생이 많아."

"아야노코지도? 사에 짱, 아야노코지만 믿고 있는 거 아니었어?"

"도대체 무슨 소리야, 내가 언제 아야노코지만 믿었다는 거야."

대수롭지 않은 말들이 오가는 것 같아도, 중간에 앉은 마시마의 간담이 서늘해지는 두 사람의 대화였다.

이대로 가만히 듣고만 있으면 몇 분도 채 지나지 않아 말싸움으로 번질 것이다.

"그 정도로만 해둬. 여기서 입씨름해봐야 의미 없으니."

"맞아, 좀 흥분한 것 같기도 해."

호시노미야가 반성하며 술잔이 완전히 빌 때까지 술을 목구멍으로 넘겼다.

"너무 빨리 마시는 거 아닌가."

"괜찮아, 괜찮아. 쉽게 취할 정도로 약하지 않거든요."

"아니, 그게 아니라. 내일…… 아니, 오늘 업무에 지장이 갈 거란 이야기야."

"괜찮대도, 지장 없어, 지장 없어."

마시는 것을 조금도 멈출 기색 없이, 석 잔째 술을 주문하는 호시노미야.

"……그럼 취하기 전에 얘기하지. 다음 특별시험의 개요를 보는 게 좋아."

마시마가 스마트폰을 누른 후 테이블 위에 올려놓았다.

"중요한 건 특별시험의 이름이야. 그걸 보면 바로 이해될 거야."

"시험 이름?"

"읽어봐."

두 사람이 머리를 맞대고 거의 동시에 스마트폰을 들여다보았다.

그리고 확인한 순간 차바시라가 침을 삼켰다. 그건 호시노미야도 마찬가지였다.

학창 시절, 차바시라와 호시노미야가 경험했던 그 특별

시험.

그게 2학기 첫 시험으로 결정되었다는 공지였다.

"11년 전…… 아무리 오래됐어도 이 특별시험은 잘 기억하고 있겠지."

기재된 특별시험의 이름을 몇 번이나 읽고는 할 말을 잃은 차바시라.

호시노미야는 스마트폰에서 시선을 뗀 후, 나온 석 잔째 술잔을 들었다.

그리고 거기에 비친 자신의 얼굴을 바라보며 자조하듯 피식 웃었다.

"설마, 또 이 특별시험을 치르게 될 줄이야……."

차바시라는 아무 대답도 하지 못하고 그저 조용히 눈을 내리깔았다.

"난 작년의 반 내부 투표……. 그게 이 시험의 대체인 줄로만 알았는데?"

확인하기라도 하듯 마시마 쪽을 쳐다본 호시노미야.

"결국 비슷한 방법을 학교 측도 쓸 수밖에 없었다는 거야. 무인도 시험에서 2학년의 누군가가 퇴학당했더라면 다음 특별시험은 다른 것으로 할 예정이었던 모양이야."

"뭐, 그것도 어쩔 수 없나. 퇴학자를 내기 위해 필기시험을 어렵게 만들 수도 없는 거고. 사에 짱의 반이 지나치게 우수한 바람에~? 큰 문제에 꺼림칙한 특별시험이 나와 버렸네."

약점을 잡고 늘어지듯 호시노미야가 강조했다.

"큰 문제라고 단정 짓기는 아직 일러. 보기에 따라서는 별거 아닌 시험일 뿐이야."

"하지만 한 번 잘못 선택한 순간 난제로 바뀌지. 안 그래? 사에 짱?"

눈을 감은 차바시라는 긍정도 부정도 하지 않았다.

"그래……. 너희 두 사람은 특히 이 특별시험을 어려워했었으니."

"우리 때는 3학년 3학기였었나. 그때 일은 잊은 적 없어."

추억을 회상하듯 자신에게, 그리고 차바시라에게 하는 말이었다.

"그런데 언제까지 입 다물고 있을 셈이야? 뭔가 할 말 없어?"

그 말에도, 생각이 정리되지 않는지 차바시라는 입을 열지 않았다.

"한심하네."

호시노미야는 짧은 불평을 내뱉은 후, 아무 말도 하지 않는 차바시라를 무시하고 마시마 쪽으로 시선을 옮겼다.

"마시마 군은 어떻게 생각해? 다음 특별시험…… 퇴학자가 나올까?"

"A반이 독주를 펼치고 있다지만, 아직 B반 이하에도 역전의 기회는 남아 있어. 이길 생각으로 도전한다면 너희와 같은 길에 다다를 가능성이 크지."

"수렁의 예감——인가."

호시노미야는 그렇게 중얼거리고는 바텐더에게 네 잔째 술을 주문했다.

마시는 속도가 점점 빨라졌다.

"뭐, 우리 반은 아마 나쁜 의미로 괜찮을 것 같지만, 사에 짱은 어떨지? 지금은 나는 새도 떨어뜨릴 기세로 바닥에서 치고 올라오고 있고, 여기서 반 포인트를 늘리게 되면 단번에 B반까지 올라갈 수도 있겠지. 나라면——."

"난 방에 돌아갈게."

계속 조용히 있던 차바시라가 한 잔을 다 마시지도 않고 그렇게 말하며 자리에서 일어났다.

"드디어 말하나 했더니 돌아가겠다고? 흥 깨지게."

"미안하지만 둘이 마셔."

뒤돌아선 차바시라를 보며, 지금까지 마이페이스였던 호시노미야의 표정이 확 달라졌다.

"야!"

술이 들어 있지 않은 잔을 테이블에 거칠게 내려놓는 호시노미야.

그리고 자리에서 벌떡 일어났다.

그 행동에 차바시라뿐 아니라 마시마도 놀랐는지, 소리 없이 동요하는 표정을 지었다.

이곳에 손님이 셋뿐인 것은 다행이리라.

"언제까지 그 시답잖은 사랑을 붙잡고 있을 거야, 너!"

"……무슨 소리야."

"우리가 지금 몇 살이니? 스물아홉 아니야? 도대체 몇 년 전 연애냐고!"

"너 너무 많이 마셨다──."

"마시마 군은 입 다물어!"

"……."

근처에서 잔을 닦고 있던 바텐더가 심상치 않은 분위기를 감지하고 화장실에 가며 자리를 비웠다.

"고등학교 3학년에서 시간은 멈춰 있는데, 나이만 계속 먹고. 그걸 지금 학생들한테 네 멋대로 대입해서…… 참나! 너 바보 아니야?"

계속 쏟아지는 비난에도 아무 말 하지 않고, 차바시라는 조용히 그곳을 떠났다.

남은 호시노미야와 마시마 사이에 침묵이 흘렀다.

"어라, 가버렸네."

김빠진다는 듯, 호시노미야가 차바시라가 남긴 술을 가져오며 자리에 다시 앉았다.

"너도 참 짓궂다니까, 호시노미야."

"하지만 어쩔 수 없잖아. 하필이면 이 특별시험이 나온 게 잘못이지."

"너희 사이를 결정적으로 만든 게 바로 이 특별시험이었으니."

"사에 짱이 옳은 답을 선택했다면 우린 A반으로 졸업할 수 있었잖아?"

"……역시 아직도 원망하고 있나."

"당연한 거 아냐? 그때 실패해서 지금 이 학교에서 교사 일이나 하는 거잖아. 원래라면 더 눈부신 세계로 나갈 수 있었을 텐데."

"그 시험 이후에도 너와 차바시라는 방이 같은 바람에 기숙사 생활도 힘들었었지."

"그런 일이 있었는데 같이 어떻게 생활해? 너 죽고 나 죽자였는지도."

"과장하긴……이라고 딱 잘라 말할 수 없는 게 너의 무서운 부분이지."

호시노미야가 머리카락을 움켜쥐더니 한 가닥 뽑았다.

"그 버릇, 고친 것 아니었어?"

"아, 안 돼. 나도 모르게 뽑아버렸네……. 내 소중한 머리카락…… 줄까?"

"됐어."

내민 머리카락을 무시하고, 자리로 돌아온 바텐더에게 두 잔째 술을 주문했다.

그 모습을 보고 호시노미야도 네 번째 잔을 재촉했다.

"룸 셰어 따위는 하는 게 아니라니까. 사이가 좋을 때는 괜찮지만, 갈등이 일어나면 관계성이 격변하니까. 연애라든지 미래의 일이 얽히게 되면 말이지."

어느새 호시노미야는 평소의 장난스러운 얼굴로 돌아

왔다.

"모처럼 2학년, 무인도 시험에서 전원 살아남았는데 말이야. 학교도 참 잔인하다아."

"원래 해마다 몇 명은 퇴학자가 나오게 하는 게 이 학교에서 만든 방침이니까. 2학년은 인원이 지나치게 많이 남아버렸어. 하지만 학교 측도 2학년이 노력하는 걸 충분히 인정하고 있어. 그러니까 이런 특별시험을 꺼내 든 거지. 결과가 어떻게 될지는 아직 모르니까."

"그건 그렇지만…… 그 시험은 인간의 추악함과 약한 마음을 부각시키니까. 그나마 다행인 건 지금이 아직 2학년 1학기가 막 끝난 시점일까. 아, 그게 학교도 인정하고 있다는 사실과 관련 있다는 거네."

"남은 학교생활이 짧으면 짧을수록 반 포인트의 가치가 뛰고 특별시험은 난도가 올라가지. 3학년 3학기에 치른 우리에 비하면 그나마 살길이 좀 있어."

"난 잘못 없어, 절대로…… 잘못한 건 사에 짱이니까……."

"그건 생각하기 나름이야. 너도 차바시라도, 둘 다 올바른 판단을 한 거야."

"글쎄다."

새로 나온 술을 마시려던 호시노미야의 손이 멈추었다.

"왜 그래?"

"우리 반은…… 적어도 A반은 못 될 거야."

"무슨 소리야."

"이미 알고 있단 말이야. 사카야나기의 반은 도저히 따라잡을 수 없는걸. 하지만…… 하지만 그렇더라도 사에 짱의 반이 A반으로 졸업하는 건 절대 안 돼. 우리에게 A반으로 졸업하는 건 간절한 소원이었어. 그걸 망가뜨린 그 애에게 자기 제자들을 A반으로 졸업시킬 자격 따위는 없어. 안 그래? 마시마 군."

"……그거랑 이건 다른 문제 아닌가."

"다르지 않아. 절대로."

"그리고 이치노세의 반은 우수해. 아직 A반으로 갈 수 있는 길이 남아 있어. 분명 다음 특별시험을 이치노세의 반은 거뜬히 극복해낼 수 있을 거다."

"그걸로는 안 된다니까. 아무리 무도한 미래가 기다리고 있다 해도 A반으로 승리하기 위해서는 괴물이 될 필요가 있어. 내가 그렇게 하려고 했듯이."

"퇴학자를 만들면서까지 말이야?"

"퇴학자를 만들면서까지."

그나저나, 하고 잠시 뜸을 들였다.

"히라타, 쿠시다, 호리키타, 코엔지에 아야노코지……. 몇 번을 생각해도 너무 치사해."

"예년대로 문제아가 많은 반인데 묘하게 연대감이 생기고 있어. 마치 결점이 하나하나 사라져가고 있는 듯이."

"다음 특별시험 때 그게 다 무너져버리면 좋겠다."

그렇게 말한 호시노미야가 마시마의 어깨에 머리를 기

댔다.

"나 너무 취한 것 같아⋯⋯. 좀 쉬고 싶네. 마시마 군의 방에서."

"자고 싶으면 네 방에서 자라."

"으엑. 좀 더 다정하게 말할 수 없어?"

"졸리면 방에 돌아가는 게 좋겠어."

"별로 다르지 않잖아."

굵직한 왼팔을 껴안고 몸을 기댔다.

하지만 마시마가 억지로 밀어냈다.

"안 곤란하겠어?"

"어."

"피, 그럼 내 방까지 바래다줘~. 그리고 내 방에서 더 마시는 거야. 아침이 올 때까지."

"미안하지만 나도 방에 돌아가야겠다. 너도 너무 마시지 말고."

"천재일우의 기회라고 생각 안 해?"

"미안한데 난 너와 차바시라에게 깊이 관여할 생각 없어. 갈등만 빚을 뿐이니."

"딱딱하게 구네~."

이제 아무도 없는 바의 카운터에서 호시노미야는 조용히 술을 입으로 가져갔다.

2

그런 교사들의 푸념을 포함한 술자리가 있던 당일.

아무것도 모르는 학생들은 호화 여객선에서 남은 시간 친구들과 추억을 쌓기 위해 돌아다녔다.

하지만 나 호리키타 스즈네는 얼마 남지 않은 휴일을 전부 다른 데 쓰려 하고 있었다.

프라이빗 풀장 입구 앞에는 종업원과 접수 카운터가 설치되어 있다.

풀장이 비어 있으면 여기서 접수한 후 돈을 내고 사용할 수 있다.

하지만 프라이빗 풀장은 학생들에게 인기가 높은 모양이어서 거의 예약이 꽉 차 있지 않을까.

물론 나에게는 반가운 이야기지만.

"저기, 프라이빗 풀장 예약을 좀 하고 싶은데요."

나는 카운터에 있는 종업원에게 말을 걸었다. 이미 많은 학생과 계속해서 대화를 나눠왔는지, 종업원은 익숙하다는 듯 간단한 설명을 시작했다.

"희망 시간대를 기입해 주세요. 그 시간이 차 있다면 예약 대기를 거는 것도 가능합니다."

그렇게 말한 종업원이 나에게 보드를 내밀었다.

이곳에 온 것은 프라이빗 풀장을 즐기기 위해서가 아니다.

지금 눈앞에 있는 보드를 손에 넣기 위해, 일부러 온 것이다.

"그럼 잠깐 빌릴게요."

카페 등의 카운터는 전부 태블릿이나 기계를 사용한 예약 시스템이다.

하지만 이곳은 팀마다 한 시간씩 시간이 정해져 있고 며칠 뒤 예약도 받기 때문에, 전부 종이에 써서 예약하는 형식이었다.

나는 내가 예약할 날짜와 시간을 찾는 척하면서, 리스트에 있는 필적을 확인했다.

여러 명이 이용하는 프라이빗 풀장이지만 대표 한 사람이 기입하는 구조다.

사실은 지난 보물찾기 게임에서 결판을 낼 생각이었다.

참가자는 전교생의 약 절반.

그중 1학년은 참가율이 66%를 넘어섰었다.

게임 종료 전에 참가한 1학년 모두의 이름과 필적을 확인했지만 기억하는 필적과 일치하는 후보는 한 명도 없었다.

우연히 34% 중에 나에게 편지를 보낸 인물이 있나?

아니, 아니면 내가 이름과 필적을 파악하지 못하도록 게임에 참가하지 않았나?

아무튼 그런 일도 있어서 나머지 34%의 1학년 중에서 찾아내는 작업을 이어오고 있었다.

그나저나 놀라운 점은 프라이빗 풀장의 예약률이다.

마지막 날까지 포함하면 거의 모든 시간대가 예약이 꽉 차 있다.

물론 전날까지는 예약을 취소해도 비용이 들지 않기에 일단은 예약해놓고 보자는 학생도 있겠지만, 그래도 정말 인기가 많다.

대표자의 이름과 인원을 기입하는 칸이 있는데, 학년은 쓸 필요가 없다.

내가 본, 그 종이에 적혀 있던 글자는 정말로 정갈했다.

종이를 팔랑팔랑 넘겨 전부 확인해봤지만, 그와 비슷한 필적은 찾을 수 없었다.

쉽게 찾아내기는 어렵겠다고 생각했는데 역시 상상했던 대로네.

학생의 이름과 필적을 확인할 기회란 그리 쉽게 찾아오지 않는다.

찾아내지 못한 이상, 수고스러운 작업을 시작하는 수밖에 없을 듯하다.

다시 한 사람 한 사람 이름을 보면서 OAA와 대조해야 한다.

예약 리스트가 수백 건이나 되는 건 아니지만, 확인 작업만 하는 데에도 시간이 많이 들 것이다. 누가 봐도 악필인 학생, 버릇이 다른 학생을 빼는 건 간단하지만, 여기서 누굴 제외할 수 있는지 확실하게, 그리고 명확하게 해두고 싶다.

1학년 B반 키바야시, 1학년 D반 모치즈키는 제외. 에토……는 어제 보물찾기 게임에 참가해서 필적 확인을 마쳤으니 빼고.

다행히도 종업원이 잡무가 많은지, 스마트폰을 한 손에 들고 명부를 보는 나를 주시하지 않아 다소 시간을 들여도 괜찮은 듯했다.

그나저나 정말로 안 보이네. 혹시 몰라 2학년과 3학년의 보물찾기 참가자 명부 리스트도 훑어봤지만 동일 인물로 보이는 사람은 없었다.

그 종이를 쓴 인물은 도대체 어디 있는 거야…….

아홉 명 제외하는 데에 벌써 몇 분이 지나가 버렸다.

슬슬 종업원이 의심할 법도 할 무렵, 예기치 못하게 등 뒤에서 누군가가 말을 걸었다.

"저기, 아직 멀었습니까?"

"앗?! 아아. 미안해요. 친구랑 시간 정하기가 어려워서."

뒤에 서 있는 학생의 기척을 알아차리지 못할 정도로 나는 명부를 보는 데 집중하고 있었다.

이제 예약하러 올 학생은 거의 없다고 생각했는데, 운도 없네…….

더 기다리게 하면서 제외 명부를 만들 수는 없다.

그럴 바에야 차라리 이 남자애에게 예약을 양보하는 편이 낫다고 나는 판단했다.

보아하니 상급생이 아니라 1학년 같고.

"정하려면 시간이 좀 더 걸릴 것 같으니 먼저 예약하세요."

"그래요? 그럼 실례하겠습니다."

그렇게 말하며 내게서 보드를 받아든 남학생.

키가 컸는데, 스도랑 같거나 조금 작은 정도였다. 나는 스마트폰으로 친구와 채팅하는 척하면서, 그가 예약 명부를 다 쓸 때까지 기다렸다.

예약 가능한 시간대가 몇 없어서 그런지 생각보다 빨리 정했다.

잠시 후 예약을 마쳤는지, 남학생이 뒤돌아보았다.

"감사합니다. 그럼 이만."

교대하듯 명부를 받아든 나는 바로 그 1학년의 이름을 확인했다.

"……찾았다."

대표자 이름, 이시가미 쿄. 이용 인원은 다섯 명.

보물찾기 게임에도 참가하지 않은, 처음 보는 이름이네.

이미 켜 두었던 OAA로 이름을 검색해 1학년 A반임을 알았다.

글씨가 세련되었는데, 오랜 기간에 걸쳐 펜글씨 연습을 했다고 해도 이상하지 않을 정도였다.

다만 글씨는 자신의 버릇이 나오기가 무척 쉽다. 무인도에서 보았던, 마치 기계로 쓴 듯 견본 같은 느낌을 자아내는 글씨체는 아니었다. 그래도 지금까지 본 글씨 중에는 가장 근접한 필적인 것도 사실. 그 종이를 가지고 있었다면 더 자세히 대조해 볼 수도 있었지만, 아마사와가 찢어버린 바람에 그렇게 하기는 불가능했다. 기억 속 글자와 이 이시가미가 쓴 글씨가 정말로 다르다는 확증은 가질 수 없다.

글씨를 계속 뚫어지게 보고 있으니 게슈탈트 붕괴 현상 같은 느낌이 엄습했다.

며칠 전부터 글씨만 봐서 뇌에 과부하가 걸린 모양이네.

"미안한데 잠시만 기다려줄 수 있을까."

나는 멀어져가는 이시가미를 약간 큰 목소리로 불러 세웠다.

이상하다는 듯 뒤돌아본 그에게 나는 이렇게 말을 이었다.

"실은 방금 친구랑 의논이 끝났는데, 네가 쓴 시간대랑 겹쳐버린 것 같아. 그래서 좀 논의했으면 하는데."

어떤 화제든 좋으니, 그가 아야노코지의 퇴학을 암시한 인물인지 확인할 수 있는 힌트가 필요하다.

"논의야 할 수 있지만, 지금 친구한테 그 시간에 예약했다고 말을 전해야 해서요."

스마트폰의 뒷면을 내 쪽으로 보이면서 얼굴 가까이 들어 올렸다.

일단 불러서 잡아두는 것까지는 성공했다. 만약 앞에 있는 그가 무인도에서 종이쪽지를 쓴 인물이라면 텐트까지 직접 전하러 왔는지 어떤지는 모르더라도, 나를 알 가능성은 충분히 있다.

"명부를 다시 보여주시겠어요?"

"물론이지. 미안해."

"아닙니다, 호리키타 선배."

이름을 불려, 심박수가 살짝 빨라졌다.

"······내 이름을 알고 있네. 나는 너랑 얘기한 기억이 없는데."

"저는 입학하자마자 치른 첫 특별시험에서 학력이 높은 2학년의 이름과 얼굴을 대충 기억해뒀거든요."

편리한 OAA는 선후배의 이름을 기억하기에도 도움이 된다.

"기억력이 좋구나. 나도 어느 정도 학력이 높은 학생은 기억해두려고 했는데 넌 몰랐어, 이시가미."

"저는 별로 튀는 편이 아니어서요."

옥신각신하지도 않고, 또 별 의심도 사지 않고 원활하게 대화가 마무리되었다.

결정적인 단서는 아무것도 얻지 못했지만, 역시 그의 글씨체는 뭔가 다른 느낌이 든다.

더 이상 잡고 있기도 미안해서 이만 그를 돌려보내려고 했다.

"한 가지만 여쭤봐도 될까요, 호리키타 선배."

그런데 이번에는 이시가미가 내게 말했다.

"저를 불러 세우셨을 때, 학력이 높은 학생은 기억해두려고 했는데 저는 몰랐다고 말씀하셨죠?"

"그게 왜?"

별로 이상한 말을 한 기억은 없는데…….

"정말로 모르셨던 겁니까?"

거듭 확인하듯이 물었다.

"물론 정말이지."

실제로 이시가미는 내 기억에 없었다.

"그럼 제 학력이 높다는 사실을 어느 타이밍에 아셨죠? 친구랑 예약 시간을 맞추고 계셨으면 OAA를 켜서 확인할 때까지 어느 정도 시간이 걸렸을 텐데요."

생각지도 못한 날카로운 지적에 나는 바로 대응하지 못했다.

이름은 예약 리스트에서 봤다고 하면 그만이다. 하나도 이상한 부분이 없다. 하지만 이 상황에서 그의 학력이 높다는 사실을 아는 건 이상하다.

더구나 이시가미는 이 모순을 처음부터 알면서 일부러 뜸을 들였다가 질문을 던졌다.

내가 무사히 대응했다고 멋대로 안도한 타이밍을 노린 것처럼.

"우연히 OAA를 켜둔 상태여서 뒤에서 확인한 거야. 이시가미의 이름이 내가 예약하고 싶은 시간대에 있었기 때문에 네가 맞는지 서둘러 얼굴 사진을 확인했어."

조금 억지스러운 변명이긴 하지만, 전혀 말이 안 되는

것도 아니다.

이시가미는 스마트폰으로 친구에게 확인을 마친 후 아무렇지 않게 예약 시간을 변경해주었다.

"그래요? 괜히 의심해서 죄송합니다."

"괜찮아. 좀 놀랐을 테니 의심이 들어도 이상하지 않지."

"그럼 저는 이만 가보겠습니다."

"아…… 맞다, 이시가미, 예약 건, 정말 고마워."

"괜찮습니다, 다만――."

뭔가를 말하려던 그가 다음 말을 잠시 주저하는 듯했다.

"왜?"

"아닙니다. 다음에 뵙죠, 호리키타 선배."

"그래. 또 보자."

내가 생각했던 전개는 펼쳐지지 않았고, 이시가미는 뒤돌아 걷기 시작했다.

필적을 봐도 그 인물은 아닌 것 같지만, 묘하게 마음에 걸리는 학생이다.

지금은 혐의가 없는 쪽에 가까운 후보, 라는 위치에 두는 게 좋아 보인다.

그대로 등이 보이지 않을 때까지 지켜본 후, 나는 명부를 쥔 채 그 자리에 가만히 서 있었다.

예약을 마친 이상, 여기서 찬찬히 명부를 보는 건 부자연스럽겠지.

시간을 두고 취소 연락을 하는 것을 잊지 말자.

그리고 단서를 얻지 못한 이상, 이제 어떻게 할지도 생각해야 한다.

"꽤 어려운 얼굴을 하고 있네~ 호리키타."

무슨 영문인지, 이곳에 모습을 드러낸 호시노미야 선생님이 말을 걸었다.

그런 선생님은 자기 반 칸자키와 같이 있었던 모양인지, 그와도 눈이 마주쳤다.

"그런가요, 평소랑 똑같은 것 같은데요."

"그래? 그럴지도 모르겠네."

그보다도 호시노미야 선생님이 벽에 손을 짚고 있는 부분이 마음에 걸렸다.

"저기, 기분이 별로 안 좋으신가요?"

"아아~ 이거? 이건 신경 쓰지 마, 어른 특유의 병이니까."

어른 특유의 병? 그게 도대체 무슨 병이지…….

"그나저나 아까 그 잘생긴 애…… 으음, 누구였더라~. 어디서 본 기억이 나는데."

호시노미야 선생님이 직전에 스친 사람은 이시가미밖에 없다.

"1학년 A반 이시가미입니다."

내가 대답하기도 전에, 선생님 옆에 서 있던 칸자키가 대답했다.

"뭐? 1학년? 뭐, 2학년이나 3학년이면 아는 게 당연하지만……."

무슨 영문인지 이상하다는 듯 고개를 갸우뚱거리는 호시노미야 선생님.

"왜 그러세요? 그 애에 대해 무슨 생각이라도?"

어떤 단서라도 얻을 수 있다면, 하는 생각에 물어보았다.

"으음, 뭔가 꽤 예전에 학교에서 한 번 본 기억이 있는 것 같은데…… 잘못 본 건지도. 윽, 미안해, 호리키타, 나 안 되겠어!"

호시노미야 선생님이 다리를 휘청거리면서 갑판으로 달려갔다.

무슨 일인가 싶어서 나도 뒤를 따랐다.

"아, 으윽, 히이익!"

잘은 모르겠지만, 괴로운 듯 소리를 지르며 밖으로 나갔다. 그리고 우욱, 하고 더욱 요란한 소리를 내더니, 호시노미야 선생님이 입을 틀어막으며 갑판 난간을 붙잡았다.

"우웩우웩우웩!"

반짝반짝(실제로는 그렇게 깨끗한 것이 아니지만) 빛나는 구토물이 강한 해풍에 날렸다. 조금 뒤늦게 도착한 칸자키와 함께, 그 모습을 멍하니 바라보았다.

우리가 지금 도대체 뭘 보고 있는 거지…….

"선생님…… 그건, 여러 가지로 문제가 되는 행동이라고 생각하는데요."

위생 관념과 도덕적인 부분을 지적했다.

"으윽, 숙취에 배멀미가 섞여서, 미안해, 호리키타──

우웨에에엑!"

그나마 다행인 건 이 아래가 바다라는 거지…….

"미안해, 나 역시 방에 가서 누워야겠어……. 칸자키, 얘기 도중에 정말 미안해."

"괜찮습니다. 나중에 다시 말씀드리겠습니다."

"그리고 호리키타도 못 볼 걸 보게 만들어서 미안해~ ……우욱!"

손을 팔랑팔랑 흔들다가 다시 입을 틀어막고 배 안으로 뛰어 들어갔다.

"……바쁜 사람이네."

"익숙하지 않으면 당황스럽겠지."

"이러는 게 처음이 아니야?"

"아침 홈룸 시간 때 세 번인가 저랬던 적 있어."

그건…… 뭐랄까, 좀 가엾네.

나는 호시노미야 선생님이 보이지 않게 되자, 칸자키에게 가볍게 인사하고 가려고 했다.

"호리키타, 이시가미랑 무슨 관계가 있어?"

나를 불러 세우자마자, 뜻밖의 말을 했다.

"무슨 관계라니?"

그 말의 진의를 알 수 없었기 때문에 그렇게 되묻는 수밖에 없었다.

"그 녀석이랑 말했잖아."

"너야말로, 이시가미랑 잘 아는 사이인가 봐? 이름도 알고 있고."

"2학년에 올라온 직후 치른 특별시험에서 1학년이랑 접점을 가질 기회가 많았으니까."

1학년 중에서 우수한 학생, 그 대부분은 사카야나기의 반이나 류엔의 반이 낚아채 갔었다.

그 과정에서 칸자키가 이시가미를 알게 되었어도 이상하지는 않은데…….

평소에 나와 이야기하지 않는 칸자키가 이렇게 적극적으로 나오는 건 좀 의외네.

"프라이빗 풀장 예약이 그 애랑 겹쳤거든. 그래서."

간단히 사정을 설명했는데도 칸자키는 조금 납득이 가지 않는 눈치였다.

"나도 하나 물을게. 네가 봤을 때 그 애는 믿을 만한 후배니?"

내가 쫓는 단서, 그 증언자 중 한 사람이 될 수 있을지는 아직 모르는 일이다.

그렇기에 한 명이라도 더 많은 사람에게서 정보를 얻고 싶다.

"학력은 과분할 정도야. 그건 OAA만 봐도 알 수 있지."

"그래, 트집 잡을 데 없는 A 판정이었어."

대조적으로 신체 능력은 썩 좋지 않은지 D-라는 판정이었지만.

"──하지만 공부 잘하는 거랑 신뢰는 다른 문제지."

"이시가미가 믿을 만한지 알고 싶은 이유가 뭐지, 호리키타? 예약이랑은 아무 상관 없는 것 같은데."

지금은 특별시험도 없는 여름방학 중.

하긴 그 부분이 마음에 걸려도 이상하지 않네.

칸자키가 신경 쓰는 것 같아서 물어봤는데, 여기까지만 해야겠다.

"됐어, 신경 쓰지 마. 그냥 물어본 것뿐이야."

필적에 관한 정보는 줄 수 없으므로 이야기를 넘기려고 했다.

하지만 그는 내게서 눈을 떼지 않고 말을 이었다.

"그 애를 믿을 수 있는지 어떤지, 판단 근거가 없는 건 아니야."

말투가 묘했지만, 어쨌든 칸자키는 이시가미에 대해 알고 있다는 뜻.

"내가 가진 의문에 답해준다면 이시가미에 대해 알려줄 수도 있어."

나는 이미 이시가미가 결백에 가까운 용의자 후보 중 한 명이라고 판단했으므로, 억지로 제안에 따를 필요는 없다. 다만 지금 칸자키의 표정은 평소 보여주는 차분함과는 거리가 먼 것 같아 마음에 걸렸다.

"의문? 어떤 의문이지?"

"난 요즘 들어 너희 반에 관해 깊이 고찰하고 있어."

"……우리 반?"

"그래. 그중에서도 특히…… 아야노코지. 그의 진짜 실력을 알고 싶어."

"그건 나한테 물어도 대답해줄 수가 없어. 그 애에게 직접 물어보면 어때?"

여기서 아야노코지의 이름이 나온 것에 내심 놀라면서 대화를 회피해보았다.

"묻는다고 솔직히 대답할 애는 아니잖아."

"그럴지도 모르지. 하지만 내 말을 그대로 믿을 수 있는 것도 아니잖아?"

"그저 참고가 되면 그걸로 족해."

"나 역시 알고 지낸 지 좀 되었어도 그 애에 대해서 아무 것도 몰라."

"아무것도 모른다는 말은 너무 과장이군. 반을 결속시키는 리더를 자칭한다면, 자기 반 애의 사정에 대해 어느 정도 자세히 알고 있을 텐데."

"난 아직 우리 반 모두로부터 신뢰를 얻은 게 아니야. 그건 아야노코지도 마찬가지고."

당당히 리더라고 말할 수 있는 자격은 아직 갖추지 못했다.

적어도 아직 사카야나기, 이치노세, 류엔 같은 영역은 이르지 못했다.

"하긴, 솔직하게 대답할 수도 없는 노릇인가. 호리키타 반의 귀중한 전력일 테니."

"그런 식으로 경계하는 것만으로도 그 애의 존재 가치가 어느 정도 느껴지네."

실력의 유무와 상관없이, 생각할 수고를 덜어준다면 고마운 이야기.

"그거 말고도 묻고 싶은 게 있니?"

"아니, 내가 지금 신경 쓰고 있는 건 그것뿐이야."

그렇다면 이시가미에 관해서 듣기는 어렵겠구나.

강하게 요구할 입장은 아니니까…….

"이시가미라는 학생은 우수하고 정이 많으며 실행력도 있어. 이미 1학년 A반에서는 리더로 인정받았고, 그 애의 친구들은 틀림없이 전폭적인 신뢰를 보내고 있을 거야. 이치노세와 사카야나기의 장점만 쏙쏙 골라낸 남자라는 표현이 제일 잘 와 닿을지도 모르겠군."

"그럼 같은 편 입장에서는 아주 든든하겠구나."

"다만 그건 어디까지나 같은 편에게만이야. 자기 사람을 위협하는 존재는 예외지. 아마 봐주지 않고 송곳니를 드러내는 스타일일걸."

내 눈에는 마음씨 따뜻한 학생으로 보였기 때문에 지금 가진 재료만으로는 이미지를 떠올리기 어렵다.

"그럼 적도 같은 편도 아닌 상대에게는 태도가 어떠니?"

"무관심?"

칸자키가 말하다가 움직임을 멈추었다.

"……아아. 자기한테 의미 없을 것 같은 존재에게는 눈길도 주지 않을 거야."

"그 애가 나한테『다음에 뵙죠』라고 말했어. 무관심한 사람이 재회를 암시하는 말을 남길까?"

"이시가미가? 아니, 그 녀석은 그런 말을 아무 때나 하는 애가 아니야. 정말 그렇게 말했어?"

"내가 잘못 들은 게 아니라면. 그런데 그 애에 대해 꽤 자세히 아는구나."

내가 추적 중인 사건과 상관없이, 칸자키와 이시가미 사이에 무슨 일이 있나.

"나도 그리 자세히 아는 건 아니야. 나는 한 번도 상대한 적 없으니."

그렇게 독백처럼 중얼거린 후 이렇게 말을 이었다.

"분명 그 애는 적 아니면 아군에게만 흥미를 드러내. 그러니까 이시가미에게 있어서 호리키타는 이미 그 둘 중 하나로 분류되었다는 이야기지."

"난 짚이는 게 없는데."

나는 오늘 처음 이시가미와 접점이 생겼다.

그전에는 단 한 번도 직접 마주친 적도, 인사를 나눈 적도 없다.

명확한 아군도 명확한 적도 아니라는 게 일반적인 분석이다.

"자기도 모르는 사이에 관계성이 생기는 건 흔히 일어나는 일이지."

"간접적으로 내 행동이 그 애에게 영향을 미치기라도 했다는 말이야?"

"그럴 가능성도 있다는 거지."

아무리 그래도, 칸자키의 이야기에는 이해되지 않는 점이 있다.

잠시 혼자 생각에 잠겼던 칸자키가 이윽고 조용히 중얼거렸다.

"하나만 충고할게. 이시가미에게 더 이상 관여하지 마."

"애초부터 그럴 생각 없었어. 충고해주는 김에 또 경계해야 할 다른 1학년은 없니?"

"다른 1학년?"

현재까지 명확하게 용의자라고 말할 수 있는 인물은 한 명도 없다. 단서가 필요하다. 만약 아마사와나 그 이외의 이름이 나온다면 그의 발언에 깊이가 생긴다.

그렇게 생각하고 있었는데⋯⋯.

"1학년 중에 조심해야 할 사람은 이시가미 정도인 것 같은데."

칸자키는 그렇게 대답한 후 뒤돌아 걷기 시작했다. 그 도중에 우리를 보고 있던 이부키와 스쳤지만 칸자키는 처다보지도 않았다.

"너, 칸자키랑 친해?"

"아니, 전혀. 오늘 어쩌다 우연히 공통 화제가 생겨서 말했을 뿐이야. 왜?"

"너처럼 똑똑해 보이는 얼굴이 싫어서."

진지하게 물어본 내가 바보네.

"저 녀석이랑 공통 화제라니?"

"이시가미라는 1학년. 내가 찾고 있는 필적이랑 약간 비슷한 애였거든."

그렇게 말한 나는 OAA를 켜고 이시가미의 프로필을 띄웠다.

1학년 A반 이시가미 쿄

학력 A (95)

신체 능력 D- (25)

기지 사고력 B+ (77)

사회 공헌도 D (31)

종합 능력 B- (61)

"게다가 말투와 태도가 속을 알 수 없는 느낌이어서 좀 꺼림칙하기도 했어."

"흐음? 얘가 수상하다는 거야?"

"글쎄. 일단은 무혐의에 가깝다고 생각하는데, 만약 이 신체 능력 평가가 진짜 실력이 아니라면 단번에 수상해질지도 모르겠네."

말은 그렇게 해도 그걸 확인할 방법은 아직 없지만.

"내가 봤을 때, 이 이시가미라는 애는 아니야."

추리를 부정하듯 이부키가 말했다.

"어떻게 그렇게 단언해?"

"그저께 수영장이 내려다보이는 플로어에서, 놀고 있는 애들을 구경했었거든."

"혼자? 외롭게."

"뭐? 더 말하지 말까?"

"농담이야, 계속해."

"진짜…… 키가 커서 눈에 띄는 그 녀석이 시야에 들어왔어. 상반신도 하반신도 운동이라고는 모르는 평범한 몸이었어. 절대 운동 안 할걸. 네가 찾는 상대는 예상하기로, 아마사와나 아야노코지처럼 강한 녀석일 거 아냐?"

"혹시 수영장에 간 게…… 몸이 단련된 사람을 찾기 위해서야?"

이제 알았냐? 하는 느낌으로 어깨를 으쓱해 보인 이부키가 다시 말을 이었다.

"강한 힘과 육체는 반드시 비례해. 잘 움직일 수 있는 녀석이라면 반드시 단련된 몸을 가졌을 거고, 힘 있는 녀석이라면 잘 단련된 근육이 없으면 이상하니까."

아마추어의 판단이라면 모를까, 이부키도 그럭저럭 격투가니까.

상반신을 노출한 이시가미를 봤다면 이 정보에는 높은

신빙성이 있다.

"좋은 곳에 착안점을 뒀구나."

이부키에게 받은 정보가 정확하다면 그의 신체 능력은 틀림없이 D- 전후라는 뜻.

물론 처음에 추리했던 강한 인물이라고 꼭 단정할 수는 없지만…….

완전히 결백하다고 판단해도 될 듯하다.

"어쨌든 휴일도 슬슬 끝나가고, 나머지는 2학기 시작되면 하자."

"언제까지 계속되려나."

질리기 시작하는 것도 이해 못 하는 바는 아니지만, 지금은 결정적 증거가 하나도 없다.

당분간은 꾸준히 파는 수밖에.

3

많은 학생이 선내 시설들을 이용하는 시간.

1학년 A반 아마사와 이치카는 한 학생이 기다리는 객실로 향했다.

"이런 시간에 부르다니, 같은 방 쓰는 애가 돌아오기라도 하면 뭐라고 둘러댈 셈이야——라고 말할 상황이지만, 어차피 너는 절대 안 돌아온다고 계산해서 부른 거겠지?"

그렇게 물은 아마사와에게, 그는 옅은 미소만 지을 뿐 아무 대답도 하지 않았다.

"지금 네가 놓인 상황을 알고 있어? 나나세 짱도 호리키타 선배도, 그리고 류엔 선배도 모두 혈안이 되어서 너를 찾고 있다고. 이대로 내버려 둘 거야?"

"상관없어. 재미있는 계획이 진행되고 있으니까."

"그럼 그 계획이 뭔지 나한테도 자세히 알려줘—— 타쿠야."

그러자 1학년 B반 야가미 타쿠야가 침대에서 조용히 일어났다.

"너도 참 배우질 않는구나, 이치카."

다가온 야가미를 경계한 아마사와가 눈도 깜빡거리지 않고 그 행동을 응시했다.

눈을 깜빡인 순간 강한 공격이 날아올 가능성이 있기 때문이었다.

"이런 데서 손대진 않아."

"난 전혀 못 믿겠지만."

"물론 넌 이제 화이트 룸 쪽 사람이 아니지. 그러니까 나에게 넌 적."

오른팔을 뻗어 아마사와의 앞머리를 살짝 만졌다.

"——이라고 넌 생각하고 있겠지만, 나는 너를 적으로조차 인식하고 있지 않아."

"어라라, 이거 체면이 말이 아니네."

"농담이야. 네가 일반인이 된 이상 경솔하게 행동할 수 없을 뿐."

"지금 하는 대화를 녹음하고 있을지도 모르고 말이지."

"그 정도는 마음대로 해도 돼."

이 대화를 녹음한들 자신에게 아무런 불이익도 없다는 것을 야가미는 잘 알고 있었다.

만약 아마사와가 완전히 아야노코지 쪽에 붙었다면, 녹음 같은 번거로운 짓을 없이, 진실을 그대로 이야기하면 그만이다.

그 이야기의 신뢰성은 어쨌든, 아야노코지가 야가미를 경계하게 만들 수는 있다.

"이곳으로 너를 부른 건 네 진의를 확인하고 싶어서야. 진심으로 아야노코지 선배를 지키고 싶어서 내 계획을 계속 방해한 건가?"

"무슨 소리인지 잘 모르겠는데~."

아마사와가 시치미 떼자 야가미는 피식 웃은 후 머리카락에서 손가락을 뗐다.

"너무 많아 일일이 지적하기 귀찮으니, 예정 변경을 피할 수 없었던 건에 대해서만 물어볼게. 무인도 시험 때 내가 아야노코지에게 보낸 쿠시다와 쿠라치를 왜 방해했지?"

"굳이 설명 안 해도 잘 알지 않아? 아야노코지 선배에게 불리한 전략이니까. 나나세 짱이랑 쿠라치 군, 아무 연관 없는 두 사람과 싸우는 장면이 찍히게 만들고 싶지 않았어.

선배라면 잘 빠져나갔겠지만, 그래도 시끄러워질 영상인 건 분명하니까."

"그래. 그야 그라면 나나세든 쿠라치든 별 어려움 없이 대처했겠지. 하지만 그 장면을 기록으로 남겨두면 교섭에서 유용하게 써먹을 수 있었어. 만약 아야노코지가 쿠시다한테서 힘으로 태블릿을 빼앗더라도 비밀번호를 풀 수 없을 거고, 물리적으로 부수면 다른 문제도 발생하지."

그 행동을 미리 읽은 아마사와의 계획 저지.

"화났어?"

"설마. 결과적으로는 더 재미있는 연출을 할 수 있었다고 생각해. 그의 성격, 상황을 파악하는 정확성도 알 수 있었고. 공격당할 낌새가 있었는데도 GPS 검색을 하는 선택지를 고르지 않았지. 해봐야 방해만 된다는 걸 정확히 알기에 가능했던 행동이야. 보통은 나나세처럼 GPS 검색으로 쿠라치나 쿠시다를 쫓는 것이 정석인데."

배에 돌아온 후에도 그 점에 관해서는 행동 변화를 볼 수 없었다.

"결과적으로 나나세 짱과 류엔 선배는 미혹의 숲에 발을 넣어 버렸는걸. 아직 접촉하지 않은 것 같지만, 앞으로 아무런 상관없는 우토미야 군을 추궁해도 어떻게 되는 것도 아니고. 하지만 호리키타 선배는? 타쿠야가 쓴 종이에서 힌트를 얻어, 특정하려고 하는 모양이던데. 보물찾기 게임에서 명부를 수기로 작성하게 하다니, 머리 좀 썼더라."

"그녀는 힌트를 조금 더 주면 언젠가 나까지 닿겠지."

야가미에게서 조바심 따위는 느껴지지 않았다. 오히려 그날이 오기만을 손꼽아 기다리는 듯했다.

"그『종이』는 일부러 그랬다는 거야?"

"물론 그것도 내 연출이야. 열심히 정답을 찾길 바라고 있어."

그것을 위한 힌트를, 야가미는 앞으로도 곳곳에 숨겨둘 것이다.

직접 물어보지 않아도 아마사와는 그것을 잘 이해했다.

"그다음엔? 타쿠야의 필적과 일치하면 그 정보가 아야 노코지 선배의 귀에 들어갈 텐데."

그렇게 되면 화이트 룸생의 후보로 의심받게 될 것이다.

"애초부터 그는 나를 신뢰하지 않았고, 내가 한 거짓말 들도 이미 파악하고 있을 거야. 원래 이 에두르는 방식도 츠키시로가 방해돼서 한 건데, 그가 이제 물러갔으니 더는 그럴 필요 없지. 나만 먼저 우위를 갖추고 아야노코지를 때려눕히면 별 의미가 없잖아."

"언제 들켜도 상관없다는 거야?"

"그래. 내 입으로 커밍아웃해도 상관없다고 생각할 정 도야."

처음부터 야가미는 아야노코지와 정면 대결을 펼칠 생 각이었다.

다만 그 전 단계에서 부주의한 행동을 했다간 츠키시로

의 방해를 받을 가능성도 있었다.

갖은 방법으로 계획을 세우고 츠키시로를 따랐지만 그건 전부 시간벌기에 불과했을 뿐.

"하지만 무인도 시험이 끝나버렸으니, 2학년과 붙을 기회는 당분간 없지 않을까? 빨리 화이트 룸으로 돌아가는 게 자신을 위한 길이라고 생각하는데~."

돌아갈 생각이 없는 아마사와의 입장에서 제명은 오히려 바라던 바였다.

하지만 야가미에게는 돌아가야 할 유일한 장소이다.

"대등하게 싸워서 완벽하게 부숴버려야 해. 밀린 공부는 나중에 얼마든 만회할 수 있으니까."

어설프게 치아를 드러낸 미소는 평소의 산뜻한 느낌과 비슷한 듯하면서도 달랐다.

"나 못지않게 뒤틀려 있단 말이지, 타쿠야의 성격."

어이없어하면서도 아마사와가 말을 이었다.

"우토미야 군이 가여울 지경이네. 츠바키 쨩을 지킨답시고 하필 타쿠야와 손을 잡다니. C반 학생을 퇴학시킨 사람이 타쿠야라는 걸 알면 엄청 화내겠지."

"그가 어설프게 친구를 생각하는 인간이란 건 처음부터 알고 있었어. 같은 반 한 명을 퇴학시키면 다음에는 반드시 막으려고 할 것도 말이야. 그런 그가 다른 반인 나와 손 잡게 만들려면 호우센을 공동의 적으로 만드는 게 빠른 길이었어. 덕분에 츠바키와 우토미야의 호감을 사고, 성공할

리 없는 전략을 전개시켜 아야노코지가 쥐고 있는 패를 확인할 수 있었지. 그 결과 사카야나기라는 2학년 A반 리더와 이어져 있는 걸 파악했고."

"아~, 나한테 왔었지. 아리스 선배."

"앞으로 나랑 아야노코지의 싸움에 개입할 가능성도 있으니, 어떻게 대처할지 생각해놔야 해."

"알았어 알았어, 마음대로 해."

술술 말을 늘어놓기 시작한 야가미를 보고 싫증 난 아마사와가 지루하다는 듯 한숨을 내쉬었다.

기분이 좋을 때, 야가미는 가만히 내버려 둬도 지금처럼 혼자 끝없이 말한다.

자신의 정체가 드러날 위험을 스스로 짊어지고, 누구보다도 이 상황을 즐기고 있다.

"연설 만족했니? 나 이제 돌아가도 돼?"

"그전에 내가 이렇게 불러내면서까지 확인하고 싶었던 건 이치카, 네 의사야."

"음~, 의사?"

아이처럼 웃은 야가미가 갑자기 아마사와의 양팔을 붙잡았다.

"?!"

아마사와는 언제든 피하려고 경계를 늦추지 않았는데도 반응이 늦고 말았다.

"우토미야인가 나인가. 모두 머지않아 그걸 알게 될 거야.

거기서부터 시작될 거니까."

"……그래서 타쿠야가 원하는 진짜 승부를 벌일 거라고?"

"서로를 적이라고 인지한 후에 진짜 실력을 겨루는 거야."

"에두르지 말고 남자답게 주먹으로 결정짓는 게 어때? 네 싸움 실력이면 아야노코지도 충분히 상대할 수 있잖아?"

"난 꼭 필요할 때가 아니면 폭력을 쓰지 않을 거다."

"말은 잘하네."

붙잡은 팔 힘이 예사롭지 않아, 아마사와도 뿌리칠 수 없었다.

그렇다고 해서 다른 대응 수단을 써도, 정상 컨디션이 아닌 지금은 제대로 상대할 수 없다.

"지금 이게 네가 말한 폭력이 꼭 필요한 순간인지, 나는 잘 모르겠는데?"

웃으면서 말한 아마사와였지만, 머릿속으로는 이미 수도 없이 이어지는 흐름을 그려보고 있었다.

다만, 아무리 반복해도 이 상황에서 벗어날 수 있는 패턴을 찾기란 불가능했다.

"내가 오늘 널 부른 건 사실 재기 불능으로 만들 생각이었기 때문이야. 넌 나에 대해 알고 있으니 놔두면 방해만 되겠지. 아, 혹시 눈치채고 있었어?"

"아하하~, 웃을 수 없는 이야기인데."

다가오는 야가미의 얼굴을 정면으로 받아들이며, 아마사와는 마음의 준비를——.

붙잡힌 아래팔에서 힘이 풀리더니, 팔을 놔주었다.

"막 이러고."

평소처럼 다정하게 웃으며, 아마사와의 등 뒤에 있는 문으로 손을 뻗었다.

"살벌한 농담이네."

"미안, 미안. 하지만 정말로 오늘 난 너를 무너뜨리려고 했었어. 하지만 관둘게."

"우와, 그런 거야?"

그렇게 대꾸한 아마사와가 몸을 젖혀서 뒤로 물러났다.

"이미 시바한테 제재받았다는 소리를 들었으니까. 대뜸 반격하지 않은 건 현명한 선택이었어."

"한 번 물리치면 그 두 배가 되어 돌아올 뿐이라는 건 어릴 때 이미 배웠으니까. 하지만 정말 나를 그냥 내버려 둘 거야?"

"네가 가만히 지켜보기만 할 거라는 걸 알았으니 상관없어. 만약 아야노코지에게 완전히 붙었다고 판단했으면 벌써 끝냈겠지."

"동경하는 선배와 동기의 친분을 저울에 달기가 좀 어려워서 말이야."

"안심해도 돼. 내가 아야노코지한테서 이기려는 건 두뇌 대결이니까. 그에게 주먹으로 맞설 일은 없을 거야. 내가 퇴학당하거나 그가 퇴학당하거나, 그뿐이지."

그렇게 말하고 객실 문을 연 야가미는 신사적으로 아마

사와를 돌려보냈다.

4

새벽 2시의 콘서트홀.

나는 조용히 묵직한 문을 열었다.

넓은 실내에 혼자 자리에 앉아 등을 보이는 인물이 있었다.

카펫을 밟는 발소리까지 들릴 만큼 정적이 흐르는 가운데, 그 인물에게 다가갔다.

"이 시간은 학생이 객실에서 나오는 게 금지인데요."

"그렇게 말하지 마라. 이런 시간이 아니면 둘만 확실하게 있을 기회가 없으니."

"만약 누가 보기라도 하면 책임지실 거죠? 차바시라 선생님."

나를 보려고도 하지 않는 차바시라.

"걱정하지 마라. 교사의 야간 순찰은 12시까지니까."

"그럼 다행이고요. 그런데 일부러 저를 불러내다니 무슨 생각으로?"

"여름방학이 끝나면 2학기가 시작돼. 그리고 다음 시험이 시작되겠지."

"그렇죠. 작년에는 그대로 체육대회가 열렸었죠."

"그래. 하지만 올해는 다르게, 그전에 특별시험 하나가 있을 거다."

"괜찮아요? 그런 정보를 저한테 줘도."

교사가 특정 학생과 반에 유리한 정보를 주는 게 허용될 리가 없다.

"아니면 이미 다음 특별시험이 시작됐다거나?"

"아니—— 그건 아니야."

그럼 이곳으로 불러낸 것도 방금 한 이야기도 전부 차바시라의 독단에 의한 건가. 평소 반에 특별히 도움을 주지 않는 담임이라고 생각했던 만큼 의외였다.

무슨 생각인지 갑자기 입을 다물었다.

옆에 계속 서 있어도 소용없었기 때문에 나는 별생각 없이 무대 위로 올라갔다.

원래 이 콘서트홀에서는 생음악을 감상할 수 있다.

무대에 대형 고급 그랜드 피아노가 그대로 놓여 있었다.

오늘도 홀에서 연주가 있었는지 당연히 먼지는 하나도 없었다.

"츠키시로 이사장 대행은 자기 자리까지 걸면서 무인도에서 널 배제하려고 했어. 부친이 유명인이라고 해도 그 고집은 이상할 정도였지."

"그랬죠. 다만 한 가지 정정하자면 츠키시로는 처음부터 이사장 자리에 관심 없었습니다. 저를 배제하기 위해 그 역할을 맡은 것에 지나지 않아요."

"그만큼 강대한 힘이 작용하고 있다는 건가."

정말 이해되지 않는다며 차바시라가 팔짱을 꼈다.

"슬슬 말할 생각이 드나요?"

"……그래."

심호흡하며 잠깐 틈을 두더니, 차바시라가 이야기를 꺼냈다.

"넌 우리 반을 어떻게 분석하고 있지?"

"무얼 말입니까?"

"A반으로 올라갈 능력이 된다고 생각하나?"

"그걸 지금 자기 반 학생한테 묻는 겁니까?"

"너한테는 물어보고 싶네."

놀랄 일도 아닌가.

그만큼 차바시라에게 무슨 생각이 있는 거겠지.

"그렇군요, 틀림없이 2학년 중에서는 가장 높은 잠재력을 가졌다고 생각합니다. 다만, 그렇다고 해서 이대로 가만히 둔다고 A반으로 올라갈 수 있는 건 아니에요. 지금 A반으로 독주하고 있는 사카야나기 반을 따라잡기는 상당히 힘듭니다."

이 학교에 관해서는 교사도 잘 알고 있겠지.

"반이 하나가 되는 것, 그게 선결 조건이라고 생각합니다. 그리고 거기에는 차바시라 선생님, 당신도 포함되어 있어요."

그렇게 말하자 차바시라가 놀란 표정으로 나를 보았다.

자기도 일단은 알고 있다는 얼굴이군.

"난……. 네 눈에 나는 어떤 교사로 보이지?"

차바시라는 말하자면 지금까지 반 아이들을 냉정하게 대해왔다.

오히려 밀쳐내듯, 버린 것처럼 하루하루를 보냈다.

"못 이긴다고 생각하면서도 희망을 버리지 못하는 교사. 한마디로 말하면 그런 느낌이군요."

"신랄하네."

"저를 이용하려고 했던 사실과 인상은 지금도 전혀 바뀌지 않았습니다."

"그렇지, 네 말이 맞아."

그 잘못을 진심으로 정정하지 않는 한 차바시라는 변하지 않을 것이다.

"자기가 A반이 되고 싶어서 학생이 노력하게 만드는 것이 아니라, A반으로 올라가기를 강하게 원하는 학생을 위해서 당신이 열심히 해야 하는 거죠."

"아야노코지……."

"그렇게 하면 정답은 저절로 나올 겁니다. 전 그렇게 생각해요."

"……반이 하나가 될 필요가 있다고 했지."

"그래요."

"거기엔 당연히 너도 포함돼."

"물론이죠."

서로 시선이 교차하자, 차바시라가 크게 숨을 삼켰다.

"만약 내가 과거의 자신을 버리라고 말한다면?"

각오를 묻는 듯한 눈.

여기서 거짓말을 해도 다 들킨다고 보는 게 좋다.

"당신이 버리라고 말한다면 저도 지금까지의 사고방식을 일단 버릴 생각입니다. 만약 진심으로 A반을 노린다면, 앞으로 몸 사릴 생각 없습니다."

"……그래?"

이 말에, 차바시라의 뭔가가 바뀔까 바뀌지 않을까.

그건 지금은 아직 알 수 없지만…….

"당신이 앞을 똑바로 보게 되었을 때, 분명 우리 반은 진정한 의미로 변하기 시작할 겁니다."

"……그렇군."

높은 천장을 올려다보며, 차바시라가 두 눈을 감았다.

그 마음에, 깊은 그림자가 드리워진 건 틀림없는 듯하다.

이제 이대로 돌아가면 되는데, 이때의 나는 무슨 영문인지 평소와 조금 다른 기분이었다.

담임으로서 차바시라의 평가는 여전히 낮은 위치에 머물러 있다.

하지만 한 인간으로 봤을 때, 조금이나마 평가에 변화가 일어나기 시작했다.

생각했던 것보다 훨씬 여리고, 겉모습만 어른이 되어버린 듯한 인물.

나는 의자에 앉아 피아노 뚜껑을 열었다.

"……뭐 하는 거지? 설마 피아노를 칠 수 있나?"

그 질문에는 대답하지 않고, 나는 손가락을 움직여 곡을 연주하기 시작했다.

연주가 끝나자 차바시라가 어울리지 않게 박수를 보냈다.

"난 음악에 대해 잘 모르지만 훌륭한 연주였어. 나는 아무리 연습해도 평생 그 수준으로 치지 못할 거야. 지금 친 그 곡은——."

그 순간, 조용한 콘서트홀의 뒤쪽에서 무슨 소리가 들렸다.

당황하며 일어나 뒤돌아본 차바시라.

어둠 속에서 모습을 드러낸 것은 미소를 머금은 츠키시로였다.

"베토벤, '엘리제를 위하여'군요. 곡 자체는 어렵지 않으나 그 정도로 완벽하게 연주해 내다니, 훌륭합니다. 감상한 사람이 저와 차바시라 선생뿐이라니, 실로 아깝습니다. 하지만 이 시간에는 학생의 부주의한 외출이 금지되어 있습니다. 그렇게 쉽게 어겨버리면 처벌이 기다리고 있다는 것을 잘 알고 있겠지요?"

"츠키시로 이사장 대행, 이건……."

차바시라가 당황해서 변명하려고 했으나 츠키시로가 부드럽게 막았다.

"안심하세요. 오늘부로 저는 이사장 대행 자리에서 물러

났습니다. 사카야나기 이사장의 복권이 결정되었으니, 이제는 단순히 아무런 상관없는 일반인. 학교 측에 보고하지 않을 겁니다."

"……믿어도, 되겠습니까?"

"저를 믿을 필요는 없습니다. 하지만 이곳에 모습을 드러낸 순간부터 아야노코지는 저의 존재를 알아차렸습니다. 감정이 혼란스러워지면 연주에도 묻어나기 마련이지요. 하지만 연주에서는 조금의 동요도 느껴지지 않았어요. 어째서지요?"

"단순합니다. 만약 처벌을 받게 된다고 하더라도 퇴학 처분은 아니죠. 저와 당신의 싸움은 퇴학이냐 아니냐, 거기에만 있으니까요. 굳이 무단 외출을 탓하며 페널티를 줘도 의미 없겠죠."

"그걸 알았다고 해도, 보이고 싶지 않은 현장을 보이게 되면 보통은 당황하기 마련이지요. 그 담력은 부친을 닮았습니까?"

"유감이지만 배운 기억은 없습니다."

뚜껑을 닫은 나는 피아노에서 떨어졌다.

"아침이 되면 자네와는 이제 두 번 다시 대화를 나누지 못하게 되겠지요. 그렇게 생각하니 마지막으로 한번 만나고 싶었습니다."

선내에는 감시 카메라가 몇 개나 설치되어 있다.

내 객실을 비추는 복도 영상도 계속 체크 했던 건가. 할 일도 없나 보군.

"자리를 피하는 편이 좋다면 저는 이만 가겠습니다."

"아니, 그대로 계셔도 괜찮습니다. 괜히 저와 둘만 있는 게 아야노코지 군은 더 불편할 테니까요. 당신은 학생을 지키는 역할을 맡아 이 자리에 계속 있는 게 좋아요."

츠키시로가 가까이 걸어오더니, 차바시라의 두 개 옆 좌석에 앉았다.

"이제 연주회는 끝났습니까?"

"할 이야기가 있으면 빨리하시죠."

농담인 걸 알았기 때문에 츠키시로를 재촉했다.

"밑져야 본전이라는 생각으로 마지막 교섭을 하러 왔습니다. 자퇴서를 내고 돌아갈 생각, 정말 없습니까?"

"츠키시로 이── 씨. 도대체 무슨 생각이죠?"

퇴학이라는 단어를 듣고 차바시라가 약간 발끈하면서 나와의 사이에 끼어들었다.

"무슨 생각, 이냐니요?"

"당신은 특별시험에 무단으로 개입해서 아야노코지를 퇴학시키려고 했어요. 그것만으로도 원래는 용납할 수 없는 행위입니다."

"그건 당신도 마찬가지입니다, 차바시라 선생. 사적인 감정을 담아 다음 특별시험에 관한 이야기를 하려고 하지 않았습니까?"

자세한 것은 모르겠지만, 츠키시로 나름대로 차바시라의

목적을 꿰뚫고 있었던 모양이다.

"물론 칭찬받을 짓은 아닙니다. 하지만 시험 내용을 말해서 유리하게 하려던 게 아니에요."

"당신은 그럴지 몰라도 증명할 방법이 없지요. 우연히 제가 여기 나타나서 부정을 미연에 방지한 겁니다."

"그건……."

"그리고 당신의 죄는 한 가지가 아닙니다. 본인도 잘 아시겠죠?"

현시점에서 차바시라의 죄는 외출 금지인 이 시간에 학생을 불러낸 것.

교사와 학생이라는 관계라지만 남녀라는 것은 그냥 넘길 수 없는 포인트다.

그 사소한 빈틈을 츠키시로는 집요하게 팔 수 있다.

"일이 시끄러워지면 곤란한 사람은 제가 아니라 차바시라 선생, 당신입니다. 그리고 아야노코지 군도."

만약 교사와의 음란 행위 소동이 일어난다면 주의하는 선에서 그치지 않겠지.

알았으면 끼어들지 말라는 츠키시로의 협박이었다.

"윽……."

그 부분을 잊었던 차바시라가 자신이 상황을 파악하고 한 걸음 뒤로 물러났다.

"그거면 됩니다."

미소를 무너뜨리지 않고, 츠키시로가 내게 다가와 2m

정도까지 거리가 좁혀졌다.

"여기서 무슨 짓을 하려는 것은 아닙니다. 안심하세요."

"어떤 상황에서든 이익이 된다면 행동한다. 내가 분석한 당신은 그런 사람인데요."

"어느 정도 높이 사고 있다는 뜻입니까."

지금까지 나는 어떻게 해서든 츠키시로의 공작에서 벗어났다.

하지만 그건 어디까지나 츠키시로가 지나치게 악독한 전략을 피해왔기 때문이다.

시험의 부정 조작과 폭력, 납치 등 그 정도 선.

아마 이 남자는 마음만 먹으면 지금까지 해온 정도로 그치지 않았을 것이다.

"학교는 그만두지 않을 겁니다."

"유감이지만 어쩔 수 없지요. 그럼 자네는 이대로 졸업할 때까지 이 학교에 남아 있겠다는 거군요."

"그렇습니다. 학교의 규칙에 따라 퇴학 처분을 받지 않는다면 말이죠."

"자네가 아무리 이 세계에 남고 싶어 한다고 해도 그건 거스를 수 없겠지요."

여기서는 둘 다 말하지 않았지만, 아직 화이트 룸생의 그림자가 주위에 아른거리고 있었다.

"자네는 현명합니다. 그리고 강해요. 자네의 실력을 아는 사람이라면 누구나 그렇게 생각할 만큼 뛰어나죠."

이윽고 츠키시로는 내 눈앞에 섰다.

"하지만 아무리 뛰어나도 그래 봐야 어린애. 그 사람은 자네의 그 강한 힘도 다 감안해서 나를 여기 보냈다고 생각하는 게 좋아요."

즉, 이렇게 츠키시로를 물리치는 미래까지 그 남자는 예상했다?

"하루라도 더 오래 학교생활을 보내고 싶다면, 잘 생각해야 할 겁니다."

"명심하죠."

희미하게 미소 짓던 츠키시로가 무슨 생각이 떠올랐는지 혼자 피식 웃었다.

"그나저나 이 학교는 생각보다 흥미롭군요. 세계가 넓다지만, 무인도에서 특별시험을 치르는 건 이 학교뿐이잖아요. 어렸을 때 보이스카우트에 열중했던 시기가 떠올랐습니다."

그렇게 말한 츠키시로는 내게 왼손을 내밀었다.

"이제 정말 이별입니다, 아야노코지 군. 악수를 청해도 되겠습니까?"

그가 내민 왼손은 단순한 이별 인사, 그런 식으로는 생각되지 않았다.

나 역시 왼손을 내밀어 손을 잡자, 만족한 듯 츠키시로가 고개를 끄덕였다.

"그럼── 언젠가 『또』 만납시다."

마지막으로 내 왼쪽 어깨를 오른 손바닥으로 두드린 후, 츠키시로는 발걸음을 돌렸다.

"아아, 그리고 5분 이내에 해산하시길. 어기면 보고하겠습니다."

나와 차바시라는 츠키시로가 보이지 않을 때까지 눈으로 배웅했다.

"세세한 걸 신경 써도 소용없지만, 왼손으로 악수를 청할 줄이야. 끝까지 너에게 적의를 드러낸 건가."

일반적으로 악수는 오른손으로 하는 경우가 많다.

뭐, 요즘 사람들은 그런 부분을 별로 신경 쓰지 않고, 의미도 모를지 모르겠지만.

"저는 그렇게 생각하지 않았지만요."

"무슨 의미지?"

츠키시로가 뜬금없이 말한, 보이스카우트에 열중했었다는 이야기. 보통은 실례로 여겨지는 왼손 악수였지만, 보이스카우트에서는 예외이기도 하다.

그 의미는——.

"잊으세요. 저 남자의 머릿속은 생각할수록 손해니까."

의미가 있으면서도 한편으로는 그것이 무의미하다는 사실도 충분히 생각할 수 있다.

"저 먼저 가보겠습니다."

"그래, 그게 좋겠어."

츠키시로에게 들킨 이상, 여기서 경고를 무시하는 건 위험하기만 할 뿐이다.

"미안. 내가 괜히 불러내는 바람에 츠키시로 이사장 대행한테 약점 잡히게 만들고 말았어."

"딱히 상관없어요. 대충 눈에 보이는 것도 있었고요."

출입구 앞에서 나는 뒤돌아보지 않고 차바시라에게 마지막 말을 남기기로 했다.

"아까도 말했지만, 앞으로 반이 뜰지 가라앉을지는 선생님과 무관한 일이 아닙니다. 그걸 잊지 마세요."

어떤 특별시험이 기다리고 있다 해도 학생들은 앞으로 나아갈 수밖에 없다.

그 선두에 서서 끌어당겨 줄 수 있는 사람은 각 반의 담임뿐이다.

○마음이 서로 닿을 때

호화 여객선에서의 휴일이 끝나고, 우리는 버스를 타고 고도 육성 고등학교로 돌아왔다.

그 이후로는 기숙사 생활과 케야키 몰을 오가는 나날이 반복되었고, 나태와 방종이라고도 부를 수 있을 만큼 긴장 풀린 시간을 보냈다고 자신도 생각한다.

그동안 같이 논 멤버는 작년과 비교할 수 없을 만큼 늘어났다.

아야노코지 그룹 멤버, 스도와 이케같이 처음에 친하게 지냈던 학생들, 그리고 다른 반 이시자키와 히요리, 나아가 이치노세 반 애들과도 잡담을 나누게 되는 등, 작년의 나에게 말해도 믿지 못할 일들이 이어졌다.

그리고——.

"아아, 여름방학도 오늘로 끝인가."

침대에 털썩 앉은 케이가 우울한 듯 천장을 올려다보며 중얼거렸다.

내 여자친구인 카루이자와 케이는 2학기부터 사이를 공개하기로 했기에, 정기적으로 몰래 데이트하고 있었다. 오늘은 그 마지막 날이다.

왠지 건성으로 시간을 공유하면서도 절대 불편하지는 않았다.

알게 된 지 얼마 안 된 친구 사이라면 대화가 끊기면 조바심 나거나 뭔가 답답한 기분이 들지도 모른다.

"내일부터 키요타카와의 사이를 밝혀도 되는 거지…….
왠지 긴장돼."

"무리해서 말할 필요도 없지만. 카스트가 떨어져도 책임 못 진다."

"꼭 말할 거라고. 여차하면 키요타카가 지켜줄 거니까 괜찮고. 안 그래?"

장난스럽게 말하는 케이였지만 그건 틀림없는 진심이었다.

강한 숙주에게 기생해 자신을 지키고 있기 때문이다.

나는 한 모금만 남은 커피를 다 마신 후 케이의 옆에 앉았다.

그리고 그녀의 가느다란 손을 다정하게 잡았다. 케이가 수줍어하며 나를 보았다.

"케이."

그 타이밍에, 나는 그녀의 부드러운 입술에 내 입술을 겹쳤다.

"키, 키요타카……."

"놀랐어?"

"으, 으응, 깜짝 놀랐어. 미, 미리 말해주면…… 안 돼?"

그러자 나는 말 대신 행동으로 대답했다.

그녀의 어깨를 부드럽게 붙잡고 끌어당겼다.

"읍……!"

두 번째 키스. 입술이 부딪친 순간 케이의 어깨가 약간 움찔해, 놀란 것이 느껴졌다.

바로 입술을 떼니, 안심한 듯 아쉬운 듯한 눈동자가 나를 보았다.

"……또 갑자기 했어."

"그런가? 그냥 평범하게 했다고 생각하는데."

타이밍 공부는 앞으로 계속 열심히 익히는 수밖에 없다.

"적어도 내 마음은 아직 준비가 안 되어서……."

"그럼 이번엔 준비할 수 있어?"

"응? ……으응……."

그렇게 말하며 고개를 끄덕인 케이가 눈을 감고 받아들이는 동작을 해서, 다시 입을 맞췄다.

지금까지 한두 번은 1초 정도밖에 닿지 않았지만, 이번엔 다르다.

5초, 10초로 길어지는 시간.

그리고 조금씩 입술을 움직여, 작은 새가 쪼아대는 듯한 키스를 했다.

나와 케이에게만 멈춘 듯한 시간 속에서…….

고등학교 2학년, 여름방학 마지막 날. 우리는 키스를 알게 되었고 함께 한 계단 위로 올라갔다.

연애의 커리큘럼은 전반 과정이 끝나고 후반으로 접어들었다.

이제 우리는 연인으로 당당하게 학교생활을 해나가겠지.

그러면서 조금씩, 갈등에 휘말리게 될지도 모른다.

그렇더라도 둘이 손잡고 힘든 상황에 맞서 나가는 것이다.

느리지만 확실하게 한 걸음씩, 여름에서 가을, 가을에서 겨울로 계절이 지나가듯이.

서로의 존재가 없으면 안 될 만큼, 깊이 물들어가게 될 것이다.

입술의 맛을 계속 확인하면서도 나의 사고는 제멋대로 더 멀리 나아갔다.

언젠가 이별의 계절이 다가왔을 때, 이 연애는 마지막 국면을 맞이하고——.

몹시 힘든 시련을 겪게 될 것이 분명하다.

카루이자와 케이가 숙주에서 떨어져 나간 순간, 그때는 혼자 힘으로 서서 앞을 향하게 되겠지.

그것이야말로 이 연애의 커리큘럼에서 가장 중요하다.

작가 후기

안녕하세요, 제법 무더운 계절이 되어 괴로워지기 시작한 키누가사입니다.

가장 싫어하는 계절이 다가오는 조짐에 벌써 전전긍긍하고 있습니다만, 요즈음에는 사회적 거리 두기가 있어서 집에 있어도 혼나지 않는 것은 다행입니다. 그래도 아이들은 밖에 나가 뛰어놀고 싶을 테니, 남에게 피해를 주지 않고 놀 수 있게 하는 방법이 있으면 좋겠지만요.

그 부분은 DIY 등 실력 발휘를 하는 것으로…….

네. 아무래도 상관없는 잡담으로 시작했습니다만, 이번에는 4.5권 여름방학 편이었습니다.

제게 있어서 학창 시절의 여름방학은 아주 머나먼 옛날 일입니다만…… 흔히 말하는, 과거로 돌아가 학창 시절을 다시 보내고 싶다고 생각한 적은 단 한 번도 없습니다. 딱히 싫은 일이 있었던 것도 아니고 나름대로 즐거웠지만, 아침 일찍 일어나 공부하고 아르바이트하고 귀가하는 사이클을 반복할 끈기와 자신이 전혀 없어요! 이게 바로 노화입니다.

시력도 나날이 떨어지고, 10년 뒤에는 어떨지 생각만 해도 두려워요……. 미래도 무서워요!

작년과는 다르게 특별시험이 없는 호화 여객선에서의

휴일 스토리입니다.

아야노코지와 케이의 관계, 그리고 동급생들의 변화.

새로운 1학년들과 나구모 등 3학년의 변화.

1년 전 여름방학 때보다 크게 성장한 학생들의 모습을 볼 수 있었습니다.

그리고 성장한 학생들을 감독하는 어른들은…….

자, 약간 스포인데, 화이트 룸생은 짐작이 가셨는지요?

네, 감이 오시겠지요. 알고 있습니다. 이야기는 이제부터입니다.

5권부터는 2학년 편의 제2막으로, 큰 전환기를 맞이하게 될 듯합니다.

그런 다음 권에서는 2학기를 여는 학년별 특별시험이 시작됩니다.

2학년끼리만 치르는 특별시험이라니 이게 몇 권만인가 하고 놀라면서도, 다음 권도 즐겁게 읽어주신다면 좋겠습니다.

지금은 세상이 이래저래 힘든 시기입니다만, 다 함께 힘내서 극복해나갑시다.

그럼 머지않아 다시 만나 뵙길 희망하며!

YOUKOSO JITSURYOKUSHIJOUSHUGI NO KYOUSHITSU E 2NENSEIHEN Vol.4.5
©Syougo Kinugasa 2021
First published in Japan in 2021 by KADOKAWA CORPORATION, Tokyo.
Korean translation rights arranged with KADOKAWA CORPORATION, Tokyo.

어서 오세요 실력지상주의 교실에 2학년 편 4.5

2022년 01월 15일 1판 1쇄 발행
2022년 11월 15일 1판 3쇄 인쇄

저　　　자 키누가사 쇼고
일 러 스 트 토모세슌사쿠
옮 긴 이 조민정
발 행 인 유재옥
본 부 장 조병권
편 집 1 팀 김혜연 박소연 이준환
편 집 2 팀 박치우 정영길 조찬희
편 집 3 팀 곽혜민 오준영 이해빈
라이츠담당 이승희 한주원
디 지 털 박상섭 이성호 최서윤
미　　　술 김보라 박민솔
발 행 처 ㈜소미미디어
인쇄제작처 ㈜코리아피엔피
등　　　록 제2015-000008호
주　　　소 서울시 마포구 토정로222, 403호 (신수동, 한국출판콘텐츠센터)
판　　　매 ㈜소미미디어
마 케 팅 박종욱
전　　　화 (02)567-3388, Fax (02)322-7665

ISBN 979-11-384-0531-7 04830
ISBN 979-11-6611-455-7 (세트)